张翀 **作品**

奇幻之旅

湖南文艺出版社
HUNAN LITERATURE AND ART PUBLISHING HOUSE

博集天卷
CS-BOOKY

任何一种命运，

尽管它也许是漫长而复杂的，

实际上却反映在某一瞬间，

正是在那一瞬间，

一个人才永远明白了，

他自己究竟是什么人。

——博尔赫斯

序

PREFACE

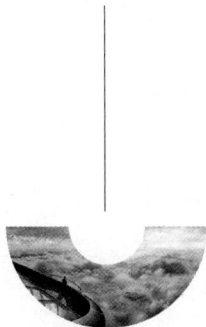

实验心理学之父威廉·冯特，让心理学成为一门独立的学科，他自上学起，有特别严重的白日做梦的毛病。

米兰·昆德拉最负盛名的哲理小说《不能承受的生命之轻》里，女主人公特蕾莎经常做一种梦，在梦中她总是被折磨致死。

全球销量超过 6500 万册，历史上最畅销的葡萄牙语小说《牧羊少年奇幻之旅》里，少年圣地亚哥因为做了几次相同的梦，心怀触动，从此踏上了奇幻之旅。

融世界三大宗教史料传说于一身、创辞典小说之先河的《哈扎尔辞典》里，哈扎尔人拥有捕梦者宗教，梦中人能在不同人的梦里穿越，捕梦者通过采集人的梦，从而获得宇宙的秘密，并无限接近上帝。

日本科幻小说教父筒井康隆的《盗梦侦探》里，美女医师千叶敦子通过潜入别人的梦境治愈病人，并将他人梦境之物带到了现实世界。

《二十五史》里涉及的梦超过 700 个。

贾平凹说：要日记，就记梦。梦醒夜半，不可睁目，慢慢坐起回忆静伏入睡，梦复续之。梦如前世生活，或行善，或凶杀，或作乐，或受苦，记其述体验心境以察现实，以我观我而我自知，自知乃于嚣烦尘世则自立。

我们对于梦境的探索从来就没有停止过。梦境能给我们带来的启示和想象无穷深远。

每个人都会做梦。尽管多数人不相信那是真的，但你看到的也未必是假的。梦既是混乱的，也是清晰的；既是感受深刻的，也是醒了便难以复述的；既是超乎想象的，也如回忆般真实可触；既是转瞬即逝、无法接续的，又是反复出现、难以摆脱的。

在梦里，你可以强大到无所不能，也可能遭受极致的痛苦，但总归都会随着人的醒来而退去，那么，除了这些几近真实的感受还会有别的遗落在现实吗？这个问题是故事的开始。

梦有太多种解释，我并不想探讨大脑和梦的原理，也不仅仅是想通过梦来探讨人性的贪婪。也许在梦的投影里，我们唯一能捕捉到的就是自己幻化的人格，它好似一个奇幻的面具，是每个人公开的自身，是人们从自身筛选出来并公之于众的一个侧面，也包括被隐藏起来的真实的自我。

　　如同那些被广为流传的奇妙旅程，在《奇幻之旅》的奇境中也居住着伟大的哲学者和思想家，等待着我们去发现和交流。

A Fantastic Journey

奇幻之旅

目

录

CONTENTS

A Fantastic
Journey
奇幻之旅

A Fantastic Journey

奇幻之旅

Chapter

01

梦魇袭来

+++

这个梦变得无处不在，甚至逐渐模糊了现实与梦境之间的界限。

　　地铁如同一只钢铁巨兽，在黑暗的隧道之中穿行而过。此时正值早高峰，车厢内摩肩接踵地挤满了乘客。多数人被起床气围绕，个别打着鸡血的人练习着一会儿准备用来说服客户的台词。被打扰的人因为困倦而懒得理睬，尽力让自己练就立于嘈杂之中也能快速进入浅睡眠的本领。

　　总之，经过一夜安睡而好不容易补足的精力，从这里便开始，如同满格的手机电量在暴晒中一般快速地消耗着。众人都拿着手机，好像无论空间多么拥挤，拿着它就能得到永久的虚假解脱一样。

　　桑榆低头看了眼地上，一只鞋子孤零零地躺在那里，在地铁到站时被行色匆匆的乘客踢来踢去，显得分外无助，此刻他心想着，鞋的主人应该是没能挤上来跟它同乘一趟地铁吧。他斜倚在车厢里，右手无力地搭在吊环上，整个人颓到了极点。

　　这个叫桑榆的年轻男人面容消瘦，眉清目秀，书卷气很浓，本还算英俊，但因为多年不规律的生活和现实的重压将他折磨得无心修饰边幅，夸张的大黑眼圈，再加上长期宅在家里，闷得他皮肤透着不健康的白，显得整个人格外地憔悴邋遢。

　　桑榆的哈欠一个接着一个地打，打得眼泪直流，身边的人见状都替他感到下巴发酸，他将套在吊环里的手腕、臂弯和靠在车厢壁的后背作为三个支点，以此来让下巴可以舒服地搭在臂弯处，整个身体仍在疲惫地坚持着。可在他人看来，车厢里由于惯性而随着地铁摇晃的桑榆，此时就像一片随风飘摇的落叶一样单薄，不知何时就会倒下。

桑榆最近一直被一个怎么都做不完的梦折磨着，很是困扰。梦很简单，就是同一个人总是在追杀他。并且特别准的是，只要他一睡着便会做梦，只要一做梦，这样的梦就会随之而来。他真的是太累了，没办法保证不瞌睡。所以，这个梦变得无处不在，甚至逐渐模糊了现实与梦境之间的界限。他常常靠着意志力强行抵抗着睡眠，如同此时，游离在醒着和睡着的边缘地带，大脑混沌一片，昏昏沉沉。

为了转移注意力，桑榆强迫自己用目光扫过四周每一张烦闷的脸，猜想他们的故事。这是他最为拿手的，因为他是个编剧。他正四处瞧着，突然有了一种奇怪的感觉，是在大庭广众之下被一道目光死死盯着的感觉，于是他换了另一只手抓着吊环，这样可以让身体侧向另一边，视野会变得更大。可在人群中寻找那道目光许久，并没有什么发现。这种感觉让人脊背发凉，分外难受。不过找寻无果，桑榆最终决定不去理会这道目光，便转头盯着门边滚动播放广告的小屏幕。

此时，他并没有注意到，地铁丝毫没有减速就通过了本该停下的一站，车外等车的乘客目送着地铁离去，车内的乘客同样不明情况，猜测着可能是地铁故障或者线路上临时加了什么管制。

窗外明亮的环境只持续了几秒，这个庞然大物便重新钻进了无尽且黑暗的隧道。所有的声音被留在隧道之外，车厢内的小屏幕上正无声地循环播放着广告，配合着广告里闪动的画面，桑榆回想着自己做过的那个关于理想人生的梦：

　　……中国最有潜力的新晋编剧，他三岁识字，五岁作诗，七岁出口成章，被誉为东方戏剧界的莎士比亚。在大学期间就深得业界关注，并低调成为李安、姜文等多位知名导演的御用创作智囊。本可一夜成名，可他却选择急流勇退，他坚持要去丰富和历练自己的人生，所以放弃了所有作品的署名权，也拒绝了所有媒体的关注。其间，他游历世界，积累了大量的素材——登珠峰，闯北极，在贫民窟给黑孩子喂水，在索马里船上跟海盗打扑克……

　　这些画面桑榆已经在脑海中无数次意淫过，作为一个怯懦且常常想入非非的人，意淫是他惯有的解压方式，这使他常常分不清究竟哪些是真的，哪些是假的。

　　医生说他的脑部结构跟别人略有不同，这让他想到了爱因斯坦，也许这正是天才有别于俗人的那么一点儿天然优势。不过，那些意淫的话里有一部分却也是真的。比如，他的确聪明过人，不说博览群书、出口成章，也算是文笔出众、小有灵性。然而毕业后的三年里，他也只靠给人家当枪手赚些碎银两，并不是他不想写自己的东西，他说这是在等待机会，不过事实却是他在以积累经验、等待时机为由忍受出名前被人盘剥的日子。

　　过了好久地铁仍然没有钻出隧道，而是闷着头地朝黑暗深处继续驶去。一个乘客慌了，为了拨打手机报警，他将耳机的插头先拔了下来，手机中循环播放的肖斯塔科维奇的《第二号爵士组曲》外放了出来，尽管在嘈杂的环境中显得微不足道，却被桑榆的耳朵迅速捕捉进脑海，这段带着华尔兹节奏的旋律，常会让桑榆放松。

忽然，车厢内有些骚动，另一节车厢里隐隐能看到一个衣着破烂奇怪的壮汉，他非常高，头顶几乎擦到了地铁的棚顶，这人是个光头，长相恐怖，满脸疤痕，周身衣物破烂的地方隐约露出些文身图案。他边走边挥舞着手臂，车厢内的乘客全都被他轻而易举地拨飞，撞到两侧车窗上，一时间痛苦的呻吟声四起，人群瞬间乱作一团，纷纷朝下一节车厢逃去。

慌不择路的乘客们绊在一起，拉扯着撞在桑榆身上。这时桑榆才回过神来，转头看着出事儿的方向，坏了，那个人又来了。

那个满脸疤痕的壮汉就是一直在梦里追杀桑榆的人，桑榆称他为疤面。他知道自己又做梦了，现在就是在梦里，可他却一点儿也轻松不起来，因为即使在梦里，所有的伤痛也都是真的，每次疤面都将他折磨致死方能醒过来，不然他是没有办法自主醒来的。

桑榆不知道自己是在哪个时间点睡着的，他很恼火，眼见疤面离自己越来越近，却更加无措，疤面那双眼睛透着冰冷的杀气，桑榆猛然发觉，就是这双眼睛盯死了自己。他试图逃走，但手却怎么都无法从吊环里抽出来，就像被锁上了一样，动弹不得。

疤面很快就来到了他的面前，不由分说，拎起他就摔在地上。疤面蹲下身来卡住桑榆的脖子，用膝盖顶着他的肋骨向下压着，桑榆痛得哑声从嗓子眼儿里发出"呃呃……"的声音，感觉自己的五脏六腑都被疤面给压得移了位，疤面看他这副痛苦的模样，露出一副很享受的样子，他挥起重拳将地板打了个大洞，紧接着就把桑榆的头摁进洞中。

桑榆大头朝下悬在列车和铁轨之间，根本无力反抗，他的脸离飞速滑过的铁轨非常近，吓得他连忙闭紧双眼。这时疤面再次高高举起拳头全力砸下，桑榆整个躯干被打成90度向下的折角，一头撞在了轨道上。在头颅被碾碎的瞬间，他感受到了嘴里充斥的血腥味儿。他特别希望这颗头颅会因此而炸裂，裂得血肉横飞。可不幸的是，他的脑壳太硬了，脑子不会裂开，但是会被挤扁，他必须经历完整的挤压过程，体会每一条神经被摧残的细节，然后，慢慢在剧痛中感受头被挤扁，自己的脑浆四溅，炸裂的血沫儿慢慢散尽。

生活中很多说不出的痛苦大抵如此，就像许多人并不喜欢被提问一样，因为哪怕是无心的提问，都会让人清醒，而不得不去面对复杂的问题。

桑榆想到《我唾弃你的坟墓》那部电影，他觉得自己就是那个上下眼皮都被鱼钩和鱼线穿透、拉扯、外翻的恶人，那向外突出的眼球，正等待着乌鸦尖喙的啄食。更为痛苦的是，他要眼看着鸟吃饭的全过程，直到看不见了为止。

这样的事情，最近发生得越来越频繁。

"轰——"

一个钢铁庞然大物呼啸而来，似乎还带着冲击波，桑榆下意识一闪。但因为周遭黑暗，他并不知道自己闪了多远，站着或是倒着……他只看到很远的地方出现一个缓缓移动的亮点，如同停电之后只看到对面楼宇中某个调制解调器的指示灯若隐若现一般。

每当来到莫名其妙的黑暗虚空中时，见到奇怪的东西，桑榆已经习以为常。一会儿要发生什么，桑榆已经提不起精神去想，这一次他异常疲惫。想到这儿，他不知道是否会出现下一场梦境，他等得有些不耐烦了，他甚至怀疑这一次自己是不是在梦中被吓死了。他盘算着，也许再过几个小时就会有人去处理他梦外的尸体了，他留给这个世界的，没有遗产，只有遗作。

只见那个亮点移动开来，变成了一条细线，而细线又快速穿梭变宽，越来越近。

桑榆渐渐看清，这是一辆向着他的方向飞驰而来的地铁列车。

列车越来越近，桑榆被一阵惯性的旋涡吸了过去。天地旋转，他咬紧牙关，承受着被撕扯、绞动的痛楚。

不知过了多久，桑榆感觉身体向下沉了一下，他猛地从睡梦中惊醒……

Chapter
02

梦的解析

+++

"……人生会有多种可能性，你在这个点上终结，
可能会在另一条时间线上过着另一种人生……"

桑榆的嘴里还吞咽着血，越品越咸的血腥味儿让他有些反胃。他不停咂巴着嘴，吐了一口血沫儿，感觉口渴得厉害。此时的他仍保持着上一秒被疤面捶到变形的姿势，他跪在床上，脸贴着被子，上半身和下半身依旧呈 90 度，看上去格外怪异。

虽然他的身体已经猛然醒来，但意识的苏醒却姗姗来迟，他勉强撑起身，周身的疼痛令他倒吸凉气。

"咝……这他妈的……"

他憋了一肚子火无处宣泄，只能恨恨地咬着牙骂了一句。每次从噩梦中醒来都相当于死后重生，这种痛苦又难以逃脱的经历让他感到绝望而无助。

桑榆坐到床边搓了搓脸，缓一缓神。原来他并不是在地铁中睡着了，地铁里发生的一切本就是个梦。桑榆越来越分辨不清清醒和做梦之间的界限了，以前他起码还记得自己梦境的起点，可近来每次回来的地方都令自己出乎意料。他想，要么是时空出了问题，要么就是自己的脑袋出了问题……

他更愿意相信是自己的脑袋出了问题。

痛感还在持续蔓延，桑榆慢慢地摸着自己的身体，脑袋没碎，四肢都在，胸前也没有伤口，全身确实是完好无损。他确定了自己已经回到了蜗居的地方，急促的呼吸这才渐渐恢复平稳。可经历了地铁惊魂这一番折腾，他的状态变得更差了，眼圈黑得像墨一样化不开，眼袋也脱垂得越来越大，眼皮之间粘连着，导致视野还是很模糊。他尽力转动几下脖子，听到了干涩的关节发出"咯吱咯吱"的声响。

每次醒来他都能感觉到偌大的阻力，就如同这个世界充满着敌意，并不欢迎他的到来。他看向四周，还在担心会不会只是换了个梦境。虽然他在眼下这个叫作家的小破屋里做过不计其数的噩梦，但噩梦中的环境没有一次是以这里为原型的，所以，如今，唯有这里令他感到安全。

桑榆不知道疤面从何而来，也不知道他究竟是何方神圣，作为一名编剧，桑榆自认为可以逻辑缜密地编织自己的内心世界，他也尝试过用这种方法在意识中设立情节的堡垒，不给疤面制造噩梦梦境的机会。但他自认为安全的睡眠，总是会被疤面捉到漏洞，并制造出不可思议的相遇，接着，疤面就会导演一出猫追老鼠的戏码，最后将桑榆杀死在梦中。

现在桑榆只能通过观察周遭环境对自己来说是熟悉还是未知，来判断是否在做梦。这个小破屋里一团糟的生活是他最为熟悉的，这种习以为常的不幸反而让他萌生了安全感。

这是个不到十平方米的旧房子，是在老居民楼中打隔断的违建。不过房主是有妙手的，虽然窗户的视野很差，但屋子里确实能投进来阳光，尽管这阳光是被对面楼的窗子反射进来的。光线映射在床边的墙壁上，墙上贴满了写着剧本情节要点的便利贴，有一些是完成许久的项目，纸张已经卷边、残破，被新的便利贴覆盖在下面。而新写的便利贴上也能从字迹上看出，桑榆的心绪变得越发杂乱。

桑榆床头贴着一幅画，上面画的是他最喜欢的作家博尔赫斯的头像，是买书的赠品。桑榆坚信，一个好的作家必定也是某个方面的专家，他们之所以能够带着读者打开未知的世界，是因为他们先看到了那个世界。博尔赫斯就是这样的一个作家。桑榆曾为了解决自己噩梦的问题，翻遍了弗洛伊德、荣格等此类知名学者的书籍，他发现梦境本身不仅牵扯到心理学和精神分析学，同时还暗暗感觉到，一切的背后还隐藏着某种世界，而梦其实是一个通道，通过这些年噩梦的折磨，桑榆更为迫切地想知道这世界究竟是个什么样子。

画中的博尔赫斯眼神里总是带着一丝诡谲，仿佛知道桑榆身上已经发生和即将发生的事儿。

桑榆愣着神想着，极致的孤独到底是个什么样子呢？他不知道别人怎么想，反正自己由于编剧的工作性质，经常在家里一宅就是十天半个月，这导致他慢慢适应了长时间不开口说话，竟还觉得颇为自在。这种想法让桑榆打了个冷战，他尝试开口自言自语时，干涩沙哑的嗓音让他浑身不舒服，他不想失去社交的能力，也不希望脱离社会，人说到底还是群居动物，脱离了群体总会有诸多不便的。

他苦笑一声，其实是怕自己万一哪天猝死在家里都没人知道，灵魂在屋内游荡，眼看着自己的肉体一点点地腐烂，可怕又凄凉。于是他时不时就自言自语着，但时间久了又觉得有些尴尬，所以干脆看见什么就对着什么说话。

思考总是最消耗能量的，此刻他感到有些口渴难忍，他在博尔赫斯的注视下从床边站起，还没等整个身体直立起来，仅仅迈了一步便到了靠着窗子的破写字台边。桌上的书籍、剧本等杂物乱七八糟，桑榆理了理四散的稿件，说道："辛苦你们啦，缘分尽了，到了说再见的时候了。"

说完他就把一沓稿子扔进了垃圾桶里，他随手拨开两本书，从角落里摸出一部破旧的手机。这是一部过时的直板非智能机，电池续航能力超强，屏幕上提示有二十八个未接来电，桑榆再次感受到某种催命的压迫，不禁头疼。

电话是三哥打来的。

桑榆记得，在他毕业后最困顿的那年里，一个小制片人找到了他，并表示愿意让他写一部可以署名的独立作品，这个人就是三哥。这是部网络电影，投资很大，三哥对他也很器重，在一轮接着一轮的筹备期里，桑榆第一次受到了编剧应有的重视，他很满足。不过老天爷似乎是见不得桑榆过上好日子，这个剧组很快就黄了，三哥也一败涂地，欠了一屁股的债。他实在是不忍心像别人一样再去逼三哥给钱，其实是知道逼也没用。况且三哥很领情，承诺下一次一定加倍回报，他也就只得当作积累了一个资源罢了。

三哥消失的日子里，桑榆的日子并没有太多改变，虽然他写得越来越好，但一直没有遇到靠谱的机会。他在枪手界闯出了一些名气，但那是因为他几年来一直没涨价，性价比最高。随着年龄无情地增长，他的压力越来越大，生活越来越困窘，依旧是蜗居在违建隔断里，渺小如蝼蚁。

就在桑榆为生计发愁的时候，三哥终于东山再起，他来找桑榆兑现承诺了。他跟着三哥去谈了很多的电影项目，不过这些都属于慢工出细活儿，短期内根本看不到什么钱，桑榆缺钱，但因为别无选择，只能这样做下去。

虽然桑榆想全力以赴地跟着三哥好好混，可噩梦对他的折磨变本加厉，不分日夜。他觉得自己上辈子一定是犯下了滔天罪孽欠了疤面太多太多，所以疤面才像仇人一般，对他的追杀越来越凶。现在梦境来得悄无声息，一旦进去了根本就没办法自主醒过来。这样的痛苦让他根本就没办法静下心来集中精神去写作。

几个月前，三哥给他谈了一个小爱情片，虽然恶俗，但一万块钱的定金给得倒是很痛快。本来桑榆就不是很喜欢这种格调的片子，再加上疤面天天在梦中追杀他，身心俱疲，剧本就被一拖再拖，迟迟写不完。

桑榆尝试过各种解决办法，他去看过心理咨询师、算命先生和灵修师，但他们都无能为力。

他跟三哥解释过原因，三哥特别不理解，觉得桑榆在耍花样，拼了命地抓他。如今他的钱都花没了，饭也吃不上了，只能呆愣愣地看着手机屏幕上的二十八个未接来电，不知所措。

他点上一根烟，盘算着编出怎样的新理由来对付三哥，怎样才能在身无分文的情况下远走高飞并且活下去。不过，桑榆把这些想法都扼杀在了摇篮里，因为他想到自己好像除了写字就没了其他的真本事，还是老老实实把剧本写完更实在。

那么，就要回到这个烂故事的剧情中开始推演……

他打开破旧的笔记本电脑，突然想起自己刚刚特别口渴，便顺手拿起电脑旁的水瓶喝了一口。桑榆咂了咂嘴感觉味道不对，把水瓶举起来定睛一看，水瓶昨晚就作为烟灰缸被塞满了烟头，桑榆被呛得反胃，连咳嗽带呕吐，弄出了很大声响。这声音被门外经过的房主听见了。

其实桑榆伪装得不错，他在门外边锁着一个挂锁，然后自己悄咪咪地躲在房里。但这次房主听着里面桑榆的响动，又看看门上的挂锁，方知被骗，房主分外恼怒，边骂边砸门。

“开门！你个小王八羔子！我知道你在里边，再不开门我就撬锁了！”

桑榆把水瓶轻轻放下，静静地听着门外的动静。不过房主并没有就此罢休，越发用力地砸门。

“你怎么不要脸呢，好说好商量你都听不进去是吧？你们搞艺术的都这样吗，一群怪胎……你赶紧给老子出来，我这儿还有点儿剩饭，你吃了赶紧走，别他妈饿死在我这儿！”

这句话着实把桑榆刺伤了，桑榆腾的一下站起身来，瞪着房门的方向。他特别想冲出去，将房主暴揍一顿，但是他也明白，打人不是白打的，本来就是自己欠房租理亏，要是再把房主给揍了，他哪儿来的钱去赔给人家。

砸门声和叫骂声还在继续，桑榆改变了决定，身手伶俐地踩了椅子又踩桌子，最终迈上了窗台。他麻利地从窗子探身出来，爬上旁边的排水管，在外边把窗户关好之后，顺着排水管往下滑，经过了三层窗口之后，安全落地。这一套动作十分熟练，这条逃生之路他经常走。

天阴沉沉的，深秋的街市冷风瑟瑟，人行道的一侧是刚刚开张的小店，另一侧是两排车道的马路，留给人行道的空间并不宽敞，人们行色匆匆，桑榆低着头，灰溜溜地钻到人群里。

他边走边思考着自己最近的噩梦以及这些天的经历。

不一会儿，他进到了一所大学里，这段时间他经常来这里蹭课，那些不被学生们重视的选修课，却恰好符合桑榆的胃口。

最近一个写过《解梦100例》的作者受邀在这里讲学，这本书是畅销书，去听讲学的人一定很多，位置会很紧俏，但桑榆还是决定试试。

上课时间还没到，桑榆坐在路边的长椅上，而疤面在地铁上暴揍自己的画面还时不时在脑海中闪过，沙沙作响的声音只存在于想象之中，本来会产生斑驳光影的树叶的缝隙都被雾霾填满，桑榆看得有些眩晕。困意袭来，桑榆下意识想要小憩一下，他疲惫地闭上了眼睛。

就在上下眼皮刚刚贴上的时候，桑榆又努力把眼睛睁开。他不敢睡觉，因为他不想在噩梦中与疤面来一个恐怖的约会。重复体验死亡的滋味儿实在是太折磨人了，就算是硬要去体会，桑榆也希望可以迟一些，能拖一会儿是一会儿。

为了抵抗一阵阵袭来的困意，桑榆只好时而坐着，时而站着，时而踱步，时而抽烟。讲学时间将至，桑榆来到阶梯教室，抬眼望去，今天果然是座无虚席。学生们显然没有把这次讲学当成课，而是当成了一种游戏。桑榆在最后一排坐下，他听到身边的人互相交流，聊着自己曾经历的古怪的梦和一会儿想要"大师"帮助预测跟考试和谈恋爱有关的事情。

作者走上了讲台，出乎了所有人的预料，他并不是一副年轻时尚的样子，而是一个看起来有些古板和迂腐的老教授。于是，随着老教授晦涩而冗长的开场，课堂气氛重新回归沉闷，有些人因为失望或直接起身离去，或干脆趴在桌上打起了瞌睡。

桑榆却有些庆幸，他本就不期待什么解梦的新鲜噱头，生活对他而言已经没有新鲜感了，他希望的是能找到自己噩梦不断的原因。所以整个教室里只有他听得专心致志。

"梦是什么？人在睡眠过程中，大脑每隔九十分钟左右便会重启，眼球逐渐发生剧烈活动，称为快速眼动，梦就是这会儿产生的，如果这个时候醒来，人就会清晰地记住梦到了什么，甚至产生现实和梦境的错乱……"

教授一边讲解，一边将身后的投影变换着内容，从大脑结构图到一幅幅有关梦境的抽象绘画，都让桑榆着迷。

"……在这个世界上，我们总是认为时间是一个不可逆的维度，但是在梦里，我们每一个人都有这样的能力，时间可以成为无序的排列，我们可以回到任意想到的时间点上。人生会有多种可能性，你在这个点上终结，可能会在另一条时间线上过着另一种人生……"

就在教授讲到这里的时候，桑榆觉得自己身后仿佛有一座如古罗马斗兽场的建筑若隐若现，这座建筑外观残破，空无一物，周围一圈圈不规则地向上错落堆砌着层层白砖，每一层都密密麻麻地布满了灰褐色的门，这些门全都被打开，从远处看上去闪着光亮，那么虚无缥缈。

桑榆感觉自己此刻仿佛置身其中，这堂讲学就像是在这座建筑的正中央展开。他猜想着，自己产生的幻觉可能是源自教授身后的画，而那些门可能就是代表教授所说，门的背后正是储存了诸多记忆和人生可能性的地方。

桑榆觉得自己越来越接近噩梦的来源了，他仰起头，自下而上聚精会神地观察着这幅奇幻的景象，并顺着这个思路向下思考。

突然，他又有了不好的预感，那道盯死他的目光好像再次出现，他怕自己又不知不觉地睡了，赶忙利落地从座位上起身，并飞快地从教室后门冲了出去……

A Fantastic Journey

奇幻之旅

Chapter

03

现实沦陷

+++

——他已经被拿空了，再拿，就只剩这条命了。

　　桑榆跌跌撞撞地跑到了校园的林荫小道，这时的小道上没有太多人，只有几对躲在林荫下假借看书的名义而调情的情侣，周遭安静和谐的环境凸显得桑榆的跑姿更为狼狈。

　　其实桑榆刚刚离开教室的时候就意识到一件事儿——疤面似乎是有计划有步骤地侵占着他的梦境。

　　他边回想边加快脚步，在最初做这一系列噩梦的时候，自己还能掌控睡眠的时机，他是个昼夜颠倒的人，夜晚是他写作的时间，不过那时他的睡眠还算规律。

　　很多人都问过他："是不是只有在深夜才会有灵感？为什么不能有个正常人的作息呢？"这种关心似的提问，往往背后都隐含着"你们搞创作的怎么都这么矫情"的批评。而只有桑榆知道，作为一个小编剧，他只能根据制作方的要求没日没夜地赶稿，实在挺不住了才能睡一会儿，哪儿来的正常人作息。

　　随着桑榆的作息越来越不规律，他被迫练成了可以随时随地睡着的本事，而这也就给了疤面可以随时随地前来侵扰的机会。桑榆跑到一栋实验楼前，他跑得太急了，肺里现在非常难受，他屈着腿猫着腰，双手扶在膝盖上大口大口地喘气。

　　半晌过后，桑榆的呼吸平稳了些，他需要多走走，一是可以防止犯困，二是他需要清醒地想清楚这些事情。他数着自己曾经做过噩梦的地方，那些地方后来都不敢再去了，生怕之前的记忆会再一次引发噩梦。以后能去的地方越来越少了，包括这个校园，通过刚才感知到的盯死自己的眼神，他知道疤面来了这里，桑榆能感受到这里也沦陷了……

天阴沉得更厉害了，风凛冽地刮着，让桑榆再次感受到了噩梦中被疤面注视时的那种寒冷。桑榆更加孱弱了，他抬头看着乌云，努力寻找着拨云见日的缝隙，不过找寻无果，他失望地笑笑，觉得分外疲惫。桑榆急切地想要坐下来歇歇，于是他一屁股坐在了公交车站两个广告牌之间的横凳上，看着街道上的车水马龙，桑榆回想起刚刚教授说："梦是建立我们和潜意识的通道，顺着这个通道我们就能找到自己的另一面……"

桑榆的确不知道自己的另一面是什么，如果有，那么无非就是一个性格相反的自己吧。可自己当下的境遇已经足够悲惨了，难道另一个自己会是一个大富大贵之躯？想到这儿他便放下了有关"潜意识是夜送来的礼物"的猜想，不过教授这一番话倒是提醒桑榆思考，梦会不会是自己在另一个空间里的人生？

桑榆忽然对自己的命运产生了浓厚的兴趣，他决定暂时不去纠结噩梦的事情，转而去看看自己的人生。他从横凳上站了起来，来到了公交站牌前，仔细寻找着能够让自己找到"高人"的地点。最终他把目光停在了 227 路公交车行驶线路里一个叫"天后宫"的站点上，确认自己没有坐错方向后，又坐回到了横凳上，静候着 227 路公交车的到来。

不一会儿车来了，桑榆刚想一个箭步踏上公交车，却又果断地收回了已经迈出去的脚。因为他突然想起公交车不能再坐了，交通工具现在都是疤面的地盘。所以他只好选择了步行，在走了好久好久之后，终于到地方了。

远处香火缭绕、人头攒动，此刻他心里正在虔诚地祈祷着，希望自己可以找到世外高人，寻到帮助。他过了马路，走进巷口，却被迎面而来的殡葬队伍堵住了去路，其实让殡葬队伍停滞不前的是正在往巷子里开进的车辆，司机们抱怨着晦气，却又执拗地不肯退让，双方始终都僵持着。

没有哭声，也没有鸣笛声，大家就这样静静地对峙着，桑榆被夹在中间，就像连接两个世界的使者。忙着活与忙着死都有着对等的艰难，生者之所以不给死者让路，可能是因为他们知道自己早晚也会有这一天，谁也不比谁强多少，谁也不必给谁台阶下，大家都是第一回做人，我凭什么让着你？

桑榆不知道该往哪个方向走，犹豫间心里竟然有个声音冒了出来。

"不如就这样结束这悲惨的一生算了？然后祈祷着下辈子投个好胎，能到个富贵人家，少吃点儿苦！"

他倒吸了一口凉气，若不是看到眼前这样颇具寓言性的场面，他也没想到自己曾有过这样的想法。心里刚刚冒出的声音显然是自己的声音，难道说，相反的自己不仅是指跟眼下穷困潦倒相反的富贵生活，还可能是与活着相反的死亡……

不管生得如何，富贵、贫穷、成功、失败、孤独、喧嚣，生的反义词，终究逃不过一死。殡葬的头车开始向外抛撒着黄色的纸钱，随风飘向桑榆的方向，纸钱仿佛不甘心落地，纷纷飘落在对面车的风挡玻璃上。一片纸钱迎面盖在了桑榆的脸上。桑榆忽然从心里生出一股恐惧，他拔腿跑出了巷口，钻进了旁边的小巷子，他感觉纸钱一直在后边追着他，直到拐进了另一个巷子，他才放缓了脚步。他用双手搓着脸，仿佛那片纸钱变成了一张蜘蛛网，将自己迅速地包裹了起来，并且越裹越紧，企图将他勒到窒息。

他不知道自己跑到了哪里，这条小巷空无一人，沿街也没有开着的店铺，两边的棚户区都被一道长长的墙封挡起来。他左看看，右看看，视线最后落在墙上喷涂的一个路标上——前行 50 米，拐。

桑榆顺着路标的指引，果然找到了墙上被打开的一个缺口，这缺口不到一人高，桑榆猫腰进了门，是个残破拥挤的小院。一扇窗户里传来铃铛的声响，他凑近窗边向里面看去，窗内拉着窗帘，透过窗帘的缝隙，他隐约看到一个穿着唐装的老者端坐着，正在跟对面的两个男子说着什么。桑榆观察着屋内，只能看到一些神像，显然是一个占卜店。

这时从桑榆刚刚进来的地方钻进来一位衣着朴素的大姐。大姐站在他身后端详着他。

"跟师父有约？"

桑榆猛然一惊，回过头看着大姐，慌忙地摇了摇头。

"自己找来的？"

桑榆没有作答，那大姐又神神秘秘地说了句："这就是机缘，机缘到了。"

大姐指着远处刚才桑榆要去的道观方向："小伙子，知道那边进去一趟，光是上炷香就要多少钱吗？"

说着，她走近桑榆，试图伸手把桑榆拉到一边。

桑榆有些纳闷，并没有回答，他不动声色地挣脱了大姐拉着自己的手。大姐也有些意识到自己有些过于亲热，但毫不在意地继续道："小伙子，大姐看你合眼缘，你长得特像我一个远房的堂弟，这才拦着你呢，进去光上香就得几百，然后会有师父给你算卦，算卦免费，但解卦又得要钱，千儿八百都挡不住……"

桑榆一听，揣在裤兜里的手下意识地攥了一下。大姐明显注意到了这个小动作，但没有吭声。桑榆看了一眼大姐，一副故作淡定的样子。大姐看着桑榆，语重心长地说道："小老弟啊，赚钱多不容易啊，大姐也看出来了，你不是乱花钱的人，你就在这儿等着，一会儿大姐帮你跟我家师父砍砍价，保证比那边便宜。你不用开口我家先生就能猜到你面临的困惑。不过先讲好，化解免费，但是老弟要是请一些法器回去，那就得给大姐点儿成本钱。"

桑榆愣在那儿，他知道大姐所谓的这点儿成本钱也不会少。

"你还有什么顾忌的？"

大姐见桑榆一声不吭有些急了，探着脖子问道。桑榆依旧没有作答，他扭过头，透过窗户又看了一眼屋内，此时里面的两个男人已经起身，桑榆正想着应该怎样拒绝大姐的好意，可他突然发现，刚才的对话完全是自己的臆想，此时那个大姐从她住的屋子里取了个脸盆就离开了，她是这里的住户，边走还边不时回头打量着桑榆，也打量着刚从占卜店走出来的两个脸色颓丧的男人，表情里透着说不清的厌烦。

桑榆想，也许她厌烦的不是自己，而是经常招揽陌生人生意的小店。桑榆觉得这里可能不会太靠谱，正想离开，屋内传来算命先生的声音。

"进来吧，午休时间不算做生意，我免费给你看看……"

桑榆撩起门帘进了屋，占卜店的面积不大，墙上供台上摆着各路神仙的雕像，几炷香正燃着，向上冒着青烟。桑榆在算命先生对面坐下，为了上一单生意写着各种字的黄纸被算命先生随手推到一边，算命先生给自己斟了杯茶，又给桑榆斟了一杯。桑榆摆手客气，可茶还是放到了桑榆面前。

他刚要开口，先生对桑榆神秘地摆了摆手，先生来到佛龛旁边，从抽屉里拿出了三根香点燃，桑榆以为自己是被要求上香，起身要接。算命先生却摆摆手示意他坐下，并把几枚古钱递给桑榆，自己则把香插进了香炉。

"哗啦，哗啦，哗啦……"

桑榆双手扣住古钱摇晃着，手里发出古钱相互碰撞的声音。算命先生端详着桑榆，还没等桑榆闭目想着所求之事，算命先生便让桑榆将古钱抛出，桑榆双手一松，几枚古钱"当啷啷"几声之后就躺在了桌面上。算命先生仔细查看了一番，语气肯定地讲解着："你这是坎卦……坎为水、为险，两坎相重，险上加险，险阻重重。一阳陷二阴……坎为水、为沟渎、为隐伏……其于人也，为加忧、为心病……吃不好，睡不好在所难免。"

桑榆完全听不懂，但知道不是什么好话，眉头锁得更紧了。算命先生瞄了桑榆一眼，转而打了个通俗的比方："就是说，一轮明月照水中，猴子捞月一场空……"

还是这些陈词滥调，算命先生似乎感觉到了桑榆的厌烦，话没说完便话题一转："你是不是觉得特扯啊？告诉你，《周公解梦》，这是老祖宗传下来的东西，现在很多人说过时了，那是因为不会与时俱进地转化和解读……严格来论，弗洛伊德、荣格都得叫周公祖师爷。"

桑榆一听这"大师"还懂弗洛伊德，便直了直腰板，态度认真了一些。

"举个例子吧，根据《周公解梦》里的解释，梦见屎尿污身，主得财；梦见大便满地，主富贵；梦见失大小便，主失财；梦见挑粪回家，大吉利；梦见患厕中，得官禄位。为什么粪便会跟财富联系在一起？是因为在古时候，粪便是农耕中重要的肥料，所以，粪便象征着播种和收获。但是到了今天，时代发展了，不是《周公解梦》过时了，而是我们要有新的解读才行……"

桑榆的确研究过《周公解梦》，但显然没有悟到这一点，他正想进一步求教的时候，算命先生又继续道："你自己想想，欠了多少债，你梦里来的都是冤亲债主，人一辈子就那么点儿东西，现在你已经被拿空了，再拿……恐怕就只剩这条命了……"

算命先生说着，从桌子后面的架子上翻找出一件件可以化煞的法器放在桑榆面前，有桃木手串、香炉、八卦镜、文昌塔、十字金刚杵等。桑榆愣愣地扫视着，冒出一个字："我……"

"不是全给你。"

算命先生想了想，又从抽屉里拿出一个黄布包着的东西，打开黄布，里面是一个木质的神兽，手掌大小，鱼身、蛇头、六只脚。

"冉遗鱼，出自《山海经》，专治噩梦、避凶祸……"

桑榆像丢了魂儿似的从占卜店出来，他的手一直插在上衣兜里摩挲着冉遗鱼，他又在附近转了一会儿之后走进了一间灵修室。

桑榆坐在灵修室中央，这里的空间很大，透过一整面落地窗可以看到外面昏暗的天空。其他三面墙则镶满了镜子，经过几次的反射，桑榆看到了无数的自己，多维空间的错乱感让一切都显得不那么真实。

桑榆看着对面坐着的穿得很闲云野鹤风格的女灵修师，她保持着一个瑜伽的动作，很轻盈，一直看着窗外灰蒙蒙的天空，默不作声。这是桑榆第一次接触灵修，他不知道灵修是不是都是这样静静地想着事情，如果真的是这样，他就会十分后悔把身上大部分的钱都扔到了这里。但此刻已经没有退路，他也尽力集中精神地想去领悟一些东西。算命先生的话一股脑儿地填满了桑榆的脑子，他并不知道那个债主是谁，起码不是疤面。

可是算命先生有一句话他是深有感触的——他已经被拿空了，再拿，就只剩这条命了。此刻的环境让他感觉，自己本就走投无路的生活因为疤面而要彻底沦陷了，好多做过噩梦的地方他都不敢再去，自己的余生恐怕只有在这样的空间缝隙中才能求得一丝安宁了……

他看着镜面里那些重叠在一起的扭曲画面，想着不如就放弃通过拒绝睡眠阻止疤面的入侵。他已经渐渐妥协，这个世界本来就是他的一场梦，而疤面可以随时出现，他一直所做都是徒劳，因为他不该努力不睡，而是要让自己醒来，逃离这个世界。灵修师突然开口："说点儿你不信的……"

这句突兀的话着实把桑榆吓了一跳。

"地球是个囚笼，人类不过是高级物种流放的生物、囚徒或者实验品，谁知道是什么呢……他们只会让人类的大脑开发 10% 到 15%，剩下的被列为禁区，我们都隐藏着巨大的智慧和力量，一旦被发掘，人类将通晓过去、改变未来，无所不能……所以，他们会在每个人的大脑中安插一个可怕的守卫者，让你误以为是噩梦，毫不留情地处置闯入的人……"

这个逻辑与桑榆刚才所想不谋而合，桑榆本以为是自己胡思乱想，但现在，因为被灵修师一语道破，竟然变得越来越真实。他忽然慌张起来，隐约看到镜面反射的缝隙中，有无数个疤面即将冲破，他起身想要离开，灵修师并没有阻拦，而是像知道桑榆已经想通了什么一般，又赏他一句话："大部分精神分裂者，都是看到了他们不该看到的东西……"

Chapter

04

最后的净土

+++

这个女人叫花儿，是眼下唯一能够连接桑榆青春期美好记忆的人。

从灵修室到家的路，桑榆走了好久，这一路上的街景好似整个世界完整的微缩景观。现在的城市，模样大多是千篇一律的。尤其是对桑榆这种没去过太多地方的人来说，世界的大小基本上等同于他生活圈子的大小，外面的世界有多么精彩，不必与他言说也不必问他，问了也是白问。

"也许有人觉得，梦和释梦只是无关痛痒的小事而已，但是心理学中却有着不同的见解，我这里说的是众所周知的精神分析学开始的那个心理分支——梦是人们潜意识心理的表现，而潜意识心理对人的行为有着非常重大的影响……"

桑榆想起在课堂上他进入梦境前听到的最后一段老教授所讲述的话，当时他觉得自己都懂，甚至觉得这只是课堂上教科书式的无聊的陈述与铺垫。但此刻桑榆却觉得这个思路太重要了，而突如其来的醒悟跟之后他所遇见的算命先生和灵修师所给予的启发也有很大关系。

此时，桑榆觉得疤面就隐藏在身边任何一处，不需要入睡、做梦，他便可以随时出现。并不是疤面入侵了桑榆的世界，而是桑榆正处在疤面的世界里。但越是这样想桑榆便越是绝望，眼下他并无意冒犯疤面的世界，可是疤面却不会因此放弃对他的折磨。想到这儿桑榆顿觉天旋地转，整个世界卷曲成一个旋涡的形状，好在他已经走到了旋涡的最深处，这个暂时安全并极为熟悉的地方——他的家。

他看向这栋老居民楼的四周，这里是一片很旧的居民区，由一条小巷与相邻的高档住宅区相连。那片高档的住宅区从各个方面压抑着这片贫民区，贫民区由坐地户和大批的外来流动人口混居，形成一套杂乱、缺少规则的社会生态。在这里，路面被随意切割，墙体被随意喷涂，垃圾被随意堆放，这里的居民也被默许随便占道经营、搭盖违建，甚至连偷电窃水都可以被有关部门睁一只眼闭一只眼地对待。

因为有关部门知道，除了整体拆迁，并没有哪个切口可以轻而易举地整治全部的问题。混乱的环境，正是可以滋生寄生虫的温床，桑榆常常这样想。跟刚刚入住时候的心态不同，桑榆现在反而越来越喜爱这里。刚来的时候，他曾坚定地认为这里只是个暂时落脚的地方，等写几个剧本卖了钱之后便头都不回一下，毫不犹豫地拖着皮箱离开。

没想到，这一待，就是许多年。

他爱上这里有几个原因，一是这里还没有被噩梦侵蚀；二是楼下有一个煎饼摊，价格合理还很好吃。那个摊煎饼的大爷还总是笑呵呵的，让所有的吃客都感到服务高档又亲切，根本不像是在吃几块钱的东西。大爷还很喜欢聊天，桑榆常常拿着煎饼馃子在一旁听着他们聊天，从未插过话，只是听着，便很治愈。其实治愈他的并不是大爷对他们说了什么，而是他们聊的问题都很肤浅、简单，无非是对生活的琐事发发牢骚，那些流于表面的困境，日复一日地没有改观，反而成了生活的乐趣。

桑榆觉得，如果自己的问题也这样肤浅就好了。

当然，他喜欢在煎饼摊逗留的另一个重要原因是煎饼摊对面的咖啡店。

　　这里以前就开过咖啡店，不过由于效益不好，便从卖咖啡转为卖奶茶，是那种纯正的港式奶茶。后来街对面开了一个勾兑得很甜腻的奶茶档口，这家咖啡店就被挤黄了。再后来这里变成了发廊，发廊不需要那么大的空间，于是房主将这间门市一分为二，把有落地窗的、面积较大的一侧租给了两个从苏北来的小杀马特兄弟开了发廊，而另一半较小的租给了街对面卖勾兑奶茶的东北小两口。这小两口很能干，除了卖奶茶还加了手抓饼、烤肠，并且还代收快递，这小两口能吃苦、情商高，这家小店就这样存活了下来。而发廊却因为好几次给老太太焗头挑染发生过敏事故而关张，这对杀马特兄弟跑路的同时还卷走了所有会员卡里的钱。老太太们的家属过来讨债不成，为了泄愤干脆就拎着板砖把门市的一面给大卸八块了。

　　也就是在那天晚上，桑榆围观了这一幕之后，睡觉时第一次在梦里见到了疤面。

　　再后来这里便出现了一个新的女主人，她凭借一己之力，让这里焕然一新，变成了现在这幅生机盎然的光景。煎饼摊大爷正忙着给围在前面的几个人摊煎饼，桑榆就站在煎饼摊旁边痴痴地望着街对面咖啡店里正在忙碌的那个女人。

　　桑榆每天都要过来看一会儿的这个女人，她三十岁左右，但保养得很好，十分年轻，相貌精致，身材高挑，不苟言笑，是那种独立而智慧的女人。这个女人叫花儿，是眼下唯一能够连接桑榆青春期美好记忆的人。

上中学的时候，桑榆的个性不怎么合群，但还真有些文艺的女生喜欢他，不过他的心却一如既往地属于大他几岁的学姐——花儿。那个时候的花儿，就是很多男生心目中的女神，稍显成熟的气质在一个青春期的漂亮女孩身上勾勒出一种独特的性感。她的特立独行让她骨子里透出一种高贵的气质，令人难以接近，但她的优雅却又让人觉得，即便是难以接近，她也是朵可爱的花儿。

桑榆一直没有勇气表白，并不是因为自己懦弱，而是始终觉得，花儿这样的女孩需要足够出色才能与之匹配。他宁愿等上多年，让自己变得更好之后再向花儿吐露心意。就这样，一直到了大学毕业，桑榆等待的那所谓成熟的时机也没有出现，甚至越来越渺茫。花儿与他的世界越来越远，他觉得这辈子再也无法触及她了。

一年前，与花儿的再次相遇，是桑榆始料未及的。那家发廊被砸之后根本没有人愿意接手，所以这里的店铺空闲了长达半年之久。直到有一天花儿和房主出现在这里，在少了一面墙的废墟中走来走去、四下打量之后，花儿决定将这里租下来，因为要重建好多东西，花儿从房主那里拿到了一个非常低的租价。

当时桑榆正在大爷的小摊买煎饼馃子，这个突如其来的女人让周围的邻居重新议论起半年前那场暴力纠纷事件。人们猜测着这个女人的来历，有人说是当事人拿到了法院的裁决过来清算赔款了，有人说是一个不知情的傻租客被房主骗过来了，更多的人则是以幸灾乐祸的心情预判这个女人的生意也不会太好，因为这里风水有问题，没有哪个店可以开成的，就连旁边搭上一角的奶茶店也不知何时就悄无声息地关门大吉了。

其实这半年里来看店面的不止花儿一个人，开串店的、开十元日杂店的、卖清仓瓷器的……不过这次之所以能引起更多的街谈巷议，主要还是因为花儿的气质不仅跟之前的几个老板不同，还跟这里的氛围格格不入。人们想象不出来这样一个浑身散发着优越气息的女人会在这个乱糟糟的街区得到些什么利益。在隔壁那片奢华富足的高档住宅区里，气质跟花儿一样的女人一般都是开着那样的店——奢侈品保养、SPA馆、海参店、红酒廊或者某个大品牌的连锁加盟店，哪怕是一家昂贵的早教中心或是孕婴店也符合这类女人的生活。像花儿这种脸上就带着养尊处优的女人，即使开店也应该是背后的男人出钱为了消磨时光而投入的消遣……

桑榆第一眼看到花儿便认出她来，无须经过任何走近或者换个更近的角度偷窥便能认出是她。只是在这里生活久了，桑榆其实也跟这些邻居有着同样的疑惑和判断。他也奇怪，为什么花儿会来到这里，这些年都发生了什么？

花儿是校园时代的女神，学习好，长得漂亮，歌唱得还好听。她在校园里名声大噪是因为在文艺会演中她献唱的一曲《喜欢你》，花儿的歌声安静且感情饱满，征服了礼堂中所有的人，让在场男生都觉得跟她谈了一场恋爱。从那一刻开始，她便成了男生公认的梦中情人，女生的集体艳羡对象。

"花儿因为成绩出众，加上情商很高，她从读大学到进入一家很大的外资公司工作几乎是一帆风顺，经过多年成功的高级白领生涯的历练，每个见过她的男人都会对她产生爱慕的憧憬和幻想。"

这是桑榆毕业后唯一听到的关于花儿毕业后发展的情况，对他讲这些事情的女同学完全带着嫉妒的口吻。他猜想，按照这样的节奏，她应该会过着按部就班的富足生活：她会很容易地甄选出一个门当户对的优秀男人结婚，然后过上相夫教子的安稳日子。可眼下看起来并非这样。

桑榆猜她至今依然单身，如同每一个被剩下来的优秀女人一样，浮夸的社会环境只能让她拥抱孤独。他宁愿相信自己这种很主观的猜想，因为在他心里的花儿就是这样，一直不会变。人可以选择放弃，但不能放弃选择，所以她才会在厌倦了浮躁的职场生活之后，选择了放弃，给了自己另一个选择，拿出积蓄，开一家咖啡店……

果然，之后的事情印证了桑榆的判断。

在花儿和房主签好合同之后，这里又沉寂了一个月，转眼就到了冰雪消融、春暖花开的季节。施工队进驻了，很快将这里重建一新。紧接着，装修队也来了，把一个不修边幅的简陋小店变成了一座四面被落地玻璃环绕的花房，原来分隔发廊和奶茶店的那棵大树也被装饰了。

据说从沙子水泥到绿植盆栽，所有的东西不是花儿亲自设计的，就是花儿亲自挑选的。而自始至终也只有花儿一个人在场指挥，桑榆并没有看到有其他的男人陪伴花儿。想到这儿，桑榆有些窃喜，但窃喜过后，很快便陷入了深深的自卑，花儿一如当年那样高不可攀。人们猜测这里会开一家花店，而主营业务应该是承办婚庆，这是这家店在这个街区生存的唯一的可能。但经过一番准备开业之后，人们惋惜地发现，花儿开的还是一家咖啡店，邻居们纳闷这咖啡怎么会有这么好喝，究竟会有多少闲人攒得一身体力以至提神继续熬夜。

桑榆看着花儿订了一批又一批的绿植搬进咖啡店，大的小的、高的矮的，郁郁葱葱，唯独不见一朵鲜花，从远处望去，这间玻璃房子里更像是一片热带雨林。

"小伙子，来一个？"

煎饼摊大爷打断了桑榆的思绪。桑榆转头，看到煎饼摊旁边只剩下他一个人了，他走了过去，点点头。大爷的一双手娴熟地摊起了煎饼，桑榆翻兜掏钱，拿出两张皱巴巴的一块钱纸币、两个一块钱的钢镚儿和两张五毛钱的纸币，顿了一下，扔进钱箱子。大爷拿起鸡蛋要磕，桑榆连忙阻拦。

"大爷，鸡蛋就不要了。"

大爷看了他一眼，还是把鸡蛋磕开，蛋液加入煎饼："算送你的。"大爷很快将摊好的煎饼馃子递到桑榆手里，桑榆心怀感激，但又不知该说什么，大爷朝他微笑了一下，转身接着忙起来了。桑榆拿着煎饼馃子咬了一口，就势坐在路边，看着街对面的咖啡店。此时花儿正热情地给客人递着咖啡，这一年以来，一直是她一个人独自打理着咖啡店。开店和闭店的时间很规律，即使客人不多，她也没有提前打烊的时候。闲暇时，花儿的时间几乎都用来照顾那些绿植，从未见过有她的朋友来。桑榆不知花儿为何可以这样享受着孤独，他曾想找机会进去，或者走到门口假装路过的样子，再近一点儿看看她，可是他并没有这个勇气。但他并没有觉得这样有什么不好，因为即使这样远远地看着她，都是一种治愈。

久而久之，花儿的咖啡店成了桑榆心灵中的一块净土，不仅是因为看着她的本身就是一件美好的事情，更重要的是，他还从未做过有关花儿的噩梦。从这一点来看，他不知道是因为疤面还没有发现这块净土，还是有意给他留了一口气，作为支撑桑榆活下去的一个理由。

一

Chapter
05

无家可归

+++

他攥紧拳头，使劲儿地做出一个呐喊的动作，
可除了沙哑的呼气声，喉咙里便再没发出任何声音。

　　手中的煎饼馃子仍有些烫手，但桑榆早就饿急了，被香味儿勾得肚子叫得更厉害，他哪儿还顾得上烫嘴，赶忙狠狠地咬上一大口，食物充满口腔之后的感觉令他分外满足。就在这时，一只黝黑粗糙的手慢慢从桑榆身后伸了过来，并重重地拍在了他肩膀上，桑榆被吓了好一跳，猛地回头，一眼就认出了这个抓着自己肩膀、衣着俗气的中年男人。

　　他心想：坏了，到底还是被三哥逮住了。

　　三哥正斜叼着根烟瞪着他，桑榆本就因拖稿理亏，再加上刚才嘴里的一大口煎饼馃子还没咽下去，所以一时噎住了话。

　　"桑榆我 × 你大爷！"

　　三哥显然也是憋着怒气，没想到踏破铁鞋地寻了桑榆这么久，最终竟然以这种方式抓住了他，他生怕桑榆趁他一个不注意再溜了，干脆就没打算让桑榆起身，暗暗加大手上的力度压着桑榆的肩膀。

　　"你还有脸吃？兔崽子，老子找你找得好苦！电话呢，你电话呢？！"

　　光说还不解气，三哥为了给这满腔的怒火找到一个宣泄口，开始用另一只手大力拍打桑榆的后脑勺。

　　"三哥，别……"

　　桑榆嘴里塞着食物含混不清地求饶着，却反而招来三哥更加用力地拍打。桑榆被呛到，开始剧烈地咳嗽，他甩着手臂用力一挣站起了身，嘴里的食物却忍不住喷了出来，正好喷了比自己矮半头的三哥一脸……

"哎哟，我 × ！"

三哥边擦着脸边抬头瞪着桑榆。

"你可真是能耐了，要造反是不？！"

说着伸手去揪桑榆的领子，桑榆下意识向后撤了一步，转身就跑，可外套却被三哥揪住，桑榆顾不上回头，继续死命往前跑，外套被三哥给扒了下来。三哥被桑榆挣了个趔趄，扔掉衣服之后便追了上去。桑榆拿着煎饼慌不择路地在小巷里奔跑着，三哥手里捏着根烟紧追其后。桑榆猛加了把劲儿跟三哥拉远了距离，但很快，他好像用完了那口煎饼馃子带给自己的力气，开始头晕目眩，眼冒金星。桑榆跑到路口纠结了两秒向左还是向右，他狠狠地咬了一口煎饼馃子希望能快速补充体力，之后便十分不舍地把煎饼扔掉，朝左边跑去。

他知道三哥不会轻易放过他的，可他现在跑得上气不接下气，喉咙被呛得难受，膈肌的耐受力也到了极限，可能跟呛了风也有关系，他开始打起嗝儿来。桑榆猛地咳嗽了一声，鼻涕眼泪都被呛了出来，视野的边缘被黑暗挤压得越来越小，脚下被凸起的地面绊了一下便直接摔到了地上，意识开始模糊……

他估摸着自己是要被迫睡上一会儿了，三哥和疤面，哪个会先来，不是他能决定的了。恍惚间桑榆感觉有个人蹲在他面前，他没有抬头的力气，只看到这个人的鞋子上有类似 Burberry（博柏利）红绿交错的装饰，但印的是 NiuBi 字样的 logo（标志）。桑榆笑了，这品位是三哥，不是疤面。他估计三哥马上要对自己拳脚相加了，虽然这样留下的伤要比疤面带给自己的伤更真实，但他也不希望打自己的人是疤面，因为疤面每次不把他打死都不罢休。

所谓欠债还钱，天经地义，特别是眼前这个男人对自己有着知遇之恩，并且一万块的定金给得很痛快，解了自己当时的燃眉之急，然而自己，因为噩梦缠身而无法按时将剧本交给他，甚至接他电话的勇气都没有了，妥妥儿地理亏，没跑儿。想到了这里，桑榆在心中默默叹气，他无力反抗，只好死命蜷起身，用双臂护住自己的脑袋。

"兔崽子，别讹人啊，我可毛儿都没碰你……"

桑榆没动。

"你是想让我给你找床被子还是咋的啊？"

桑榆还是没动。

三哥气得站起身，双手掐住腰，照着桑榆的屁股就踹了一脚。

"你瞅你这个 × 样……"

三哥拎着桑榆的后脖领来到街边一家小面馆，这里看起来是一个洗车房改建的，所谓的厨房都在门外，厨房里只有一个用油桶改制的炉子，上面架了一口大锅，锅的边缘十分油腻，旁边的厨子兼老板一边往锅里下面条一边收钱。桑榆和三哥相对而坐，只有一碗面，三哥在痛快地吃着面条，桑榆不敢吭声，认真地给三哥剥着蒜。三哥接过一瓣蒜，咬了一口，又猛吃了几口面，他抽出纸巾擦了擦脑门儿的汗，打了个饱嗝儿，开始数落起桑榆。

"你可太让我失望了，这叫违约，我可以告你知道吗？"

桑榆犹豫了一下，开口道："三哥，我问你……你有没有体验过什么叫真正地活着？"

这话把三哥问住了。桑榆在店里扫视了一圈，最后视线落到窗台上的一个小鱼缸上。他起身把鱼缸端到餐桌上，鱼缸里只有一条安静的斗鱼，三哥不知道桑榆要干什么，疑惑地看着他。桑榆指着鱼缸道："这个，就好比是大脑。看得见的只有一条鱼，代表人的意识。剩下的水无色无味，好比潜意识。人的一切行为都靠意识，但潜意识更为重要，因为是它在影响意识，支配着我们一切的判断。"

桑榆语毕将手伸进水里抓鱼，鱼受了惊吓四处乱窜，可鱼缸就这么大，它最后还是被桑榆抓住，拿出鱼缸，扔在桌上。斗鱼在桌上嘴一张一翕地扑腾着。

"意识离开潜意识，就如同鱼离开水。我现在就跟它一样，没法活了。"桑榆没有擦手，双手湿漉漉地抵着太阳穴的位置盯着这条鱼看，鱼的挣扎变弱了，但嘴仍在大口大口地企图呼吸着。三哥回过神，赶紧抓起鱼扔回鱼缸，鱼又恢复了活蹦乱跳的姿态。

"你不还是在说你睡不着那点儿事儿吗？桑榆，我发现你有一个特别严重的问题，你现在是但凡遇到点儿坎坷就赖在别人身上，总觉得有人故意坑害你，你这叫被迫害妄想症你懂吗？"

"我真是一闭眼睛就做噩梦，我都以为我中邪或者精神分裂了。"

"睡不着觉就写剧本啊？"

"没法集中注意力。"

"那你把定金退我！"

"看病花没了。"

三哥越看桑榆这副破罐破摔的样子越来气，他抄起筷子敲打桑榆的脑袋，筷子上还挂着面条。

"看他妈什么病，我看你就是闲的！不好好写东西还在这儿耍花招儿，蒙老子是吧，老子抽死你！"

桑榆不敢动弹，只能硬挺着三哥的打骂，他更颓了，颓到放弃。因为三哥显然没明白他说的意思，还将最后的求助当成了强词夺理。桑榆想努力去理解三哥对自己的良苦用心，他至今还记得当时三哥把定金给自己时的情景：他本想告诉三哥自己不想写这种剧本的，但当他看到那一万块时，却鬼使神差地点了点头，并口不对心地向三哥保证一定按时交稿。

其实，虽然不愿意写，但桑榆并不是不能写，只是自己噩梦缠身就完全没有了写作的可能。而三哥接下来的话，却把桑榆的心彻底伤了。

"你得懂得感恩，你真以为自己有才吗？我顶着多大的压力发活儿给你，这不让你捡钱呢吗，你还在那儿穷装，跟我编瞎话，装 × 拿劲儿的……跟你明说了吧，这活儿后边的金主是奔着洗钱来的，十天！再给你十天！不然就有人要来剁你的手了……我可没吓唬你。听好了没？十天，就十天啊！"

三哥替桑榆操碎了心，边说边用手指戳着桑榆的太阳穴。桑榆生着闷气却也不敢吭声，三哥继续戳着桑榆，狠话都已经说尽了，再耗着也没什么意义，于是三哥便起身离去。桑榆头上沾着面条，盯着三哥背影，若有所思。他起身走出面馆，只想着回到自己的小窝里，如果睡不着就码字，至少把欠三哥的剧本先还上，然后等把剧本钱结了之后再接着治病。

桑榆来到楼下抬头看了看四楼自己的窗户，又顺便看了下三楼房东家有没有回来人。他开始围着楼底下转圈，确定了周围确实没人之后便猫着腰走到楼后身的排水管处，再次四下张望了一圈，就顺着排水管一口气爬到了四楼。桑榆一手抓着排水管，一手推着窗户，没推开。又推了两下，还是推不开。他向上爬了一步，看到窗户的拉手被人从里边给挂上了，显然是房主干的，他只能再顺着排水管爬下去。桑榆站在楼下喘着粗气，他在楼门口徘徊了很久，最终还是决定走进去。

他知道自己需要和房东诚恳地谈一下，这样或许还能恳求房东再宽限十天，只要房东能动一动恻隐之心，再宽限他一下，他就能从眼前的窒息中停顿一下，缓一口气……想到这里，桑榆鼓起了勇气走进了楼里。他习惯性蹑手蹑脚地顺着楼梯往上走。可当他来到自家门口时，却被眼前的场景惊呆了——房门口堆着他的行李：一个行李包，一个床单打成的大包裹，包裹里露出旧衣物和电脑。他看了看地上的行李，又看了看门上的锁，果然门锁不一样了，被人换了把更大的挂锁。

桑榆意识到房东显然是不想再跟他谈什么了，但他还是决定再向房东低一次头。他来到了房东家门前伸手想要敲门，可手又缩了回来。他犹豫半晌之后还是敲了门，毕竟谈了才有希望，不谈自己只可能是无家可归。可是门内电视节目的声音被调大了，显然房东知道是自己在外边。桑榆抱着最后一丝希望又敲了敲门，可屋里的电视声音更大了，大到完全盖住了他的敲门声。

他攥紧拳头，使劲儿地做出一个呐喊的动作，可除了沙哑的呼气声，喉咙里便再没发出任何声音。他回到自己的门前看着地上凌乱的行李，觉得此刻分外凄凉……

住在这里这么多年竟然没攒下一件怕丢的东西，桑榆翻了翻，只带走了那台破笔记本电脑、充电器和冉遗鱼手把件儿，其余的零碎东西通通不要了。他走在街上，不知道自己能去哪里，也不知道今晚该在哪儿过夜。

夜幕降临，气温越来越低，冷风毫不留情地灌进了桑榆的脖子，这条街只有一家美式快餐店还亮着灯，桑榆低着头走进快餐店，硬着头皮没有装成要蹭洗手间的样子，好在前台的服务员没有注意到他，这种默契的留白让人舒服，他坐到了一个角落里。

店里没有几桌客人，旁边的长椅上有个乞丐在睡觉，很安静，没人管，这让桑榆觉得踏实了一些，或许可以在这里坐很久。他找到了电源插座，打开笔记本电脑，接通电源的一瞬间，笔记本发出闷闷的运行声音，启动过程很慢，桑榆盯着电脑屏幕发呆，这一刻他突然觉得这个世界本就不是因为概率而诞生的，一切进化都来自那点儿小到不真实的偶然，就像自己和花儿的相识一样。

他用了十年的时间来猜想她是怎样的一个女人，也许花儿看似是寻找一个幸福的温床，不过桑榆猜测，她是想拯救自己那个疲惫不堪的灵魂。笔记本电脑终于启动起来，鼠标光标很快从凌乱的电脑桌面上找到那个剧本文档，点开之后一片空白，让桑榆胸口一堵，他搓了搓脸，想要顺着情节往下推进，至少要先消灭这可怕的空白。因为空白对写作来说，会形成无止境的恶性循环。

键盘上的空格键没了，桑榆打字过程中每次需要敲击空格时都要用牙签捅一下，不过从他的动作来看，他习惯又熟练。

桑榆写着写着突然停住了，他思索半晌，对写出来的东西并不满意，于是他将大部分内容删掉，靠坐在椅子上揪着头发，满脸愁苦。他揉了揉干涩的眼睛试图让自己清醒，盯着屏幕努力集中精神。这时他斜后方一对年轻情侣起身，说笑着出门离开。桑榆回头看了一眼他们，又看向他们的桌子，桌上剩了很多没吃完的薯条和鸡块，没人收拾。

桑榆咽了咽口水，他已经饿了很久了，身子发软，脑门儿冒出虚汗，胃扭绞着发疼，空洞得像能吞下整个世界。桑榆死盯着那些薯条和鸡块，但叫他真的挪动身子伸出手去拿，却又万分艰难，毕竟他是个大学毕业生，一个一直自视甚高的文艺青年。

经过几番痛苦的煎熬和斗争，他好容易鼓足勇气低着头起身，如同掩耳盗铃一般，转身朝斜后方走去，结果刚迈了两步，又不得不低着头回身坐下了，桑榆的脸涨得通红，觉得整个快餐店的人都发现了他的企图，而他白白丢了这个脸，那个睡觉的乞丐抢先一步去了那个座位，此时他正背对着桑榆，狼吞虎咽地吃着那对情侣的剩饭。桑榆跟自己赌气，为刚才太要面子而错过时机感到悔恨万分，他把头埋在桌下，用手抽着自己的脸。

因为错失了可以填饱肚子的机会，桑榆一直饿到了后半夜，此时店里的客人只剩桑榆和那个乞丐了，乞丐可能有些意犹未尽，一直没有离开那个座位，点餐台里的工作人员正边打着哈欠边擦着柜台。桑榆双臂环胸蜷缩在座位上盯着电脑屏幕愣神，店里有些冷，桑榆的眼皮开始打架，他没注意到的是，乞丐的背影忽然发生了变化。

乞丐变得强壮了很多，他伸手将用作隔离打扫区域的铁链扯下一段，铁链到了他手中变得粗得骇人。他将铁链拖在地上移动着，发出"哗啦哗啦"的声响。乞丐拖着铁链缓步接近桑榆，桑榆还在打着瞌睡，并没有注意到有人站在他的身后。乞丐突然抬手把铁链套在桑榆身上，狠狠勒住了他，桑榆一下清醒过来，他被吓得六神无主，奋力挣扎着。

这时乞丐已经完全变成了疤面，桑榆被勒得脖子上青筋暴起，根本喘不过气，他用手抓着脖子上的铁链企图为自己腾出能够呼吸的空间，但是根本不起作用，桑榆绝望又无助。

铁链开始发出冷冷的白光，疤面恶狠狠地看向桑榆，他揪住桑榆的头发重重地撞向桌面，桑榆的头随即发出闷响，他感觉自己的脑浆在震荡，眩晕的感觉让他想吐。可疤面并没有给他喘息的机会，他抓起勒着桑榆脖子的铁链将其拎了起来，此时桑榆的脸已经被鲜血覆盖，他用尽全力挥舞着手臂企图反抗，疤面却被这个行为激怒。

他甩着铁链将桑榆抢了起来，对着桌子又是重重一砸，桑榆感觉自己的脊椎断了，他疼得龇牙咧嘴却被勒得发不出一点儿声音。因为被勒得缺氧，桑榆的眼球开始充血，行将爆裂，面部也逐渐趋于青紫色，眼看就要窒息。

此刻的桑榆早已没有了挣扎的力气，他整个身体都彻底瘫软下来，疤面的手终于松开铁链，可他并没有停手的意思，只用一只手就轻而易举地掐着桑榆的脖子把他拎了起来，桑榆被高高举起，接着就被扔了出去。

桑榆的身体"砰"的一声撞在墙上了，随即慢慢滑落到了地面。趴在地上的桑榆呕出了一大口鲜血，他就像被捞出了水许久的鱼一样，只剩下了喘息的力气。

疤面狞笑着走向桑榆，他甩开铁链，用左右手各拉住桑榆的一条腿把他倒拎起来，随即向两边用力一扯，只听"刺啦"一声，桑榆的身体被撕成两半，血液顿时喷溅向四周，形成了一大团血雾，笼罩在疤面凶残的笑容之上……

A Fantastic Journey

奇幻之旅

Chapter

06

生无可恋

+++

四下依旧沉寂无声，连服务员的一声呵斥也没有，

仿佛整个世界已经彻底抛弃了桑榆，决绝到连一丝回应也不会给他。

"啊！！！"

桑榆尖叫着惊醒，身上衣服已经被冷汗浸透，惊魂未定的他慌乱地看向四周，接着急忙用双手摸向身体，在检查完自己的左右半身还合在一起、脑壳没漏、脑浆也完整地装在里面之后，桑榆瞬间像被卸掉了所有力气一样瘫在了椅子上，他轻轻晃了晃头，长舒了一口气。又是一次死里逃生……

不过这次的梦让桑榆感到有些不同，梦中被疤面用铁链勒住的窒息感异常地真实，这究竟是怎么回事儿？桑榆朝着自己的脖颈摸去，手指的触摸和压碰带来丝丝痛楚，即便他已经尽量使自己动作放轻柔些，但痛感的确从脖子上传来，这事儿骗不了人。他缓慢而仔细地摩挲着脖子上的印记，在恢复一些力气之后，桑榆赶忙起身跑到洗手间去照镜子，看着镜子中那个无比憔悴的自己，桑榆嘟囔着："唉，没个人样了都……"

他继续盯着镜子，左摇右摆地转着脖子，心有余悸地看着自己的五官，还好，虽沾了些灰尘却完好无损。就在他准备转身离开的时候，他这才想起自己来照镜子原本是要查看脖子上的异样的，结果晃了半天哪儿都看了，就单单没看脖子。于是他返回到镜子前，抬起头抻长脖子并眯缝起眼睛，仔细观察起脖颈。

脖颈上果然有一道紫青色的勒痕。桑榆用手轻轻地触摸着这道勒痕，依旧还有明显的痛楚感，疼得他直倒吸凉气。那条勒住自己脖颈的巨大铁链足以让桑榆毕生难忘，还有那反复经历的死亡窒息感也令他后怕得浑身发抖。桑榆觉得自己的生存空间越来越狭小了，他现在宁愿相信这道勒痕并不是疤面用铁链在梦中给自己留下的，而是自己伏在桌子上睡着的时候压出来的，可他仍旧惊魂未定地摸着脸，揉着脖子，左右看着。

他明白，自欺欺人解决不了任何问题。桑榆惊魂未定地担心着疤面就要突破梦境从现实世界出来，可疤面究竟从何而来……

桑榆回到了座位上，环顾着四周，发现这时的店里只剩下了自己一个客人，连服务员此刻都伏在收银台上伴着均匀的呼吸声睡着了。快餐店里明亮的灯光并没有带给桑榆一丝一毫的安全感，相反，如此诡异的安静让桑榆总感觉疤面躲在某个角落里，像一头凶猛的野兽一样蛰伏着，一动不动地暗中盯着作为猎物的自己。桑榆决定马上离开，他低头打算收拾下东西时却发现，他的笔记本电脑不见了。

他用手探寻着桌面，可刚才摆放笔记本的地方只剩下一根黑黄的牙签。桑榆愣住了，他皱着眉头认真地回忆着，随即又弯腰在地上和包里翻找了一番，一无所获。桑榆死心地接受了电脑被偷的事实，他颓丧地愣坐在那里。半晌后他突然将双手挥起，泄愤般地砸了桌子一拳，发出很大的声响。然而，四下依旧沉寂无声，连服务员的一声呵斥也没有，仿佛整个世界已经彻底抛弃了桑榆，决绝到连一丝回应也不会给他。

就在这时，后厨里好像再次传来铁链与地面碰撞摩擦的声音。桑榆惨淡一笑，原来这个世界在意他的就只有疤面一个人，而此番在意的唯一目的就是赶尽杀绝。桑榆不懂，自己到底有什么特别之处值得疤面紧追不放，他也第一次觉得，想做个平平淡淡的小透明竟然这么难。桑榆试图努力保持清醒，他已经从刚才的噩梦中醒来回到了现实中，疤面应该没那么快赶过来。但是疤面很长时间以来就是自己恐惧的根源，哪怕是臆想中的可能性他也万分害怕再次发生，于是他手忙脚乱地抓起东西就朝着店外跑去。

天微亮，阴沉着，带着些许的凉意，桑榆拼命地奔跑在空无一人的街道上。这时突然从肺部传来一股令人不安且伴有疼痛的灼热感，他猜想自己可能是患上了肺炎，但如今已经身无分文的他哪儿有生病的资本……

一个越来越清晰、越来越强烈的想法摧枯拉朽地压倒了一切，完全占据了桑榆的心——并不是他对这个世界来说无关痛痒，相反，他的存在对整个世界来讲已经形成了一种干扰，是一种多余。虽然他并没有意识到，但他已经无意中具备了因抑郁症而自杀的患者的两个必要条件：长期缺乏睡眠和认为自己的离世对别人是种解脱。桑榆再也没有了跑下去的力气，通往平静的路实在是太远了，估计自己永远都无法到达了。他站在原地，手一松，行李落到了地上。他随即弯下腰，一手捂着胸口一手扶在膝盖上，大口大口地喘着气。

商业街上此时还没有行人，只有一个环卫工人在清扫着街道，现在的桑榆又饿又困，他精神恍惚，视觉再次出现了错乱，他眼中的世界变成椭圆，而椭圆的外圈带着诡异的炫光，像在嘲讽他是个可怜虫一样，无情又冰冷。这时，环卫工人突然回头看向桑榆，桑榆抬头，无意中与环卫工人对上了视线，桑榆胆战心惊地发现，环卫工人的脸竟然变成了疤面。桑榆一惊，他急切地直起身想要离开，却发现自己的小腿在这时候居然不争气地抽筋了，他绝望地用力撕扯着头发，尽量让自己清醒，以便迎接即将到来的疤面并与其肉搏。但疤面并没有到来，环卫工人也依旧在扫地，一切都如在照常运作，而不正常的只有自己——桑榆知道，是自己出现了错觉。

桑榆一瘸一拐地走在冷清的街道上，这时有辆黑色轿车从桑榆身边驶过，车上只有一个人，像刻意放缓了速度似的与桑榆并排前进。桑榆低着头继续前行，但迎面而来的目光让桑榆感觉到一些不自在，于是他下意识地抬头与司机对视，果然，司机的脸在桑榆的注视下慢慢变成了疤面，他直勾勾地盯着桑榆，像一个饥饿到极点的人垂涎着面前的丰盛大餐一样，露出了渴望而邪恶的笑容。这一刻桑榆明白了自己身上体现出的越来越不正常的趋向，但他不再挣扎，他放弃了抵抗，任由疤面抑或是他错觉中的疤面肆意侵蚀着他的世界。

桑榆抬头看向天空，天空的云开始集结、变形，变成了一个手执利剑的巨型疤面，桑榆凄凉地笑着摇了摇头，他鼻子一酸，眼泛泪花，后来干脆蹲在地上抱头痛哭，这种名为绝望的东西真的令人崩溃，他一分钟都忍不下去了，既然不能送走疤面，那就终结自己，这样一来疤面就可以去纠缠别人了吧。

桑榆这番想着，他抬起满是泪痕的脸看向四周，这时他突然发现，道路右侧建筑的楼顶上正有另外一个桑榆对着自己招手。桑榆回应地挥了挥手，之后便找到入口沿着楼梯走了上去，此刻他的内心分外平静，每一层楼梯的感应灯就像是在给他送行。在走向楼顶天台的短暂路途之中，桑榆的脑海里逐一回想着与自己有过交集的每一个人，心中居然尚存一丝留恋，尤其是花儿，他分外不舍的就是这个可能早已忘却自己的人。可正是因为有了这种留恋，才让他觉得自己应该离开这个世界，否则苟延残喘地活着就是给他们徒增烦恼……

桑榆登上最后一级台阶，推开了连接天台的那扇破旧不堪的木门，站在天台之上，他抬头仰望即将到来的破晓，阴冷的黑暗即将散去，可现在就算是光明来临也无法在桑榆心里激起波澜。作为编剧生涯的终结也作为自己这惨淡一生的节点，桑榆决定给三哥道个歉。他拿出了手机，给三哥发了一条短信："对不起了三哥，剧本真的写不了了，欠你的，我下辈子再还吧。"

桑榆看着屏幕上的小信封飞出去，最终显示发送完毕，他向前迈出了腿，跨过护栏，站在天台边。他向远处看过去，发现站在这里恰好可以看到花儿的咖啡店，他凝神了许久，唯一的顾虑就是，自己作为一具尸体躺在这栋建筑楼下时，花儿可能会认出是他，那样会让花儿很难受。可是他随即自嘲地笑了笑，就算自己好端端站在花儿面前她都未必认得出，更何况是从这里跳下之后摔得面目全非了。桑榆想着，迟早有一天疤面会出现在有关花儿的梦里，摧毁他心中最美好的东西，不可以，绝对不可以，这是他最害怕的事情，即使是为了自己心中的这块净土，他也该跳下去，亲自结束这一切。

桑榆再次抬头望向天空，刚刚探出头的太阳还没来得及绽放光芒就又躲进了阴暗的云层之中，此刻他已万念俱灰，就在他一只脚向外迈出去时，他闭上了眼睛，接下来的过程只能通过风的方向和速度来判断了，当然过程会很短，他竟有些迫不及待了。楼下突然传来一声急切的叫喊声："哎！来个煎饼不？！"

桑榆猛地睁开眼，伸出的那只脚也重新踩回天台边。他朝楼下看去——是那个煎饼摊，摊煎饼的大爷正举着两根香肠殷切地抬头看着桑榆。他没有回应，可能是因为有了观众，桑榆的双腿开始不住地颤抖，他顿时觉得一阵眩晕冲上头顶，连呼吸也变得急促起来。显然，这种害怕的感觉桑榆失而复得，这也就意味着一个将死之人的心底重新出现了生的希望。

"就这么悄无声息地死掉多好啊，现在煎饼大爷在楼下看着，人家平时也挺照顾我的，挺大岁数的人了再被我难看的死状吓一下可就够受了……"

桑榆在心里纠结着，他打心眼儿里是一心求死的，所以他抗拒着对死亡的恐惧。桑榆平素最讨厌决定好的事情变来变去，他依然想死，他肯定不会再活下去了，不过他这边咬紧牙关为自己酝酿跳下去的勇气，但身体却始终不受控制地发着抖。

"哎！我马上就给你做好，免费给你加蛋加肠！"

大爷见桑榆迟疑，赶忙又补了一句，边说边挥动着手里做煎饼用的铲子。于是桑榆寻死的念头彻底被瓦解了，连肚子也跟着缴了械。桑榆特别懊恼，觉得自己注定一事无成。他眼瞧着煎饼摊大爷扔下摊子朝自己的方向小跑着过来，而后消失在自己脚下的视野里。

桑榆从天台边跨了下来，他双手扶着围栏，跌跌撞撞地走了两步就一屁股坐在了楼顶的地上，分外狼狈。冰凉的地面提醒着桑榆活着的感觉就是这么不舒服，他大口大口地喘着粗气，过了好一会儿呼吸才逐渐趋于平稳。他扶着围栏站了起来，小腿终于不再打战。桑榆缓步走到天台连接楼梯的破木门处并将其推开，他呆愣在那儿，仍没想好该何去何从。

随着声控灯逐一亮起，上楼的脚步声由远及近，他知道，这已经是煎饼摊大爷拼了老命赶来的速度了。此刻他觉得特别对不起花儿，如果现在他不结果了自己，那么疤面迟早会有一天把花儿从他生命中带走。可是煎饼摊大爷的举动又让他感受到了久违的温暖，恍惚间桑榆感慨，讨债的人会阴魂不散地跨越一切障碍来折磨你，而真正对你好的人却不是下辈子说遇就能遇见了，如果辜负了，那便真的是还不上了。煎饼摊大爷气喘吁吁地跑到桑榆面前，他迫不及待地拉起桑榆的手，把一个超大的煎饼馃子重重地压在桑榆手中。

"没……没骗你吧？"

煎饼很烫手，但桑榆此时却仿佛失去了知觉，他的手早已冻得冰凉，此刻从煎饼上传来的温度正从他的手心向着全身蔓延。大爷仍不太放心，他搂住桑榆的肩膀，就地坐了下来。

"来，陪我说说话！"

两个人并排坐到了台阶上，桑榆打开塑料袋狼吞虎咽地啃着煎饼，嘴里那浓浓的鸡蛋香味儿再次让桑榆感受到了活着的幸福。桑榆吃着吃着，终于忍不住哭了。他哽咽着，一边嚼着煎饼，一边回头看向大爷。

"真是，真是太好吃了……这个算我欠您的，但我还不了了。"

大爷看着桑榆，眼中充满慈爱。

"谁都会遇到点儿事儿，没有过不去的坎儿。"

"我可能上辈子真造什么孽了，这辈子白天还、晚上还，没个完了。"

"嘿，你才多大，能遇到什么事儿啊，失恋、失业、失身，无非也就这几个事儿，大爷跟你说，哪样都没命重要。"

大爷说完嘿嘿一笑，有意地调侃企图让气氛变得轻松些，但桑榆笑不出来。

"都不是……您不知道，我好久没睡过整觉了，每天晚上都得死一遍，换谁谁都受不了……"

大爷从兜里掏出了一盒压得有些皱皱巴巴的软包烟，他递给了桑榆一根，桑榆迟疑，大爷便把烟直接塞进了桑榆的嘴里。二人抽着烟沉默着，大爷盯着空中飘散的烟圈许久后开口："那就每天晚上在死之前，先醒过来呗。"

"怎么醒？我根本没有机会。"

"人经常把死挂在嘴边，可是时常说着死也只是在提醒我们自己还活着，仅此而已。道理就是这么浅显，你要是想醒，你就说……我在做梦，可能就醒了呢？"

大爷说的这番话就如同自己也经历过梦魇缠身一样，桑榆愣愣地看着大爷，还想再问些什么的时候，大爷忽然站起身将自己身上的棉大衣脱下来给桑榆披上，随即沉默地离开了。

这个煎饼馃子真的很大，桑榆嚼得腮帮子都酸了才把它吃完。他反复琢磨着煎饼摊大爷的话，一会儿觉得有道理，一会儿又觉得不靠谱。想着想着，桑榆的眼皮开始打架，这次他没有抗拒睡意，他把披在身上的大衣向上拉了一拉，整个身体蜷缩在台阶上就睡了过去。午后，桑榆醒来，依旧是在梦里被疤面蹂躏了一番。他坐在原地披着棉衣回忆这次疤面对他暴打的细节，有些记不太清了，只记得他应该是在梦里死了很久之后才醒过来的，的确，他太累了。

桑榆站起身边活动着身体边走到了天台边，正在忙碌着的煎饼摊大爷也在第一时间看到了他的身影朝他微笑了一下。咖啡店也在营业中，花儿正在门口签收一份快递。还能看到她，真好。桑榆在心里暗自庆幸。只是现在的自己除了码字之外，再无长处。现在电脑丢了，连这件事儿也做不成了。桑榆抬头看了看天空成群结队飞过的乌鸦，竟然心生羡慕，至少它们拥有飞翔的自由。而自己呢？除了疤面，还有什么？

A Fantastic Journey

奇幻之旅

Chapter

07

我在做梦

+++

当他的手慢慢举起时，惊人的一幕出现了——

桑榆的手里竟真的握着那把巨型短剑，他的手还保持着刚才在梦中抓着剑的姿势。

　　桑榆将手臂搭在围栏上发呆，这是一段难得的放空头脑的时间，他贪婪地享受着这久违的平静。夜幕很快来临，城市各处的灯光一一亮起，远处大楼的霓虹闪耀，他越发感觉到了自己的渺小。死亡是向面前的困难低头的一种选择，想到这儿，桑榆的脑子里突然涌上来一股热血，眼前的困难自然是阴魂不散的疤面了，他不甘心就这样向疤面低头，看着楼下的车水马龙，桑榆渐渐将拳头握紧，被疤面纠缠的这段日子里，每晚经历一种惨烈异常且痛苦万分的死法，死亡对桑榆来说就像……每天都被迫要来个亲密拥抱的陌生人一样。

　　那么，也是时候让疤面尝尝失败的滋味儿了吧？这番想着，桑榆笑出了声，他似乎从如今这困苦的境遇中抓到了一丝乐趣……

　　直到花儿的咖啡店打烊，桑榆才从天台回到了地面，他在花儿的咖啡店门前逗留了许久才离开，咖啡店的橱窗上贴了一张写着"出兑"二字的A4纸，桑榆不知道这里发生了什么，更不知道花儿的下一站要去哪里，不过可以肯定的是，分别是在所难免了。桑榆再一次感受到了深深的无力感，他既无法解决花儿的困局，又无法追随其离去……

　　不过这样也好，两个人总要有一个人先离开。桑榆仍旧觉得先离开的那个人应该是自己，他虽然从天台上安然无恙地走了下来，但并不代表自己还能安然无恙地走下去。眼前的问题是，桑榆已经身无分文了。

　　他在街上漫无目的地走着，身上穿着煎饼摊大爷的那件棉衣，他现在胸腔腹腔里装满了感慨，人生真正的艰难之处并不是走投无路，而是根本就不给你去开辟新路的时间。对一个不幸的人来说，荣耀、机会和财富总是在放他鸽子，"吃得苦中苦，方为人上人"，那是命运对强者开的玩笑，对于弱者……别闹了，命运不是不想跟弱者开玩笑，而是根本就不想搭理弱者。

现在的桑榆是一个实打实的弱者，十分钟之前他按照电线杆小广告上的号码给高利贷打了一通电话，结果人家一听他是无车无房无能力的"三无人员"，直接就把电话给撂了。桑榆攥着手机，手机是现在桑榆所拥有的唯一的电器了，不过这部超长续航的老人机也已经被耗光了电。不远处的一个用充电台灯照明的小摊，是个收旧手机的，桑榆看了看小摊，又看了看自己手里的老人机，犹豫片刻之后走了过去。

"收吗？"

桑榆把手机递了过去。摊主正聚精会神地用手机看着一档综艺节目，他瞄了一眼桑榆递到自己面前的老人机，都没有让他能提起兴趣把综艺节目暂停一下。摊主直接回了一句："二十。"

"二……二十？！"

桑榆有点儿接受不了，现在是什么年代了，二十块钱也就能买副鞋垫儿，手机好歹是个电器啊，二十块钱算怎么回事儿！

"那个……您再给我加点儿，二百行吗？"

摊主连眼皮都懒得抬。

"就你这破手机二百块钱都能买个新的了，你卖不卖？不卖就走！"

桑榆无奈，只好把手机放到了桌子上。

"我微信转给你钱。"

桑榆闻言摊了摊手，摊主这才意识到桑榆仅有的手机已经被自己买下，便从包里掏出二十块钱扔给了桑榆。

夜已经深了，由于天气寒冷，街道上的人们都裹紧棉衣行色匆匆地往家赶，路边多数的小店都已经打了烊，只有一个二十四小时营业的超市还亮着个线路接触不太好的灯牌，灯牌里的电流声"嗞啦嗞啦"的，让人头皮发麻，桑榆走到灯牌下停了下来，饥饿感再次袭来，他决定用兜里这仅有的二十块钱去小超市买点儿东西吃。

小超市里只有一个女收银员正在给一个顾客结账，桑榆也知道自己这副颓废的样子容易遭人怀疑，便下意识躲避着收银员的眼神，从收银员面前快速经过，直接拐进了货架。

桑榆一边在货架中间穿行着，一边盘算二十块钱都能买些什么东西。他来到货架的末端开始认真地拿起几个面包挑选比较，看看买哪个面包的性价比能高一些，算来算去，觉得不管哪个面包都太蓬松，性价比太低，根本难以安慰他的辘辘饥肠。

桑榆饿得头脑发昏，眼睛发花，他现在感觉既心慌又烦躁，想赶紧从这里走出去，但是望着满架的食物，他又根本迈不开步。就在他迟迟做不了决定的时候，一包标价为二十三块钱的真空装酱牛肉适时地出现在了他的面前。回想起酱牛肉的香味儿和口感，桑榆的嘴里不由得涌出大团唾液，虽然这块酱牛肉不大，但桑榆知道这也一定会比加了好多膨化剂的面包顶饱。不过二十三块钱显然是超出了预算……

酱牛肉的大小适中，一只手便可以握住，装在衣兜里也刚刚好……观察了一下周围环境，超市没有其他的顾客，货架也刚好挡住了收银员的视线。于是，缺盐少糖、饿得发昏的脑子果断地控制起他的双手，他放下了面包，抓向酱牛肉，揣进了衣服兜里。

"成功！"

桑榆不知道为什么会冒出一句"成功"来评价自己，他看着大门，其实距离并没有多远，可这一步却需要强大的心理支撑，因为他现在兜里揣着偷来的牛肉，一旦从这里走了出去，自己就真的成了个彻头彻尾的小偷。桑榆正边纠结边来回踱步，他回过头发现就在自己身边的墙角上方有一个凸面镜，他的心被狠狠地揪了一下，在凸面镜里的自己，俨然是一副小偷的嘴脸，显得格外扭曲可憎。

桑榆顿觉羞愧难当，他掏出酱牛肉放回货架，这一刻的桑榆更加厌恶自己了，他随手拿起一个便宜面包就来到门口结账，整个过程他都低着头，而结账的过程也显得无比漫长。因为扫码失灵，收银员需要把编码一个数字一个数字地输入收银机里，每一个敲击声都重重地砸在桑榆羞愧的心头。账终于结完了，桑榆赶忙抄起面包打算灰溜溜地离开超市。

"稍等！"

身后突然传来收银员尖细的声音，桑榆在心里暗道情况不妙，可他最终还是没有一溜烟儿地跑掉，因为这样便连做人最后的底线都没有了。桑榆转过身来，还没等收银员开口，便低声说了一句："对不起……"

"先生，小店提供免费的热水，需要给您来一杯吗？"

说着，收银员将已经接好热水的纸杯推到了桑榆面前。这一刻，桑榆觉得自己面目可憎，他几乎要否定掉自己全部的人生。桑榆突然感觉自己这么多年好像都没活明白，他甚至有些极端地认为，也许这些年里拒绝过他、冷落过他、藐视过他的人们才是对的……

那些他在剧本中想要展现出来的博大情怀可能都是自己的伪善，按照烂俗的剧情来说，这种幡然醒悟的情节出现的时候就一定是主角人生翻转的重要时刻，但对此时的桑榆来说，这一切都太不按套路出牌了。他一个劲儿地鞠躬感谢着收银员，随后便拿着面包和那杯热水出了门，他靠着超市的落地窗慢慢蹲了下来，一边啃着面包，一边喝着热水，缩着身子，低着头，俨然一副流浪汉的样子。

就在面包被啃得还剩一小半的时候，桑榆面前出现了一双秀气的脚，穿着黑色的高跟鞋。

"桑榆？"

桑榆身子一僵，听到这个令自己魂牵梦萦、日思夜想的声音之后，他十分艰难地抬起头看向声音传来的方向。果然，命运之神再次对他露出嘲讽的冷笑，这双高跟鞋的主人是花儿，是那个让桑榆无法自拔的女孩。花儿看着落魄不堪的桑榆，有些惊讶，她为了更接近他，慢慢地蹲了下来。

"真的是你呀，你怎么在这儿呢？"

桑榆恨不得找个地缝儿钻进去，可惜现挖地缝儿已经来不及了，他感觉自己尴尬得要自燃了，急忙把头别过去，两只手慌乱得不知道该往哪儿放。他幻想过无数种重逢的情景，可他万万没有想到自己会在最狼狈的时候与自己梦中的女神相见。花儿上下打量着眼前无比落魄的朋友，看着他低头不语的窘迫样子，感觉有些心疼。

"你怎么了，需要帮忙吗？"

桑榆没有回答，花儿也感到气氛有一丝尴尬，于是她又问："你是不是不认识我了呀？"

桑榆仍没有回答，他嘴里叼着半块面包，把头埋得低低的。花儿见桑榆没反应，直接伸出手搭在了桑榆的肩膀上。

"走吧走吧，我带你吃点儿东西去……"

桑榆终于再次感受到了那曾经让他魂牵梦萦的细腻，花儿身上特有的橘子香水的味道，仿佛带着桑榆一下子回到了那个无忧无虑的学生时代。可惜命运从来不以自己的意志为中心来演绎这一切，在自己最为穷困潦倒的时刻，遇到了在自己心里最圣洁的人。桑榆不敢与花儿对视，不知如何是好，他能感受到花儿正在用责怪与心疼的目光注视着自己。桑榆觉得很是惭愧，甚至觉得自己有些对不起花儿，此刻他最不想见到的就是花儿。

桑榆一遍又一遍地深呼吸，他决定鼓起勇气对花儿坦白一切，告诉花儿这么多年来他对她的思念，桑榆抬起了头，看着花儿脸上依旧带着善意和单纯的笑容，他再次羞愧地别过脸，虽然花儿的脸上全是单纯与善意，但桑榆依然能够感受到花儿此刻内心对他的疑惑和不解。桑榆知道，那是花儿对自己的关切。

他看了看自己那双脏脏的鞋子，咬着嘴唇紧闭着眼睛，在心里给自己加好了油鼓起了勇气，想对花儿说些什么，却突然感觉到，花儿捏在自己肩膀上的手力气变大了，桑榆的肩膀被她抓得生疼。他睁开眼看向肩膀上的手，发现那只手突然变得黝黑粗糙、青筋暴突，顺着花儿的手臂向上看去，哪儿还有什么花儿，对面的人分明是那个魔王疤面，而疤面也对着桑榆露出了癫狂凶残的笑容。

疤面又来了！

桑榆虽然被吓得浑身发抖，但他随即又露出了一种释怀的笑容，他此刻感到很庆幸，能够在这里与疤面相遇，说明自己在现实中并没有遇到花儿，这也就意味着自己没有在最不堪的时候遇见最爱的女孩。还好，能保留住自己在花儿心中那份曾经的美好。那么接下来就是桑榆能否逃脱疤面魔爪的游戏了。以往的每次噩梦都是疤面对桑榆单方面的虐杀，真正下定决心反击这还真是第一次，因为疤面外貌骇人又体壮如牛，实在是完全轻松地碾压孱弱少年桑榆。

不过即便这一次的逃脱失败了也没关系，不过是场噩梦罢了，回到现实中桑榆还是那个身无分文的桑榆。

想到了这里，桑榆便起身要逃，可疤面的大手却用力地捏着他的头，蹭着玻璃就把他提了起来。疤面将桑榆顶在落地窗上，接着就从背后掏出一把镶嵌着宝石、造型十分诡异的巨型短剑，疤面用手掂了掂这把短剑，用剑尖在桑榆胸前的空气中画了一个十字准星，准星竟然真的具象显形出来，闪着淡淡的红光飘浮在空中。

疤面将剑尖正对准十字准星的中央，嘶吼了一声就用力地将短剑捅了进去，桑榆的胸膛被穿透，剑刃至少有桑榆两个身体厚度那样长，剑刃连同部分剑柄全部扎进了桑榆的胸膛。

桑榆疼得大叫，五官恨不得拧在一起，他双手拼命地在空中挥舞着，挣扎着。疤面把短剑慢慢从桑榆身体里拔了出来，短剑的剑刃两侧有精小的逆刺，逆刺在剑被拔出的过程当中将伤口刮得更大，这种疼痛令桑榆几乎昏死过去。

可疤面并没有就此罢休，他露出了狰狞而得意的笑容，同时将短剑对准十字准星，冲着鲜血淋漓的伤口再次刺了进去。这次桑榆的反应在梦境之外也异常激烈，女收银员透过落地窗看到桑榆的背影，桑榆自己用头蹭着玻璃以一种诡异的姿势站起来了，一边用头蹭着玻璃一边用身体痛苦地打着挺。桑榆的后脑勺不断撞着玻璃，这吓坏了超市的女收银员，收银员以为这个人发了什么疯病，她慌乱地掏出手机，颤抖着拨打了120。

而梦境中，疤面正用短剑反复地捅着桑榆，桑榆整个人像断了线的提线木偶一样无力地在疤面的手中垂着，短剑和肋骨之间不断摩擦，使剑刃的每一次刺入和抽出都能让桑榆听到刮骨头的声音。虽然看不到，但桑榆用尽力气颤巍巍地看向自己的胸前，心脏眼看着就要变成一团浆，或许是因为肌肉痉挛，疤面冲着桑榆的胸膛插进了最后一剑却怎么都拔不出来，桑榆伸出双手，忍着剧痛抓住短剑和疤面角力。

也许是因为疼到了胡言乱语的地步，桑榆竟然大声喊出了那句煎饼摊大爷告诉他的话："我在做梦！"

随着桑榆的这声喊叫，他胸前的十字准星红光大作，晃得桑榆和疤面全都睁不开眼，疤面想要用手遮眼，他一脱手，桑榆往地面落去，这时桑榆突然用头向后撞破超市的玻璃，整面玻璃裂成了碎片，桑榆就势摔了进去。

片刻之后，桑榆在满地碎玻璃中惊醒，他喘着粗气，额头满是汗珠，他意识到又是个噩梦，便躺在原地长舒了一口气。

可当他的手慢慢举起时，惊人的一幕出现了——桑榆的手里竟真的握着那把巨型短剑，他的手还保持着刚才在梦中抓着剑的姿势。桑榆蒙了，看了看手中的剑，又看了看一地的玻璃碎片，心想：既然已经从噩梦中出来了，为什么剑还在？想到这里，桑榆再次掂了掂手中的兵器，沉甸甸的，很真实……

而正在讲电话的收银员看到眼前一幕同样惊呆了，她不敢相信自己的眼睛，她手中的手机从耳边滑落，这时桑榆突然站起身来，他转过身，冲着收银员亮了凶器，二人现在都处于不明情况的状态，但在收银员看来，桑榆这架势分明是要打劫！收银员慌忙按下报警器，警铃声顿时充斥整个超市。听到刺耳的警铃声，桑榆忽然意识到，如果警察来了，自己完全解释不清现在的情况，于是桑榆便拎着这把巨型短剑，朝着外面一瘸一拐地逃了出去……

A Fantastic Journey

奇幻之旅

Chapter

08

夜的礼物

+++

这美丽的晨曦仿佛在提醒他，

离开了那个真假难辨的夜晚，现在要面对这个真实的世界了。

夜已深，虽然没有车辆通过十字路口，但这里的红绿灯依然寂寥地坚守在原地。

一个男人的身影从远处奔来，这个男人看起来很慌张，但是依然很守规矩。他跑到路口时原本是想过马路，路上人车均无，大可以直接穿行而过，但此时交通灯是红色的，男人停了停脚步，便往下一个路口跑去。

除了桑榆，还有谁会在这个时候狂奔呢?

他手里拎着这把巨型短剑，拼命地跑在空无一人的街道上，像是刚刚做了坏事儿一样慌张。这一段路上的路灯忽明忽暗，即便是正常亮着，多数的光也被树上残留的枯叶给遮了去，显得异常诡异。

桑榆一边跑着，一边努力地张开嘴大口大口地呼吸着，就像在面馆时被他从鱼缸里抓出来扔在桌子上的那条斗鱼一样，在一个自己从未接触过的世界里惊恐地做着些挣扎。

他想尽力吸入这个世界的空气，对抗黑暗，似乎这样就能甩掉噩梦的侵袭。跑着跑着，桑榆突然哭了出来，现在关于花儿的梦境也沦陷了，那片净土就像一把握不住的飞灰，被疤面趁桑榆不备突然朝天空扬了起来，眯了桑榆的眼。

一切都是疤面乔装出来的把戏，脑补了一下凶悍的疤面掐着嗓子模仿着花儿温柔的声音，这画面令桑榆觉得特别地好笑，可是笑过之后又会让人感觉胃里一阵翻涌。

桑榆在有了这种感觉后胃里突然拧着劲儿地疼，他捂着胃，脚下发软地跪趴在了原地，许是疼痛让他出现了错觉，他脑中闪过了花儿刚刚确实出现在自己面前的想法，只是疤面把她藏了起来，而自己在不知情的情况下将花儿一个人留在了小超市里发生的变故中……

他顿觉脊背发凉，还没来得及消化这没头绪的想法，突然从背后吹来了一阵夹杂着浓浓尘土味儿的风，桑榆艰难地回过头，惊讶地发现身后的世界不知是什么原因竟然开始崩坏，所有的建筑都像是由玩具软沙堆积起来之后被人狠踩了一脚似的，此刻正从边边角角处开始向下方坠落。

地面之下则像是隐藏了一只饥肠辘辘的凶兽饕餮，它张开了那无边无际的深渊巨口，誓要将处在崩塌状态中的整个世界吸入口中，以此来填满腹中的空虚。眼看着崩坏的边缘离自己越来越近，桑榆咬紧牙关忍住胃里的疼痛，他挣扎起身，这种别无选择的情况之下只能不断地向前方跑去。

桑榆感觉在奔跑的过程中，每一步自己刚刚踩过的路面都瞬间向下塌陷，残渣全都坠向无尽的深渊之中，身后那个世界的一切都来不及同他道别就这样消逝，一切都让人反应不过来。

此刻他特别希望能够遇到一辆在这夜里极速狂飙的车，若是有辆这样的车出现，桑榆必然毫不犹豫地扑上去，将自己瞬间了结在这个分不清是臆想还是现实的末日世界里。

桑榆向前奔跑着，他边跑边将衣服下摆撩起来，之后将腰带抽出，他用腰带捆住这把凭空出现的巨型短剑，随即向后一甩，把短剑束在了自己的后背上。他现在完全没有心情去分析这把短剑的真实与否，他只是担心，这把短剑会不会是疤面故意留下的？可疤面留下这把短剑究竟是为了什么，这把凶器难道能建立起自己和疤面之间的某些联系吗？

桑榆想不通，但是脚下又不敢松懈，于是他拼命地加快了奔跑的速度，并在跑动过程中时不时地朝后面张望，看着自己将崩坏的街区甩得越来越远，可他仍放不下心来，在跑过一个又一个亮着红灯的路口之后，桑榆跑到了一条贯穿整座城市的人工运河前，再往前跑就只能上桥了。

这座横跨运河两岸的桥全长约一百米，桑榆站在桥头朝桥的另一端望去，那边正停着一辆警车，没开警铃，但是闪着警灯，估计是那里准备查酒驾。

桑榆放慢了脚步，脑袋里在飞速思考着该何去何从——如果跑过了桥，就可以进到看上去明亮又安全的街区，但是走上桥之后桑榆就得把身后的短剑扔进河里，不然背着这么大个凶器在路上乱晃一定会被警察抓住押走……可是如果不过桥的话，他就只能钻进右侧黑魆魆的河边公园里，没准儿疤面正在某棵树后面藏着，憋着劲儿准备偷袭桑榆呢。

最终，在警察和疤面之间，他选择了面对后者。

桑榆猫着腰钻进了河边公园，在穿过一片杂乱的灌木丛之后，桑榆发现这里并没有自己脑补的那么可怕，至少在他弄清楚短剑的情况之前，最好还是不要再节外生枝。

他的腿不住地颤抖，他已经达到了体力的极限，再加上一直没有吃东西，他早就跑不动了。于是桑榆尽量放大每一步的间距，沿着河水流动的方向大跨步地走着。他猜想着，所谓的人类极限都是大脑出于避险的目的给全身器官发出的虚假信号，不过是希望身体能悬崖勒马，别带着脑袋与危险同归于尽。

此刻剧烈的喘息已经让桑榆无法从空气中获得足够的氧气，他现在心悸不已、眼冒金星，于是他弯下了腰，想要用双手撑住膝盖来歇一口气，不承想却双腿一软坐在了地上。

"咣当！"

短剑由于桑榆的摔倒而割断了腰带掉到地上，在接触到地面的同时发出了不小的声响。桑榆连忙抬头环顾四周，还好四下无人，他捡起短剑，用剑尖点地支撑着身体，脚下像踩着一团棉花一样软绵绵地朝着不远处的一个长椅走去。

桑榆盯着面前的河水出神，微风吹过，河面起了些波纹，带着两岸路灯的倒影一起晃动。他的坐姿十分拘谨，短剑被横放在他的双腿上，仿佛还没做好心理准备跟这把凭空出现的短剑独处似的。此刻的他像极了青涩的学生时代里那种与暗恋之人独处时的害羞大男孩。急促的呼吸已经恢复平稳，他估算着现在的时间，应该有凌晨三点了，因为室外此刻越发阴冷，应该是一天之中最冷的时辰了。

桑榆有些莫名的紧张，他在脑子里回想着超市门前的变故、崩坏的街区以及刚才的一路狂奔。短剑的出现，导致他分不太清超市门前的变故是真是假，但崩坏的街区多半是假的，应该是由当时胃部的剧痛所引发的幻觉，不然以那个崩坏的速度来推算，整座城市现在应该都化为虚无了。

他的心里惊怔不定，双腿也无意识地上下抖动，并感受着腿上这把巨型短剑的分量。他保持着现在的姿势，微微动了动眼珠，向下瞥了一眼短剑，抖着的腿停了下来。

超市门前发生的一切还是令桑榆格外地介意。

他回想着，当时他从超市买了面包刚刚结账，收银员给了他一杯热水，他拿着面包端着水蹲到小超市落地窗前吃着，应该就是这个时候睡着了，因为疤面化身成了花儿的形象出现，并拿出了这把短剑捅向自己……这把剑虽然现在到了他的手里，但不容置疑的是，短剑的主人是疤面。如果疤面只存在于梦境之中，那么这把剑也一定是存在于梦里的。桑榆是在梦里忍受不了疤面的刺杀才抓着剑醒来的，于是短剑也被从梦境里带到了现实。

他忽然想起了醒来的那个瞬间，最后一个动作是抓着剑，锋利的剑刃令他记忆犹新，当时紧握着剑刃的手掌几乎被切断，还流了很多血。

桑榆把手举到眼前端详起来，视线在手心、手背、手腕搜寻着，没有伤口，更没有血迹，处处都完好无损，这说明所有的伤都被留在了梦里。

那为什么只有短剑变成了真的？根据正常的逻辑，短剑还在自己手里，这意味着自己现在仍处在梦中。

"啪！"

桑榆突然抽了自己一耳光。

起风了，他身后的几棵树苗随风晃动，半晌过后风停了下来，一切又都恢复了平静。

"啪！啪！"

桑榆又抽了自己两个耳光，这两个耳刮子比刚才的更加用力，可周遭环境依旧没有任何变化，桑榆的脸被抽得生疼，他的手也因为用力而恢复了丁点儿知觉，他这才发现原来手没什么感觉是因为早已冻僵。

桑榆边搓着双手边朝着手哈气，但哈气也并不温暖，他只好将双臂交叉，把手夹在腋下，夹紧双臂取暖。

"我在做梦……"

桑榆自顾自地嘟哝着，突然"扑哧"一笑。

"我在做梦？"

桑榆看向四周，觉得自己此刻自言自语的样子像个傻子。

不过这句话说出口的时候虽然很傻，但也正是这句傻话救了他的命。他脑海中浮现出煎饼摊大爷的脸，虽然是在脑中回忆，可这也确实是他第一次仔细端详这个老头的模样，身材清瘦，眼神很亮，脸上的皱纹印刻着风霜，大爷总是面带微笑，桑榆之前一直觉得那笑容是温暖无害的，但此刻再看时，桑榆却品出了些许的意味深长。

在做好了充分的心理建设之后，桑榆把短剑从腿上拿了起来开始仔细地查看，这把短剑足有半米长，开了双刃，设计上很注重穿刺的功能，整个剑身比自己印象中的短剑足足大了五六倍，他心想，许是为了方便疤面使用吧，毕竟疤面的体格比我们认知中的壮汉还要高大许多。

所以这把剑被疤面握在手里时很难引起他人注意，但是到了桑榆这种普通人手里，就成了个难以单手使用的大型凶器。

桑榆尽力地想解读短剑的更多细节——剑刃看上去是精钢所制，双面的金色花纹规律地卷曲缠绕着，乍一看形似腰果，仔细看又像是某种花的形状。花纹上每一段纹路的前端都有类似泪珠的符号，泪珠后面拖着长长的尾巴。

桑榆认出这是一种叫佩斯利纹的图腾，这种图腾诞生于古巴比伦，兴盛于波斯和古印度，最初的设计灵感据说是来自印度教里的"生命之树"——菩提树叶或海枣树叶，但看起来也像杧果或者松球，甚至还带着草履虫结构的影子。

桑榆顿觉疤面的世界似乎跟《一千零一夜》神话有着千丝万缕的关系，他想，如果自己跟疤面没有站在对立面上，没准儿会成为不错的朋友，在一起聊聊哲学，或者烧一烧世界观。

想到了这儿，桑榆苦笑地摇了摇头否定了这个想法，还是那句话，疤面这家伙会不会说普通话都是个问题。

他又看向短剑，发现剑柄末端被设计成了羊头的形状，"羊"的概念在外国多是欲望和邪恶的意思，在希腊神话中宙斯就曾化作羊的模样去人间泡妞儿，希腊神话的体系和印度教的体系都体现在这把短剑上，唯一能将这些看似完全不搭边的事情解释清楚的人就是桑榆了，毕竟这是从他梦里带出来的东西。

想到这儿，桑榆有些得意地感叹自己造梦的本领，可为什么这把短剑从梦里被带出来了呢？这始终是个绕不开的问题。

桑榆用双手小心翼翼地抓着短剑，将它旋转90度，把剑尖对着自己，他皱起眉头仔细想了想，又将剑挪了挪位置，这次剑尖对准的位置才是梦中疤面画了十字准星的位置。

"我在做梦，我在做梦，我在做梦……"

桑榆一边嘟哝着这句像咒语一样的话，一边模仿着从梦境出来的那一瞬间的情景。模仿了一会儿之后他一无所获，他无法像疤面一样在空中画出一个十字准星，他甚至不知道自己做的这些究竟是为了什么。

是自己把现在也当成了梦，想摆脱这里，让自己醒来，还是尝试着想把短剑以同样的方式还回去？

"不能还！"

桑榆把剑放到一边，一拍大腿情绪激动地冒出这么一句。

这把短剑是自己的战利品，在此之前他从未在与疤面的战斗中尝到过一丝甜头，或许这就是夜晚送给自己的礼物，让他从今天开始在面对疤面时可以不那么被动，或许在未来的某一天里还会反败为胜。

这番想着桑榆忽然燃起了斗志，他抓起短剑朝旁边挥去，手起剑落，长椅的木头扶手一下就被削断了。他惊讶地看着短剑，接着用手指刮了刮剑刃，触感冰冷，剑刃闪着寒光，他断定这是一件削铁如泥、吹毛立断的宝贝。

桑榆站了起来，双手握住短剑，冲着自己面前的空气一通乱砍，像是在向疤面宣战。

耍了一顿之后，桑榆忽然整个人像只被煮熟的大虾一样弯腰颓了下来，如今他是一个穷困潦倒、快要饿死了的人，跟能手握这把神器创造传奇的英雄相差甚远。

他臆想中奔腾的战马此刻正在自己的肚子里发着疯地四处乱撞，桑榆瘫坐回长椅上，抱着冰凉的短剑，用脸蹭着剑柄上镶嵌着的一颗有小手指长短的红色宝石。

他盘算着，也许卖掉这家伙就能让自己活下去了。

桑榆想着想着突然困意袭来，饥寒交迫的他被生命的本能无情地打回了原状，恍惚间他的心绪乱成一团，今天的事情要不要去问问煎饼摊大爷，顺便吃个煎饼？是卖掉短剑，还是留着它跟疤面决一死战？疤面这次吃了亏之后，会不会就此离去，自己噩梦的魔咒也能从今天开始解除？

但所有的问题最后都落在一个最核心的问题上："我到底是还没有醒过来，还是已经疯掉了……"

桑榆嘟囔完这句话便渐渐合上了双眼，他用下巴挂着短剑的剑柄睡了过去，虽然这是个很不舒服的睡姿，但这是这些天以来他入睡最舒服的一次了。

桑榆感觉自己整个身体都飘了起来，他仰面躺在空中，前方照射来一束光，桑榆感受着光照在自己身上带来的温度。前方的白光突然分散出了多种颜色，从不同方向照射过来，尽管看不到头，但他能感觉到，每一种颜色的光都有着不同的归宿。

这情景令他想起了一本写中阴身的小说，书中说，人在死后都会看到这样的光，选择了哪一种颜色的光就决定了你将去向何方。

但是一切的选择都是别无选择，你的选择早已经被活着时所养成的取向和习惯给控制了。所以桑榆索性放弃了选择，让自己任性一次，去哪儿不重要，生或死也不重要，就让一切都顺其自然吧。

桑榆在恍惚间感觉到身体越来越放松，越来越舒服……

他朝着中间那道刺眼的白光飘了过去，他紧闭着双眼，尽量不让自己因为看见什么而改变方向，他为自己此刻一往无前的决绝而感到欣慰……

"嘿！"

突如其来的一声吼叫彻底惊醒了即将进入深度睡眠的桑榆，他被吓得浑身一激灵，短剑差点儿掉到地上。

"嘿！哈！"

桑榆顺着吼声看去，一个晨练的大爷在不远的树下耍着大刀。

天已经蒙蒙亮了，桑榆揉了揉颈椎，站起身来，耍大刀的大爷看到桑榆手里拎着个奇怪的玩意儿并没有害怕，反倒用独孤求败的眼神盯着桑榆，并明显加大了挥动大刀时的力道，一举一动之中都充满了挑衅的意味。

桑榆没心情搭理这个神经兮兮的耍大刀老头，他把短剑夹在腋下，绕过耍大刀的老头离开了。

尽管刚刚的睡眠被这个耍大刀的老头给破坏了，但桑榆却好像睡饱了一般神清气爽，他抬头望向天边隐隐露出的晨曦，这美丽的晨曦仿佛在提醒他，离开了那个真假难辨的夜晚，现在要面对这个真实的世界了。

桑榆从垃圾桶里翻出了一团报纸，他把报纸铺在地上展开，将短剑放在中央将其包裹起来，然后把剑继续夹在腋下，朝公园外面径直走去。

A Fantastic Journey

奇幻之旅

A Fantastic Journey

奇幻之旅

Chapter

09

桑榆未晚

+++

这一刻，他感觉自己的命运就跟这天气一样，焕然一新。

天已经完全亮了，依旧是个灰蒙蒙的阴天，导致桑榆的情绪也跟着变成了低气压，他板着脸，夹着被报纸包裹的短剑，匆匆走在路上。

整座城市温暾地苏醒过来，街上的行人渐渐增多，桑榆从公园出来后才发现自己昨晚真是跑出了好远。

他此刻已经决定去找那个摊煎饼的大爷，看看会不会无意之中再次被大爷点拨进一步的提示。

桑榆想到了一条近路，于是他绕回了凌晨自己拐进公园之前看到的那座桥。过了桥之后又横穿了马路，桑榆钻进了河边公园的另一片区域。这里显然比自己凌晨待的那片热闹，树林中的小径很宽，连接着一个小的广场，成了买卖古玩的人们自发聚集而成并已经小有规模的早市。

各色各样的旧物被摆放在一个个简陋的地摊上，遛鸟的、买早餐的、闲逛的……早起的人们熙来攘往地穿梭在这些地摊之间，桑榆也在其中。一些地摊前正围着些人在几样不知真假的老物件儿里挑选着，不时传来讨价还价的声音。

桑榆来到一个没有人光顾的地摊前，来来回回走了好几趟，最终将视线落在地上的几把旧匕首上。这几把旧匕首上的花纹虽然跟他的短剑有些相似，但细看下来并不是一类货，而且大小实在是差异太多，没有什么可比性。

摊主打量着桑榆，看到了他腋下露出的短剑剑柄。

"有东西？拿出来看看。"

桑榆迟疑了一下，将短剑从报纸中抽了出来，递给摊主。

摊主拿着剑掂了掂，并用指腹反复摩挲着剑刃上的花纹，显然是看中了这把短剑，但他又怕桑榆坐地起价，于是尽力掩饰着自己对短剑的喜爱。

"嚯，够沉的啊，自己做的吧？"

这时旁边的胖摊主听到动静凑了过来，他看了看剑，又抬头看了看桑榆，转过头来不怀好意地给摊主偷偷做了一个挑眉的表情。

摊主说完拿起一把青铜匕首，笑着摇了摇头，一副看不上的样子。

"你这个……最多是换。"

摊主说着，把短剑递给了桑榆，桑榆没接。

"我这可是有来头的……"

桑榆弯腰凑向两个摊主的耳边，神神秘秘地扔出这么一句，说完之后桑榆就往回夺剑，那摊主有些不情愿，但还是被桑榆夺了回去。

这时边上那个胖摊主主动靠近了桑榆，他假惺惺地劝着桑榆。

"要不给我吧，八百块钱。"

胖子一边说着，一边就抓住了桑榆手里的剑柄，但桑榆没松手。

一个拎着鸟笼子旁观已久的老头这时凑了过来看热闹似的说了话。

"哟！这剑的模样我没见过，一千块钱卖我吧！"

摊主对老头说出这么一句话很是不满，他白了老头一眼，摆着手就要轰老头离开。

"去去去，上一边遛你那破鸟去，别跟这儿凑热闹！"

老头站在原地，一脸戏谑地看着摊主，摊主见犟不过这老头，转身就把桑榆搂到一边，低声和桑榆耳语着。

"那老头天天在这儿捡漏，转手就宰人，这么的，小兄弟，我看你是第一回来这条街出手东西吧，别再转悠了，小心上当！我给你一千五，东西卖我这儿吧。"

摊主说完就从腰包里掏出一沓钱开始点，但是从他们这几个人的言语之间，桑榆的直觉告诉他，这把剑还值更多的钱。

"算了算了，我不卖了。"

说完桑榆就直接推开了摊主的手，用报纸随便将短剑裹了几下揣进怀里，转身挤开看热闹的人群就走了出去。

"哎！要不你说个价……"

听到摊主这样说，桑榆的脚步顿了一下，但他没有再做停留，而是疾步离去，直接出了公园。

他现在已经肯定这把短剑的价格远比早市里众人给出的价位档次要高上许多，换个地方也许能在价格后面加个零！

于是他改变了主意，暂且不去找煎饼摊大爷了，眼下能把短剑卖个好价钱才是最实际的事儿。

桑榆走着走着，走到了一家当铺门前。他想起来自己之前路过这里时还受到过店里小工的羞辱。就在几天前，陷入深思的桑榆正在路上走着，突然被一阵恶心的咯痰声拉回到现实。

"嗬……呸！"

桑榆顺着声音看过去，原来是典当行的一个小工正在门口一边抽着烟，一边咯着痰，而他刚才吐出的那口痰正好落在了桑榆的裤脚上。

小工叼着烟抬眼看到了桑榆，可他不仅毫无歉意，反而一脸痞气地冲着桑榆挑衅般努了努嘴。

桑榆敢怒却不敢言，只能窝囊地脱下鞋，用鞋底蹭了蹭裤脚上挂着的一口浓痰。

这个小工叫光仔，他欺负桑榆都不是一次两次了，此人是个典当圈里的混子，一直也没什么大出息。

光仔心胸狭隘，爱占小便宜，嘴上还没有个把门儿的，所以常常捅娄子。他欺软怕硬，一肚子鬼主意，但真遇到事儿了自己又扛不住。这些年他通过哄骗、威逼利诱之类的手段，帮当铺老板干了不少趁火打劫的事儿，专门欺负那些遇到事情着急用钱而把家里老物件儿拿来典当的人。

光仔从小就是在这片儿长大的，街坊邻居们都烦透了他这副鬼样子，也都懒得理他，所以他也就在外来的租客面前耍耍威风罢了。

自从桑榆搬到这片租住之后，光仔就有了事情做，他看不上桑榆，所以就总是欺负桑榆，因为桑榆一脸文弱的书生气，跟周围的市并气息格格不入，看起来像个好捏的软柿子。

　　还有一个原因就是桑榆虽从来没顶撞或反抗过光仔的欺压，但他浑身透着的那股不服输的执拗劲儿反倒让光仔更为生气。

　　换作平时，一见到光仔他肯定掉头就走，但这一次他决定去这家典当行碰碰运气，他隐隐觉得面前的这个不太正规的当铺会成为他出手物件儿的一个好去处。

　　于是桑榆夹紧了短剑，迈进了当铺的大门。

　　这里显然刚刚开门，不大的空间里，靠墙摆放着几个柜台，里面摆的都是待售的物品：珠宝首饰、手表、奢侈品皮包。

　　桑榆感叹，原来像自己一样走投无路的人还真不少。他继续用探寻的眼光观察着这里，发现店铺一角仍保留着传统典当行那种老派的木质柜台，那个柜台很高，装着较密的栅栏，只露出一个一尺见方的窟窿用来跟顾客交谈。

　　柜台里没有老板，而光仔此刻正在那个木质柜台里擦拭着台面，看到桑榆夹着个报纸包裹的东西就走了进来，光仔习惯性不屑地白了桑榆一眼，随即挑衅地开始咯着喉咙里的痰，他刚要朝着桑榆把这口痰吐出去，桑榆开了口。

　　"我来当东西。"

　　光仔将信将疑地从柜台后面走了出来，他围着桑榆转了一圈，嘴里不断用舌头碾着刚刚从喉咙里咯上来的痰。

　　桑榆看着他这副令人恶心的样子，在心里问了自己一句："很好吃吗？"

光仔在桑榆正前方站定脚步，他挑了挑眉，伸手去摸桑榆怀里被报纸包裹着的剑柄，桑榆夹紧短剑向后闪了一步。

"没开业我等会儿再来……"

桑榆转身要走，却被光仔拎住了后衣领，光仔仰头将刚才嘴里的那口浓痰咽了下去，回过头去朝柜台喊了声："老板，来个臭小子要当东西！"

半晌过后，一个老头掀起深蓝色的帘子从柜台后的房间里走了出来，他站上柜台，桑榆开始打量着这个光仔口中的老板，他头发梳得整齐，蓄着一副山羊胡，鼻梁上架了一副带金色挂绳的金丝边眼镜，上身穿着一件缎子面儿的中式短袄，俨然一副伪鉴定大师的样子。

不知因为困倦，还是对所有前来典当的可怜虫都故作不屑状，这老板的双眼微眯，捏着下巴上的山羊胡站在那里不说话。

桑榆猜想他是在打量着自己，不由得有些紧张，不敢跟柜台后的老板对视。

"什么 × 玩意儿，拿出来看看！"

光仔不耐烦地松开桑榆的后衣领并推了他一把，光仔觉得桑榆根本不配与自己尊贵的老板对话。

桑榆转头看了一眼光仔，顿觉自己来错了地方，在这样的气氛中再好的东西也卖不了一个好价钱，他有些后悔刚才在早市没有将短剑出手，但现在若是离开，势必会遭到光仔的羞辱，骑虎难下的他，只好忐忑地把短剑连同报纸从怀里拿了出来，从柜台上那个一尺见方的窟窿里递了过去。

虽然刚才桑榆用报纸包裹短剑的过程很自信，但到了当铺老板的手里便不那么尊重这把剑了，当铺老板几下撕开了包着短剑的报纸，短剑的模样便完全暴露出来，而站在柜台外的桑榆此刻觉得是自己被剥得精光……

这把短剑很是给桑榆争光，在自然的光线下，短剑的剑刃闪动着晶光，显得尤为耀眼。

光仔也好奇地凑了过来，盯着这把短剑看，眼光中充满惊讶。

相比之下，身为老江湖的老板则沉稳了许多，他除了把那两只眯成缝儿的眼睛睁大以外，几乎没露出任何惊讶的表情。

紧接着，当铺老板拿出了一个放大镜，他举着放大镜凑近短剑仔细地看了起来，从剑尖到剑刃，再到剑柄的每一颗宝石，看了一会儿之后他突然放下了手中的放大镜，死死地盯着短剑，咬紧了一侧的牙齿，嘴角歪向一边，看上去像是生气了一般。

看到老板这样的表情，桑榆悔得肠子都青了，想到短剑上不同图案的混搭以及那些不知真假的宝石，他开始埋怨自己，也许在早市还能对着那几个摊主蒙上一蒙，但他万万不该抱着侥幸的心理来到这种地方。

还没等老板开口，桑榆的信心便先一步崩塌了。

"哪儿来的？"老板咬牙切齿地问出了一句。

"朋友……从国外带的。"

桑榆尽力装作镇定，他想伪装成不知情的样子，想着不知情总不算罪过，好过拿假东西来这里骗银子。

"你想要多少钱啊？"老板又问。

桑榆有点儿犹豫："你看呢？"

"最多五千。"

这个数大大超出了桑榆的预料，于是他壮着胆儿，学着当铺老板那副咬牙切齿的样子，眼神直勾勾地看着他，随即说道："少三万不卖。"

老板闻言又将眼睛眯起，他盯着桑榆，露出一副难以捉摸的表情，开始向桑榆施加气场。

桑榆心虚了，他立马低下头，语气一转，补了一句："最低两万。"

话音刚落，"啪！啪！"两摞钱就被摔在了柜台上，还没等桑榆反应过来，老板捧着剑转身一闪就进了里屋，像是害怕对方反悔似的。

桑榆愣了一下，赶紧把钱抱在怀里，也像害怕对方反悔似的，跌跌撞撞地转身朝门外跑去。

光仔看着桑榆离去的背影，眼神里满是惊讶和嫉妒。

从当铺出来的桑榆觉得室外的光线有些刺眼，他眯缝着眼睛抬头看向天空，这是这些日子以来的第一次，乌云散去，天空放晴，露出了让人心旷神怡的蔚蓝。

而他看着蔚蓝的天空慢慢睁大了眼睛，这一刻，他感觉自己的命运就跟这天气一样，焕然一新。

"有钱喽……"桑榆用无比激动的颤音在心里喊道。

阳光下，桑榆露出了久违的灿烂笑容。

桑榆抱着已经包裹好的现金脚步轻盈地走在路上，已经许久没有拥有过这么多的钱了，此刻他的脑中一片空白，他不愿再去纠结短剑的来历以及这一切的合理性。

他太累了，需要给自己留些余地来喘口气。

而桑榆也并不着急去花这笔钱，他现在只想好好抱一抱它们。

此刻天已经大亮，今天的阳光格外地温暖，路上充满流行味道的音乐夹杂着喧闹声淹没了桑榆。他的双腿在自己无意识的情况下迈进了一条有名的商业街。桑榆站在街头笑了，觉得这一切都是天意，老天爷也知道自己现在的心情，给他安排了一趟愉悦的消费之旅。

尽管两万块钱还不能让他肆意妄为地去买买买，但此前他在这条街上就只有去咖啡店蹭座构思剧本的份儿。

他曾无数次走神猜想，那些有钱人的钱究竟是怎么来的？

直到现在他才明白，那些人在拿着钱酣畅淋漓地消费时可不会思考这些问题。桑榆站在了商业街道的中心，他再次用力抱了抱怀里的两厚摞现金，接着他环顾四周，发现不远处有一个银行的自助营业厅，便疾步走了过去。

一台ATM存款机前，桑榆不紧不慢地拆开一摞钱的封条，将钱塞进现金入口。

"哗啦哗啦……"

声音停止之后，看着屏幕上显示了"10000.45"的数字，桑榆咂巴咂巴嘴，伸出食指认真地数着屏幕上零的个数。反复数了几遍之后桑榆长舒了一口气，随即点击了确认键，存好了第一摞现金之后另一摞现金也在这样充满仪式感的过程中被悉数存进了账户里。

这四毛五分钱的零头原本就是桑榆身上的全部积蓄了，现在这苦日子终于过去了，存完钱之后，桑榆小心翼翼地揣好了这张卡，走出了银行的自助营业厅。

走在阳光明媚的街道上，桑榆此刻的心情无比愉悦，他朝着最繁华的商场走去，看着周遭的人群从自己身边接连不断地走过，桑榆突然感觉每个人都朝着自己流露出不经意的微笑。

为什么自己变得有钱之后周围的人也跟着充满了善意？

桑榆想，这种逻辑关系是不会在他的剧本中呈现的，因为即使写了，也不会被人们相信。可能是因为自己不再仇恨社会，所以再去观察社会时就会发现，原来社会也挺可爱的，并不单单有仇恨。

"妈妈，妈妈你看，那朵白云好像一个巨大的冰激凌啊……"

路边的一个看起来只有三四岁的小女孩，此刻正一脸向往地看着天空，而她妈妈正低头玩着手机，敷衍地回应了一句："嗯，一会儿回家你要乖乖睡觉，不许闹，做个梦就能吃到它了。"

"我不想做梦，我现在就要……"

桑榆若有所思，他径直走到了广场的边缘，站到了一个卖冷饮的花车面前。

"你这里最贵的冰激凌多少钱？"

"六十八。"

不一会儿，桑榆拿着一个豪华冰激凌走到那个小女孩面前，他蹲了下来，将冰激凌递到小女孩手边。

"来，哥哥请你吃冰激凌。"

女孩一脸惊喜，桑榆说："梦想成真。"

女孩似懂非懂地笑了，可是她刚要伸手就被她妈妈一把抱起默然离开了，她妈妈边走还边回头一脸防备地看着桑榆。

桑榆愣在那里许久，转头看向旁边店铺的落地窗，里面映着桑榆此刻的身影，像个乞丐一般，难怪别人会有所防备。

桑榆透过橱窗看向店内，这正是一家服装店，桑榆伸出舌头舔了一大口冰激凌之后便走了进去。

接下来的一个小时内，桑榆添置了好几套新衣服，人靠衣装，穿上新衣服的桑榆总算有了点儿正经人的样子。

可是他觉得自己还缺少点儿什么，他一拍脑门儿这才想起，自己吃饭的家伙丢了之后还没置办新的呢——于是他兴冲冲地去买了台笔记本电脑。

这下他不仅有了正经人的样子，还有了编剧的样子。

桑榆拎着大包小包乘坐扶梯来到了负一层的美食广场，伴着《好日子》的甜美音乐，他找到了一家名为"喜四方"的鲁菜馆，桑榆决定就在这家店里犒赏自己。

　　桑榆的手指在菜谱上点了三四个菜，之后轻飘飘地说了句："这几个不要，剩下的一样给我来一份。"

　　服务员有些错愕地看着桑榆："先生，您……您几位用餐啊？"

　　"一位，怎么了？"

　　服务员有些为难地看着桑榆："先生，我家菜量大，您确定点这么多菜吗？"

　　桑榆点点头，服务员也笑了，转身离开。

　　不一会儿，桑榆面前的圆桌上摆满了各种美食，他狼吞虎咽地吃着，嘴里的菜还没咽下去，便用筷子戳进新上的菜盘子里夹了一大口塞进嘴里。

　　此刻，他想起了那个美式快餐店里的乞丐，想起了三哥大口吃面条的样子，想着这些画面，他每一口咀嚼得都更加用力。

　　桑榆来的时候店里还没有多少客人，他吃了一会儿之后中午饭点儿最高峰到了，店里陆续来了好多人，可他们还在点菜，桑榆这边已经挺着肚子瘫坐在椅子上打着饱嗝儿了。

　　饭后血液都流向胃部，桑榆现在有些犯困，迷迷糊糊中他想着，下一步该找个住的地方先落脚，之后再筹划下一步的打算……

A Fantastic Journey

奇幻之旅

Chapter

10

游戏规则

+++

桑榆想看看，神秘的夜晚除了短剑之外，还会给他带来什么样的惊喜。

桑榆吃完饭来到前台排队结账，他看到前台放着一家快捷酒店的宣传单，这酒店门面装修得很文艺，桑榆很喜欢，于是他结完账之后借用了前台的电话，订了这个酒店的房间。

桑榆斜挎着笔记本电脑包，拎着一大包打包的饭菜，打了辆出租车就直奔这家快捷酒店。

在一切还没有理清头绪时，酒店是最好的落脚之地。人们过去把酒店这样的地方叫作驿站，每个驿站都连接着不同地域和不同的人生，这让桑榆想起十年前刚来到这座城市闯荡的时候。

那会儿他身上也是揣着两万块钱，不过当时他直接选择了租房而没有住酒店，一方面是租房的性价比更高一些，另一方面就是，即便房子的条件再差，只要是租了房子，就意味着在这里正式扎下了根，而不是在酒店里过着过客的生活，随时准备拎包就撤。

十年之后桑榆又回到了这个一事无成的起点处，他不确定这次的重新来过究竟是倒退还是进步，他也不确定自己的人生能否有一个新的开始，一个完全不同于这十年的发展方向。现在他的脑子里只有一个信念，那就是在选择之前不急于做出选择。

桑榆想看看，神秘的夜晚除了短剑之外，还会给他带来什么样的惊喜。

"先生这是您的房卡，这上面有房间号和酒店的 Wi-Fi 密码，电梯在您左手边的拐角处，身份证请收好，有什么问题随时用房间内的座机联系我们。"

酒店的前台服务生为桑榆办好了入住手续，这也打断了他正在神游的思路，他向前台匆忙道谢，之后便拿起房卡和身份证朝电梯走去。

桑榆走在八楼的走廊里，他边找房间边打量着四周，这是一家翻新的老酒店，虽然墙纸是新的，但走廊的地板、摆放的木桌和墙上的画框等细节还保留着十几年前的审美。

整个酒店装修风格偏中式，走廊很长，房间很多，墙边每隔几道房门就放了个深色木桌，上面摆着各式的瓷器，每件瓷器外侧都被玻璃罩起，桌子的边缘还有一块金属牌子介绍着瓷器的来历。

桑榆懒得去辨别这些物件儿的真假，这家酒店从外面看上去并没有这么大，可他走了很久也没找到自己的房间，早就有些不耐烦了。最终又拐了两个弯，还上了半层楼，桑榆终于来到了自己的房门前，他刷了房卡推开门，好在房间里并没有潮湿陈旧的气味儿，他把所有灯都打开之后关好了房门。

这是个标准的大床房，房间差不多有三十平方米，门旁边是洗手间，屋子中间摆了张两米左右的双人床，床对面是写字台，墙上还挂着一面镜子。

桑榆喜欢的是这扇大大的落地窗，窗前的纱帘拉拢着，光从外面透进来显得柔柔的，让人看着很舒服。

桑榆把房间里的灯关了大半，只留下洗手间的灯和桌子上的台灯，他把衣服一件件地脱掉，赤身裸体地在房间里晃了一会儿，他已经很久没洗澡了，于是他走进了浴室，关上了门。

他打开花洒将凉水放掉之后站在花洒下闭着眼，任由热水冲刷着自己。热气氤氲，浴室里一切都被蒙上了一层雾，他并没有急于清理身上的污垢，而是站在那里放空着，直到感觉自己身体里有一股滚烫的热气从头顶一直通到脚心的时候，才终于觉得有了些许的通透感。

桑榆吹着口哨痛快地洗完了澡，光着身子站在洗手间的镜子前，水沿着他的身体线条流了下来，他伸手在镜子上抹了几下，镜子里便映出了他的模样，落魄的样子已经消失得无影无踪，他许久未见到正常的自己了，于是他左右晃了晃头，贪婪地看着镜中的自己。

此前他是最害怕照镜子的，因为他不愿意面对自己，他不知道该怎样对自己解释生活中的不幸，也无法在脸上同时呈现解释和谅解这两种表情。

虽然他现在也没有完全走出困局，但至少他能够从自己这张容光焕发的脸上得到些许安慰。他穿上白色的棉质睡袍走出了浴室，来到床边，掀开被子钻了进去，这一刻他感觉所有的疲惫都被软软的床品吸走。他打了个长长的哈欠，准备睡上一觉。

桑榆闭上眼睛，企图让身体慢慢走进睡眠的世界，但有一股担忧的力量将他向外拉扯着，让他无法入睡。并非因为害怕会在梦里碰到疤面，而是因为他心里在担忧，自己一觉醒来会不知身在何处。

虽然从梦里拿出短剑的那一刻世界是稳定的，但这一天下来发生的种种神奇经历让桑榆觉得，这才更像是在梦里。醒来之后他可能还是坐在小超市落地窗前，短剑、两万块钱、新的笔记本电脑、吃饱的肚子、刚才那个热水澡以及现在的一切都发生在刚才的梦里而已……

想到这儿桑榆突然警觉地睁开了眼睛，喊了一句："不能睡！"

就算这一切都是梦，他也要在梦里多享受几分。

但是不睡还能做什么呢？

两万块钱只能让他爽一时，接下来的日子该怎么过？

他忽然觉得现在的自己虽然看似万事更新，可生活的实质并没有得到一点儿改观。

桑榆感到有些心烦，他在床上翻来覆去地打着滚儿，决定索性睡上一觉，一切都等醒了再说。他关了所有的灯之后闭上眼睛，努力暂时将那些烦心事儿抛开，这种得过且过的方式原本是他最拿手的，可他在床上仰躺了半晌，越是尽力想让自己入睡却反倒睡不着了。

严重缺乏睡眠使他一直透支着体力，这种失眠的感觉就好像在眼睛里点了一把火，灼热的刺痛感让人抓狂，可闭上眼睛不仅不会把火灭掉，还会将眼皮也燃烧起来，使自己更加痛苦，最终全身都被点燃，在烈火之中化为灰烬。

这个季节的白天越来越短了，透过窗子看向外面，暮色已经悄然降临。桑榆懊恼地坐了起来搓了搓脸，他想着反正也睡不着，不如先把眼前最要紧的事儿办了——他还欠着三哥的剧本呢。

他这才想起，自己并非一无是处，短剑作为黑夜送给他的礼物让他免于饿死，解了燃眉之急；而写作则可以让他赚更多的钱来维持生计。

此番想着，桑榆翻身下床，把新买的笔记本电脑拿出来放到写字台上，展开屏幕，开机，他要开启一段全新的写作生涯。

桑榆新建了一个文档，点开后他并没有急于去编织故事，而是将双手抚上崭新的键盘胡乱地敲打了一通，他将敲出来的乱码保存了起来，因为他觉得这些乱码有一定的纪念意义，日后必将成为一种有意义的见证。

他又重新建了一个文档，开始进入一个职业编剧的专注思考状态。

桑榆试图回顾几日前卡住的剧情点并构思出与之连接的下一部分情节，他盯着空白的文档，一动不动。

几个小时过去了，月光透过落地窗和纱帘照进房间，桑榆依旧穿着白色的浴袍一动不动地坐在电脑前，文档也依旧是空白的。

看到面前的梳妆镜里映射着那个表情憋闷的自己，桑榆毫无头绪地胡乱抓了抓头发，他又抬头看到墙上挂着的一幅有关梦境的画，心乱如麻，于是他起身朝着落地窗走了过去。

透过落地窗看向对面的写字楼，他认真地数着写字楼的楼层，桑榆映在落地窗上的身影和窗外璀璨的夜色融合在了一起，烦躁的心令他无法平静地写作。

他低下头，透过窗子在街对面的一排商店里寻找着什么。

桑榆的视线停留在一家亮着灯的二十四小时营业的药店中，现在对于不劳而获的期待已经冲淡了安心写作的念头。他盘算着，如果再次进入梦境，会不会拿些更值钱的东西出来呢？

于是他换好衣服之后就拔了门卡出了门。

从酒店出去桑榆直奔药店，正在低头玩手机的营业员并没有注意到推门而入的桑榆。

"有安定吗？"

"有。"

"给我来一瓶。"

营业员继续低头玩着手机，爱搭不理地回答着桑榆："这个需要你提供医生的诊断书。"

"给。"

桑榆说完从兜里掏出了两张百元钞票放在了柜台上。

营业员这才抬头看向桑榆，她眼珠一转，谄媚地笑道："这么晚了，还是睡个好觉更重要，诊断书记着明天补给我……"

说完她转身从柜台最下面的抽屉中拿出了一盒安眠药递给桑榆。

桑榆回到房间后便开始努力营造一个封闭且舒服的睡眠环境，遮光窗帘被缓缓拉上，房间里只开了一盏小小的床头灯，他从衣兜里拿出了安眠药之后坐到写字台前，将它放在了合上的笔记本电脑的正中间，他目不转睛地盯着安眠药，似乎是在酝酿着情绪。

他有些不舍地环顾四周，他不知道再次醒来后还会不会在这里，下一个地方也许更坏，也许更好，但这里的热水澡让他难以忘怀。

在下定决心之后桑榆开了一瓶矿泉水，一仰脖吞下了两粒安眠药，他大口大口地喝着矿泉水，直到把这一整瓶水都装进了肚子里。

这整套动作一气呵成，好似稍加迟疑便会丢了气势一般。

吃完安眠药之后桑榆躺到了床上，他认真地给自己盖好了被子，之后反复地进行深呼吸，企图让自己放松下来，因为这是他第一次主动去见疤面，心里难免有些不安。

桑榆在床上来回翻身寻找着最舒服的入睡姿势，他觉得许是枕得太高了才不好入睡，于是他撤掉了一只枕头丢到一边。

可桑榆闭上眼睛没多久之后又睁开了，他下床去门口检查了门锁，确定锁好了之后，又重新回到了床上躺好。

桑榆闭上眼睛，过了许久仍未睡着，他伸出了一只手，摸索到床头灯的旋钮拧了一下。

"咔嗒！"

光线变亮了许多。

接着他又往相反的方向拧去。

"咔嗒！"

灯被桑榆关掉，房间内只剩下两个窗帘连接处那道透着光亮的缝隙。屋内静得出奇，偶尔能够听到桑榆翻身摩擦被子的声音。

也许是因为剂量不够所以桑榆才没有迅速地入睡，但他也懒得再下床，生怕再把自己给折腾精神了。

桑榆仰躺在床上保持不动，他加深了呼吸，以此来放松全身的肌肉，可他这边刚刚平静下来，门口就传来敲门声。

桑榆躺在床上没动，但他的注意力被吸引了过去，他竖起耳朵仔细辨认着敲门声是不是从自己房门传来。

敲门声又传来，果然是自己的房门，桑榆懊恼地呼了口气，他掀起被子把整个头蒙了起来。

但敲门声一次比一次猛烈，桑榆腾的一下坐起身，下床后怒气冲冲地朝房门走去，站在门前，他把耳朵贴在门上静静地听着，敲门声却停了。

可是当他刚一转身往屋里走，门又被敲响了。

桑榆生气地吼了句："谁？！"

接着把门打开，可门口却空无一人。

他刚要关门，脚步一顿犹豫了下，便转身迈了一步站到门外。

他左看看，右看看，两边都是空空的走廊，不见一个人影。

走廊里的光线暗了许多，桑榆走到对面房间门前，他凑近房间门听了听，里面有脚步声，敲门的人应该认错了房门，于是心怀愧疚地匆匆进入了正确的房间。

桑榆这样想着，转身准备回屋。

"哐！"

桑榆呆愣在原地，自己房间的门自动关上了。

他握住门把手反复旋转着，可门没被打开，门把手却被桑榆拽了下来。

　　这时走廊里的灯忽然闪了一下，桑榆觉得气氛有些诡异，心里暗道倒霉，背手左顾右盼道："服务员！服务员……"

　　桑榆的喊声在走廊里回荡着，无人应答，他只好拿着门把手朝电梯走去。

　　来到电梯口，桑榆烦躁地连摁了几次下行键，电梯上显示的数字正一点点地接近桑榆所在的楼层，却在五楼停住不动了。

　　"真讨厌！"

　　桑榆不停戳着按键，猜测可能是回来了几个醉鬼，在电梯里耽误别人的时间。他气愤地站在原地，后悔自己为什么没买个手机。

　　他偏过头，余光无意中瞟到电梯边的柜子上摆着一个座机，桑榆走了过去，拿起听筒听了一下，里面传来很长的"嘟"的声音，还好，是部能用的电话。

　　他按照上面贴着的服务台号码拨了出去，可电话那端传来的不是前台人员的声音，而是一阵歌声……

　　"我想忘了你，可是你的影子，占有了我的心房。我想忘了你，可是你的……"

　　这声音带着二十世纪三四十年代老上海歌女那种独特的唱腔，桑榆以为是座机彩铃，听上去像张信哲那首《用情》，声音倒是很有质感，像是用黑胶唱片播放出来的，夹杂着摩擦的杂音。

　　可桑榆无心分辨声音的主人到底是周璇还是李香兰，此刻他最想听到的是前台那个蛇精脸服务生的声音，然而，始终都无人接听。

　　桑榆无奈地放下了话筒，然而歌声并没有因为话筒远离了他的耳朵而消失，而是钻进了耳朵里不肯出来。

　　"我想忘了你，可是你的歌声，萦绕在我的身旁，恨相见已晚，又何必相爱，平添无限痛苦和麻烦，使人伤感，我想忘了你，虽然从此我会感到空虚和渺茫……"

　　不知为何，此时桑榆竟想起了花儿的脸，花儿流着泪盯着自己，那眼泪竟然是黑色的，带着满满的怨气，但花儿那黑黑的瞳孔里映出了两个影子，桑榆觉得花儿在看着自己的什么东西。

　　桑榆后背发凉，他猛地回头，身后空无一物。

　　走廊里的灯又闪了一下，传出"嗞嗞"的电流声，整个走廊又昏暗了许多。他不知道花儿为什么会这样看着他，难道是因为花儿在自己的梦里出事儿之后，责怪桑榆当时的逃离？

　　桑榆打了个寒战，他贴着墙根儿小步小步地往前走，小心翼翼地在走廊中探索着。

　　他觉得走廊里除他之外还有别人。

　　桑榆回过头想要往回走，但他惊愕地发现，回去的路跟来的时候不一样了。

　　走廊也变得更长了，他加快脚步往前走，走廊的灯闪动得更加剧烈，电流声也随之变大。

　　桑榆几乎跑了起来，他跑到尽头拐了个弯，发现拐过来还是一条看不见尽头的走廊，他继续往前跑着，七拐八拐地早已迷失了方向。

这酒店的设计宛如迷宫，而且包括安全出口在内所有的门都是锁着的。桑榆尝试在每一扇门上敲打着，虽然没有得到回应，但他发现这些门都不是真正的门，而是画在墙上的三维立体画。

桑榆彻底慌了，在经过一个个摆放着精美瓷器的木桌时，桑榆停住了脚步，他大口地喘着粗气，总觉得桌上的瓷器跟白天有些不同。

他仔细地回忆着，这才发现了不同之处——瓷器外的玻璃罩没有了。

他回头看向其他木桌，发现所有瓷器外的玻璃罩都没有了。桑榆摸着自己的脸，脸因为跑动而发热，手则因为害怕变得冰凉。他看了看自己惨白惨白的手，骨节分明，有些恐怖。顺着袖口往自己身上看，这才发现他穿的不是白色的浴袍，而是白天新买的那身衣服。可是他并不记得刚才敲门声响起后，到他走出房门的整个过程里，有换衣服的动作。

"莫非……"

梦里的意识总是迟钝的，桑榆这才明白，自己现在已经身处梦中。他现在感到不安又好奇，他东摸摸，西碰碰，挑选着哪样东西带出去后可以换到更多的钱。桑榆看看四周依旧空无一人，他闭起双眼回想着在小超市门前那个梦里，把短剑带到现实时的情景。

"我在做梦。"

说完这句之后他觉得哪里不对，他伸出双手轻轻地放到一个瓷瓶上，瓷瓶凉凉的，触感很真实。桑榆把瓷瓶抱在怀中，深吸了一口气。

"我在做梦！"

可桑榆还是抱着瓷瓶站在木桌前，周遭环境没有发生任何变化。桑榆抬头看到墙上挂着的画，是英国画家富塞利的作品《沉默》，镜框之中风格诡异的画面里，一个女人蜷着身体坐在地上，垂下的长发遮住了脸。桑榆看到，这女人似乎扭动了一下。桑榆有些慌了，他将这句话喊了出来："我在做梦！！！"

可是他看了看四周，还是没有任何变化。桑榆琢磨着，是不是这句咒语不灵了？

"这是做梦！我在梦中！我做梦了！我要醒来！！！"

桑榆尝试地吼着其他的话，周遭环境还是没有任何变化。

"也许并不是所有的东西都能拿出去……"

桑榆边嘟囔着边把怀里的瓷瓶放下，他往前走了几步来到另一个瓷瓶前，将其抱了起来。

"我在做梦！"

周遭环境还是没有任何的变化。

他彻底慌了，他意识到也许这次靠药物进入的梦境和自己之前的梦境都不一样，一丝不祥的预感笼罩在了桑榆的心头，他放下怀里的瓷瓶，隐约听到身后有响动。桑榆回过头，朝着走廊另一端望去，这种压抑的感觉似曾相识，一切都安静得令人窒息……

"砰！"

　　墙上的房门突然被撞破，这扇门是真的，不是画的，门在冲击力的作用下砸进了对面的墙壁里，一个庞然大物从门里冲了出来，左顾右盼地找寻着目标，桑榆定睛一看……

　　果然是疤面！

Chapter

11

新的领地

+++

新生活不可阻挡地到来，桑榆等这一天等了太久了。

桑榆拔腿便跑，疤面在身后疾步猛追。

身后的脚步声越来越近，为了拖慢疤面追上自己的脚步，桑榆抄起一个瓷瓶就朝身后砸去，疤面一挥手就轻松地将瓷瓶挥飞。

疤面好像被激怒了，他加快了追赶桑榆的脚步，同时把手中的金斧高高举起，向前挥舞着。金斧几乎要触到桑榆的后背，斧尖儿带着风把桑榆的衣领划开了好几个口子。

"我在做梦，我在做梦……"

桑榆边跑边喊，他已经从心理上败下阵来，此刻桑榆只希望能赶快逃离梦境，但就这么两手空空地离开又实在是有些不甘心。

桑榆加速跑向下一张木桌，就在他伸手刚摸到瓷瓶时疤面发现了他的目的，疤面朝着木桌的方向抡起了斧子，在空中划出一道金光，劈向木桌，在触及木桌的瞬间将其炸成了碎片，桑榆抬起胳膊挡了挡飞起的木桌碎片，他身形一晃几乎摔倒。

他稳住身形继续往前跑，疤面在原地站定又挥一斧，这一斧闪着金光带着气浪，如同爆炸的冲击波一般，将周围的物品卷起，一同朝桑榆袭去。

他瞬间被卷飞。

"扑通！"

桑榆重重地摔在了地上，疼得龇牙咧嘴，他的右脸上出现一道划伤，皮开肉绽，鲜血淋漓。

疤面则一个箭步冲到了倒地不起的桑榆面前，似乎在狞笑着用双手将斧子高高举起，朝着倒地的桑榆用力地砍了下去。

躺倒在地的桑榆慌乱中抓起了身边的一个垃圾桶举了起来护住自己，可疤面这一劈并没有受到半分阻碍，金斧削铁如泥，轻而易举地将垃圾桶劈成了两半，然后继续向下劈着，砍进了桑榆肩膀。

"啊！！！"

桑榆疼得大叫，疼痛使他双眼充血，他一把抓住金斧，用血红的双眼瞪着疤面，吼道："我在做梦！！！"

话音刚落，桑榆的身形连同金斧一同消失了。

昏暗的走廊里，疤面空着手站在原地，他保持着刚才砍下的姿势，看上去有些滑稽。

紧接着，梦境世界有如关灯一般突然暗了下去，消失了。

"啊！！！"

桑榆惊叫着醒来，他仍保持着刚才在梦中倒地的姿势躺在床上，原本盖在身上的被子早已经被他踹到了地上，铺在身下整整齐齐的床单也被他弄得皱皱巴巴。

桑榆大口大口地喘着粗气，他盯着天花板，伸出手摸向床头灯的旋钮。

"咔嗒！"

房间瞬时通亮。

桑榆渐渐平息了急促的呼吸，他摸了摸身下的床，确认自己是在酒店的房间醒来，又摸了摸刚才在梦中被疤面砍伤的肩膀，也没有伤口。

桑榆刚想翻身，可是另一只手感觉沉甸甸的，好像被什么东西压住，他抬起脑袋朝那只手看过去，那只金灿灿的斧子被他从梦里带出来了！

桑榆开怀大笑，笑得越来越大声，他用力地把金斧拽到了自己胸前使劲儿地亲吻了一下，之后便抱住斧子的手柄不撒手。

他回忆着刚刚经历的每一个细节，对梦里的规则他终于摸到了一点儿门路。原来从梦里往外拿东西必须具备三个条件：

一、必须触碰到要拿的东西；

二、要在梦里死掉之前喊出"我在做梦"；

三、只有疤面出现之后，这个方法才灵验。

想到这儿，桑榆再次肆无忌惮地狂笑起来，他狠狠地拍了拍放在胸口的金斧，拍得自己咳嗽了好几声，之后将金斧放在一旁，起身从桌上拿着两瓶矿泉水来到洗手间。

桑榆拧开了其中一瓶水的盖子，把水全部倒进了马桶，像是在祭奠疤面似的。其实他很想看看此时此刻疤面被气得跳脚的样子，不过看不到也好，免得又要被疤面暴揍一顿。

桑榆拧开另一瓶矿泉水的盖子，仰起头一口气把一瓶水都喝了下去。

"爽！"

他打了一个饱嗝儿，嘴角露出一丝坏笑，咬牙切齿地低声喃喃。

"疤面，你给老子等着，你不是很喜欢追我吗……"

桑榆一早就出了门，此刻他正坐在出租车上，拥堵在早高峰的车流中，他得意地坐在后排跷起了二郎腿，享受着这不慌不忙的生活节奏，透过车窗向外看去，万里无云，阳光格外刺眼，他微微扬起头，闭上眼，享受着阳光照在脸上的暖意。

恍惚间桑榆想起了自己上大学的第一天，头一天晚上他去网吧刷了一夜，第二天去报到时室外也是这样晴好的阳光，仿佛能将困倦通通蒸发掉一样。

新生活不可阻挡地到来，桑榆等这一天等了太久了。

他此刻已经迫不及待地想要尽快见到那两个讨厌的人，他很想看看因为自己的出现，光仔的脸上会出现怎样的精彩表情。

想到这儿，桑榆摁下车窗，学着光仔的样子朝窗外吐了一口痰。

司机一脚油门一脚刹车地开了一个多小时，在把桑榆晃吐之前将车停在了当铺的街对面。

司机让桑榆在这里下车，以避开在前面掉头而带来的拥堵，但桑榆思索片刻之后执意要求司机直接开到当铺门口。司机从后视镜里瞟了桑榆一眼，桑榆正因为晕车而面色发白地用一只手捂着嘴。

"小伙子，你还能挺住吗，你可别吐我车上啊！这大清早的，不然我这一天都白搭了！"

桑榆坚定地点了点头，半个多小时之后，出租车终于停在了当铺门口，司机刚要抱怨，桑榆掏出一百块钱递给司机，他捂着嘴，含混地说了句："不用找了……"

司机一下子就喜笑颜开地消停下来，桑榆开门下车，他大口大口吸气来缓解晕车的恶心感，感觉好些之后便拎着被浴巾包裹得严严实实的金斧朝当铺内走去。

光仔听到有人进来并未理会，他连头也懒得抬，继续低头玩着手机。

桑榆也懒得搭理光仔，他见老式柜台后面没人，便直接走到另一侧的桌子前把金斧抬到了上面。

"哐啷！"

金斧虽然被浴巾包裹着，但是被桑榆往桌上这么一放还是发出了巨大的声响。光仔被吓了一跳，他扭头看到是桑榆这个倒霉蛋，刚要破口大骂，却被桑榆封了口："你老板呢？"

光仔也算是老江湖，看到桑榆这反常的状态，光仔没有继续纠缠，他瞄了一眼桌子上的大物件儿，恨恨地扔下一句："等着！"便闪身进了里屋。

桑榆走到展柜前面背着手悠闲地四处瞧着，柜台里的金表他一个都没瞧上，他摇着头，瘪了瘪嘴，一脸失望。

"找我？"

当铺老板皱着眉头捏着山羊胡问道，桑榆没有回答，他伸手指了指被包裹的金斧。

老板见状斜睨着光仔，他下巴一抬，光仔就像一只训练有素的警犬似的跑过去拆金斧的包装。

浴巾被光仔解了开来，这两个人见到了宝贝的真容都被惊呆了，当铺老板伸头朝门外看了一眼，光仔赶忙几步过去把门关严。

趁这工夫，当铺老板在斧刃上搓了一搓，又把金斧拿起来掂了掂，觉得有些不可思议。

他放下金斧，故作镇定："小伙子，我这儿可不是销赃的地方，你走错了吧？"

"那麻烦您帮我估个价。"

桑榆并没有回头，而是把脸凑近了展柜里的一块金表。

"这我没法估，就算你这是真金的，也得看有没有买家愿意收。"

老板拂了拂袖子，像是掸着灰尘。

"我需要二十万应急，看来您也不是很懂行啊。"

桑榆终于转身，露出一副很苦恼的样子，他仰头松了松脖子，朝金斧走来。他目不斜视地看着金斧，跟老板擦肩而过，挤开光仔，开始给金斧重新打包。

"我去别的地方问问，打扰了。"

桑榆很快将浴巾重新包好，老板和光仔一直在桑榆身后紧盯着。他刚要抱起金斧，老板终于发话："去别人家也不太好出手，先放我这儿也行，等有人收了你再来拿钱，这是两全的法子，年——轻——人。"

　　老板说的时候刻意一字一顿地咬重了"年轻人"这三个字，看似在忠告，但桑榆一眼看破，这个老狐狸显然在表演的过程中有些用力过猛，从而暴露出了自己内心真实的想法。

　　"那您先给我二十万，算定金，多退少补，我信您，前——辈。"桑榆说这句话的时候，也着重强调了"前辈"这两个字，如果说老板的戏演过了，那么他接下来的戏也跟着如此放大，从这个意义上来讲，桑榆救了场，让所有人都有了台阶可下。

　　光仔从远处搬来一个很大的电子秤，老板抬手："不用。"

　　他转身回了里屋，再出来时，怀里抱着个纸袋，他将纸袋递给桑榆。

　　桑榆把纸袋里的东西倒出来，伸出手指数了数，不多不少，二十摞百元钞票，他点了点头，将其装回纸袋。

　　"点清楚了？"

　　"你不用，我也不用。"

　　桑榆转过头，冲着当铺老板露出诚恳的微笑。

　　光仔靠在一旁歪着脑袋，眼红地看着桑榆。他习惯性地咯着喉咙，许是因为注意力不集中，这口痰很难咯上来。

　　桑榆抱着纸袋转身离开，在经过光仔的时候，看到光仔的那口痰终于咯了出来含在了嘴里。桑榆想起之前不悦的经历，停下脚步，用锐利的眼光瞪着光仔，眼神充满挑衅。

　　面对摇身一变成了大客户的桑榆，光仔心虚地把痰咽了回去。

正午的阳光格外讨喜，桑榆走在大牌云集的时尚购物街上，他将原本凌乱的长发整齐地向后梳到脖子，又喷了些摩丝，衣着也焕然一新。

这一轮血拼桑榆买的都是穿在橱窗里最为显眼的模特身上的概念款时装，很嘚瑟的风格，看上去像一个不太成熟的轻奢小富二代。

桑榆在脑海中循环播放着二十世纪六七十年代活跃的美国组合Earth,Wind&Fire（地、风与火乐队，美国男子演唱组合）那首著名的*September*（《九月》），就是电影《通天塔》里日本女孩在迪厅的那段，黑人的声线，混着爵士、放克、非洲民族音乐风格与迪斯科节奏。

这是他喜欢的乐曲之一，踩着这个节奏，桑榆舞动着走在街头。迎面走来两个女孩，看着舞动着的桑榆，禁不住笑着，而他也厚着脸皮，边扭动边用他手腕上金光闪耀的腕表挑逗着他的观众，在他眼中，仿佛所有人都能从他的舞步中听到他脑海里正在播放的音乐，所有人对他都充满了善意。

一身潮牌的桑榆从这条商业街转战另一条商业街，出租车开到路口时停下来等信号灯，桑榆抬头向外看，这正是他曾经居住过的老街区。虽说到了这儿有种衣锦还乡的感觉，但他懒得下车去找曾经的房东炫富，因为房东最后的"清场"行动，彻底伤透了桑榆的心。

桑榆看着老街区来来往往的人们，突然觉得自己现在的状态根本就不是不劳而获，毕竟从梦境中偷出东西的超能力是自己在一次次被虐杀的情况下所得到的。

他想到自己那一次险些在天台自杀的行为，后悔不已，活下去就有希望，人死如灯灭，死了就真的什么都没有了。若不是当时选择了继续活下来，桑榆又怎么能等来把疤面气到炸裂的今天呢？他觉得应该找机会好好报答一下那个摊煎饼的大爷，他朝小路口看去，煎饼摊大爷今天没有出摊。他心里想着，也好，等我自己攒够了更多的钱再回来找他。

出租车一路朝更为浮躁而拥挤的市中心驶去，消失在车流之中。

夜色降临，此刻桑榆正在时下最火的夜店 Blue Night 里放肆着。

这群魔乱舞的场子里，桑榆显得十分兴奋，这让他想起自己曾经为了给三哥写东西而来到这里体验什么叫狂欢……

扭累了的桑榆从舞池中走了出来，他回到卡座，两个喝嗨了的大妞儿迅速把桑榆挤在沙发中间。她们一个穿着包臀短裙，一个穿着深V 小衫，不过脚下同样都是踩着那种脚踝和脚趾都随着性暗示喷薄欲出的大高跟鞋。

服务员推开那些喝光了的高级红酒瓶和洋酒瓶，将一打试管酒放在桌子上。在两个大妞儿的鼓动下，桑榆一口气连喝了三个，随着 DJ 极富煽动性的欢呼声，整个舞池的气氛燃到了顶点，所有人举着手更加疯狂地跳了起来。

桑榆用吸管嘬着一杯被点燃了的酒，在忽明忽暗的激光灯中，酒劲儿上了头，桑榆仰头靠在沙发靠背上，他有些分不清在被扯开扣子的衬衫里，哪只手是包臀的，哪只手是深 V 的，但明显都带着电，交叉着燃遍桑榆的全身，如同火线和零线，不肯轻易放过桑榆。

在桑榆迷离的视线中，这两个美女显得更为香艳、诱人，桑榆揉了揉脑袋，站起身，身体有些失态地晃动着，但也止不住嘴角扬起的笑。

就在桑榆卡位的旁边一桌，从酒到美女，档次都明显高于这边。美女围拢着的男人则不以为意地低头玩着手机，一副习惯了的样子。

桑榆不时瞄着他们，他心里并不服输，自己很快便会追赶上来，他决定今晚就要干上一大票。他猛地坐起身来看了看表，这一坐，胃里开始翻江倒海，他干哕了一下，于是着急地张罗散场。

两个大妞儿架着桑榆踉踉跄跄地走出了夜店，桑榆很争气地吐在了外边，还引得美女的一阵赞扬，说他有酒品、老司机。

酒被吐出了身体，眩晕却留在了脑袋里。

直到走在酒店的走廊，这股眩晕感才渐渐消退，他仍被那两个同样很醉的大妞儿架着前行。

桑榆左右看看，咧着嘴笑着。

"你们怎么都跟来了？"

"都跟来不好吗？"

包臀坏笑。

"你开心吗？"深V问道，桑榆点了点头。

"今儿晚上你喜欢谁？"

桑榆带着醉笑打量着两个人，没有回答。

　　两美女心照不宣地搂着桑榆来到他房间门前，桑榆翻着衣兜，找到房卡刷了一下。

　　门开了，两个美女也很自然地搀扶着桑榆想要跟他一起进屋，但桑榆却直接迅速地走进了房间，紧接着"砰"一声把两个美女关在了外边。

　　两个美女瞬间醒酒，面面相觑，不明情况地愣在那儿，好似不敢相信眼前的这一幕。

　　这时门又开了。

　　"对不起，喝多了，竟把你们忘了……"

　　两个美女顿时醉上心头，刚要往桑榆身上贴，桑榆却往后撤了一步，他从衣服里拿出了一沓现金，分成了两部分，温柔地将两沓钱塞给了二人，之后便毫无留恋地关上了门。

　　桑榆重重地倒在床上，此刻他的心里非常满足，虽然他没有让这两个大妞儿进房间，但是作为一个有钱人的快感让桑榆爽到无法自拔。

　　回想着自己曾为了躲避三哥、躲避房租，甚至又想到了站在天台上想要轻生的那一刻，桑榆知道自己人生的辉煌巅峰终于到来了。

　　桑榆仰躺在床上，不禁闭上了眼睛，他再一次回顾梦境中与疤面相遇的地点，从他第一次从梦中带着东西回到现实开始，梦境发生的场所似乎与自己现实中所处的环境相一致，但如果自己能够凭借臆想来构建梦境发生的场所的话，那么当疤面出现的时候，自己岂不是可以……

桑榆狡黠一笑，原来"日有所思，夜有所梦"这句话就是说给他听的。

想到这儿桑榆突然睁开眼睛，这个逻辑让他对今晚的行动更加期待。他环顾四周，目光将屋内的物品一一扫过，最后定格在床头柜上摆放的几本推介用的册子上。

桑榆翻滚到床边，他努力地伸出胳膊将这几本册子都拽到了地上，他拾起册子逐一翻看起来，有推介饭店的，有推介高级 SPA 馆的，但最后一本关于旅游文化的画册让桑榆眼前一亮。

画册的封面图片是座大气恢宏的博物馆，桑榆把其他册子都扔到地上，他翻了个身趴到床上，兴致满满地翻看起这本推介博物馆的画册。

各式珍贵的珠宝、文物等藏品的图片映入眼帘，桑榆的瞳孔变成了两个代表人民币的"¥"符号。

如果把博物馆里的东西都卖了，这钱可够几辈子花的了。桑榆来回翻着画册，尽力记住他选好的几样宝贝的模样，他翻到左右通栏的一张大彩页上，著名的镇馆之宝雕像《维纳斯》很醒目，原来这个博物馆就是卢浮宫。

桑榆决定了，今晚就去这儿了……

A Fantastic Journey

奇幻之旅

Chapter

12

日有所思

+++

迷离之中他感觉眼前穿梭着好多人和好多混乱的场景，
过去的、未来的，杂乱无章地如蒙太奇般拼凑着。

　　由于喝醉了酒，桑榆费尽了力气也没进入梦境，酒精麻痹了神经，许多杂念从四面八方冒了出来，让他无法集中精力在脑中构建出卢浮宫的环境。桑榆闭上双眼，迷离之中他感觉眼前穿梭着好多人和好多混乱的场景，过去的、未来的，杂乱无章地如蒙太奇般拼凑着。

　　半晌后桑榆的意识渐渐模糊，他仰躺在床上，那本关于卢浮宫的画册从他肚皮上慢慢滑落到一旁，他四肢张开呈"大"字状，呼吸沉重地吞吐着混浊的酒气。

　　桑榆逐渐进入了梦乡，但梦里的环境并不是卢浮宫，而是一间正在开剧本会的会议室，屋内的六七名编剧正为某个纠结着的情节而争执不下，绞尽脑汁地相互说服着。

　　桑榆梦到自己坐在会议室的角落里很顺利地就写完了一集剧本，其情节构思精妙的程度超过了多位当红的编剧，换作平时做了这样的梦，桑榆肯定会笑醒，但他现在却一点儿都高兴不起来，因为夜晚时间紧迫，卢浮宫里还有数不清的珍宝等着他去拿，他不想在剧本会的梦里耗费时间。

　　他的意识清晰了些，强迫自己集中精力回到卢浮宫的构想上来，脑海中会议室的画面渐渐淡出，所有关于卢浮宫的记忆碎片被极速拼凑着。

　　桑榆没有去过卢浮宫，梦里所有关于卢浮宫的场景都源于画册和想象，这里仅保留着几处标志性很强的建筑元素，比如那个金字塔形的玻璃入口，而其余建筑的轮廓都很模糊。

　　桑榆置身于这个环境中，周围空无一人，他向前走了许久，来到了卢浮宫的老馆区。

因为现在是夜里，正处于非营业时间，所以老馆区内除了桑榆再无他人。不过令桑榆感到奇怪的是，场馆内没有点亮一盏灯，但这宽敞的展厅却闪着忽明忽暗的光亮，无法探究光源所在之处。

桑榆站在壮丽雄伟的大厅中央打量着这里，这里的举架非常高，四壁及顶部都有精美的壁画及巧夺天工的浮雕，桑榆的正面是空柱廊，矗立着两排浮雕环绕的柱子。整个大厅里整齐地摆放着数不清的展台，展台里摆放的各式古董物件儿琳琅满目，令桑榆目不暇接。

他在展厅里边闲逛边猜想着，这里的格局跟真正的卢浮宫应该是有出入的，但这都不重要，重要的是自己构建出了新的领地，这里有太多的宝物可以拿，多到他竟不知从何处下手。

看着这里的宝贝，桑榆渐渐兴奋起来，现在他唯一要做的就是等待疤面的到来……

桑榆像是一个为了赴约而提前到场的绅士，他不紧不慢地穿梭在各个展台之间，双眼里闪着渴望的光亮。

一个很是奢华的展品映入桑榆的眼帘，展品的名牌上写着：皇室加冕礼彩蛋。这彩蛋金灿灿的，足有橄榄球般大小，桑榆把展台的玻璃罩小心取下，他欣喜地把彩蛋举了起来看了又看，之后又爱不释手地将彩蛋抱在怀里。

桑榆放声大笑起来，似乎这里的一切都已经属于他了一般，笑声在空旷的展厅里回荡，经久不息。

笑过之后桑榆环视四周，疤面依旧没有出现，他索性利用这段时间盘算以后的事儿。

现在自己终于可以主观选择并构建梦里的环境了，照这样的趋势发展下去，以后桑榆都可以按照这次入梦的方法，从自己设定的梦境里拿出东西到现实中去换取钱财。属于自己的财富大道就这样顺利地被打通了！

想到这儿桑榆连忙又温习了一遍关于梦境的"游戏规则"……

第一步是选择一个地点作为参照，以此构建梦境发生的场景；构建好梦并成功进入之后要确定目标宝物；最后就是等疤面出现，在自己和疤面发生冲突时紧抓宝物，大喊："我在做梦！"

不过每次都要跟疤面进行殊死搏斗也是够痛苦的了……

桑榆希望自己以后进入梦境的时机能够掌控得再精准一些，争取寻个既能不让自己等这么久，又能避免与疤面正面冲突的时间点，这样一来只需要拿着宝物全身而退就可以了。不过这么完美的时间点哪儿那么容易寻到，这更需要在反复磨合当中去总结发现，桑榆倒是不担心这个，反正他有的是时间。

他已经在场馆里闲逛很久了，时而突然转身，时而蹑手蹑脚地躲在某根柱子后面竖起耳朵听着动静，可是疤面始终都没来。

他有些折腾累了，便靠着一个摆着金座古董钟摆的展柜坐在了地上。桑榆预想着这一次疤面将从哪个地方以什么样的方式出现、手里拿着什么样的武器、自己该如何应对。

当他把几个斗争方案都在脑袋里设计妥当之后疤面还是没有出现，

桑榆有些不耐烦了，他站起身来，挑衅地喊道："疤面，你给我出来！"

没有任何回应。

桑榆懊恼地挠了挠头，嘟囔着："不会不来了吧……"

想到这儿，满腔的愤懑一下子就变成了担忧，如果疤面真的躲着不出现的话，也就意味着桑榆没办法从梦里往外拿东西了。

桑榆将身后展柜的玻璃罩取下，他抓起金色座钟，喊道："我在做梦！"

桑榆想看看自己能否侥幸地绕过规则，但意料之中地失败了。

他气上心头，随即举起金色座钟，朝着地上重重地摔了下去。

"哐啷！！！"

座钟被摔碎了，发出很大的声响，桑榆的情绪有些激动。

"我拿不走你也别想有！你不出来是吧，一会儿我继续砸！"

桑榆气喘吁吁地坐下，心里依旧担忧疤面是否会出现。

这时远处有脚步声传来，桑榆连忙转头朝着那个方向看去，昏暗之中有个庞大的身影逐渐显现。

桑榆兴奋地面对着黑影的方向站起身来，疤面来了，他果然还是来了！

疤面绕过一个柱子，朝桑榆这边走来。

脚步声越来越近，桑榆仔细听着，里面好像还夹杂着金属碰撞地面的声音，难道疤面这次穿上了金属的战靴？

桑榆不禁觉得疤面有些滑稽，他嘴角露出一丝邪笑。

"恐怕你踩着风火轮来也赶不上老子了……"

疤面还没有彻底从阴影之中走出来，但两只闪动着愤怒火苗的眼睛倒是率先显出了光亮，桑榆不紧不慢地朝旁边挪了一步，靠在了一个更大的金座钟上，这个比之前摔掉的那个值钱多了，因为这个除了镀了金子，表面还镶满了钻石。

桑榆双手插进裤兜痞痞地站着，就像是博尔特在等待着跟一头猪赛跑似的，看上去毫无压力。

尽管如此，他还是在心里念着"我在做梦"，这句话呼之欲出，桑榆可不希望这当口出什么纰漏。

从脚步声来判断，疤面显然是被桑榆的挑衅激怒而加快了脚步，桑榆只从容了几秒钟，毕竟疤面折磨他的手段都残忍异常，所以他还是不敢掉以轻心的。

他将插进裤兜里的双手拿了出来，撸了两下袖子，之后把双手摊开，瞟了一眼疤面的方向，见离自己还有一段距离，便准备抱起座钟转身逃跑。

"砰！"

座钟突然炸碎开来，冲击波带着飞屑把桑榆炸得向后摔了个跟头。疤面已经完全从阴影之中走了出来，他身着日本战国时期武田信玄的标志性铠甲，红色的，头上有两个金属的牛角，看上去气势骇人。

疤面手里拿着一把改装过的霰弹枪，枪上有六个长长的枪管捆在一起，这枪管比普通那种要粗上许多，而且弹夹是圆盘状的，可以连发。

这样混搭的配置让桑榆联想起他深爱的两个经典电子游戏《战国无双》和《魂斗罗》，可疤面根本不给桑榆走神的时间，他一个枪口还冒着烟，在嘚瑟地耍了一下手里的枪之后，根本没有上膛的动作，便又开了一枪。

"轰！"

桑榆还没等爬起身来，头上的一个展柜便被炸了一个大洞。他裸露在外的手臂上扎满了玻璃碎碴，他咬紧牙关忍着剧痛匍匐前进，爬到一个看起来更结实些的展柜后面藏起身形。

其间疤面不停开着枪，子弹就像是用之不竭一样，不过他并不急于杀死桑榆，而是在向桑榆挑衅并示威。

"妈的，这孙子肯定是怕我再抢他的武器，所以才换成了远程攻击的路子！"

桑榆躲在展台后边，脑子飞速运转想着脱身的法子，他决定不再恋战，尽快拿到一件宝贝就离开梦境。

桑榆一低头，发现胳膊上被玻璃碴子划伤的伤口很深，其中还有一片金子扎在肉里，他自言自语地催眠着自己："一点儿都不痛，一点儿都不痛，这他妈的是梦！"

说着，他还是用牙齿咬着那片薄薄的金子将其拔了出来，之后将多数玻璃碴子也一并拔了出来。

更多的血往外不停地流，桑榆双手相互抹了抹，他坚定地注视着十几步以外的一个展柜，那里陈列着一把镶满宝石的权杖。

"就是它了……"

桑榆咬着牙,恶狠狠地吐出这么一句。

疤面停止了射击,他举着枪站在展台的另一侧,等着桑榆探头出来。

桑榆做着蹲踞式起跑的动作,他低声数着:"一……二……三……"

可他数完并没有跑,而是换了另一只脚做支撑,继续数道:"四……五……六……"

桑榆深呼吸了几次,寻找着冲出去的时机,毕竟腿没有子弹快,而且霰弹打进肉里比普通子弹造成的伤口更多,给人带来的痛苦也多了更多倍,他得慎重些,再慎重些。

疤面等得有些不耐烦了,他端着枪,轻轻地朝前走去。

就在两人的身影出现在彼此视线中的一瞬间,桑榆慌忙起跑,这同时枪也响了,这一枪打在了桑榆身后的地板上,地面被轰出一个大坑。

桑榆飞速奔向权杖,就在他几乎摸到权杖的时候,又一发子弹射了过来将权杖轰断了。

桑榆灵巧地转身朝另一个方向跑去,疤面紧追不舍,他边追边朝桑榆开着枪。他在一个个展柜前跑过,每经过一处展柜,展柜上的宝贝便被子弹直接击毁,根本不给桑榆去抓的机会。

桑榆只能拼命逃窜着,他躲到一个柱子后边喘着粗气,寻找着机会。

"至于吗!拿你一个东西和毁掉所有东西哪个划算!"

桑榆自顾自地喊着,然而并未得到回应。

他把头探出去想看一下疤面现在在什么方位,但和他预想的一样，他刚伸头出去枪声立马就响了起来，他连忙缩头回来，子弹则准确且集中地打在了桑榆藏身的立柱上。

看着满地被毁掉的宝贝，疤面怒火中烧，他端着枪朝着桑榆的方向走去，过程中不断地开枪。

柱子终于被疤面给轰塌了，桑榆没了藏身之处，只好朝最后一个展柜飞身扑了过去。

疤面的脸上露出了狰狞的笑容，他再次开枪，枪声响起，桑榆在半空中弹，然后重重地面朝下跌落在地，他的后背此刻剧痛无比，但他仍不想就这样空手而归。

桑榆伸出满是鲜血的手向前抓着，这时疤面慢悠悠地走了过来，他一脚踩在了桑榆手上，金属的战靴和不断加大的力道使桑榆痛苦地大叫着。

疤面踩着桑榆的手不让他抓到任何东西，他把枪口顶在桑榆的头上，之后又贴着后背向下移去，一直移到了桑榆的腰部。

疤面旋转着枪管戳着桑榆，他将枪口抬起了十厘米，像是不想让枪口被桑榆的血肉弄脏一般，狞笑着，扣动扳机开了一枪。

"啊！！！"

桑榆的身体随着子弹的冲力而弹了一下，他现在只剩下了嘶喊的力气。

疤面一如往常般折磨起桑榆，他泄愤地朝着桑榆连开数枪。

他终于不再挣扎了，安静地趴在地面上，周身几乎被打成了筛子，血流成河。疤面也停止了射击，他踢了踢桑榆的手，桑榆没有任何回应，任由他踢着。

桑榆在梦里彻底死透了，展厅里犹如被关灯了一样，所有的光亮瞬间消失，整个梦境都黑了下去……

桑榆保持着在梦里死亡的姿势趴在床上，他龇牙咧嘴地醒来，梦中枪伤带来的疼痛仍在全身持续发酵。

他艰难起身，晃了晃脑袋，呻吟着活动四肢。他走到镜子前看了看自己的小臂，手臂上没有伤口，但这次的疼痛十分逼真，桑榆惊魂未定，仍不放心。他脱光了上衣转过身背对镜子，扭头盯着镜子里照出的后背愣了一会儿神，在确定没有任何枪伤被带出来之后，像是被卸去了所有力气一样倒在了床上。

这次什么东西都没从梦里带出来，他很不甘心，懊恼地决定重新入睡，想看看能不能把刚才的梦给续上。

辗转反侧之间回想刚才的梦境，他有一些动摇。

刚才的梦里自己不占丝毫优势，完全就是被疤面单方面虐杀。

桑榆盘算着，不如换一个别的梦来做……

可是卢浮宫一战所产生的懊恼和不甘让他很是介意，最终还是决定重新走一遭。

根据以前的求医经历，桑榆懂得根据科学家提出的睡眠理论，之所以还能记住自己刚才梦到了什么，是因为醒来的那个点正处于快速眼动期，所以他要趁自己还能记起细节的时候尽快入睡。

他拿起药瓶倒出一粒安眠药吞了下去，由于桑榆刚才在梦里情绪波动很剧烈，他的大脑皮质现在很兴奋，所以他用了好久才成功入睡。

可是在梦境里，距离桑榆死透的那一瞬间才过去了不到一分钟，桑榆依旧趴在血泊中，而疤面正拎着枪转身离去。展厅里还在延续着刚才的"关灯效果"，所有的光亮正在慢慢消失……

可疼痛重新回到了桑榆身上，他的手指微微动了一下，在脑子里欢呼："成功了！"

虽然剧痛让人难以忍受，但桑榆终于迎来了复仇的机会。

这时，刚刚暗下来的世界又逐渐亮了起来，疤面感觉有些不对劲儿，他抬头往四周看去，未发觉什么异样，他转过头来，发现桑榆的"尸体"不见了。

疤面环顾四周寻找着桑榆，他往枪里压了很多子弹，举着枪在大厅里四处搜寻。

桑榆此刻正屏息蹲在一尊雕塑的阴影里面，他深呼吸了几次，便直接朝着一个宝贝冲了过去。

这时疤面发现了奔跑的桑榆，他迅速朝着桑榆的身影连续开枪，并预判着桑榆即将移动的方向。

桑榆被一枪爆头，他仰躺在床上醒了过来，此时他不再顾及身上有没有伤口，他的眼中充满了执着的愤怒。

桑榆找到安眠药瓶，倒出两粒安眠药吞了下去，他现在只想着回到梦里寻仇，根本无暇顾及安眠药已经服用过量。

他像着了魔似的只想赢得这一战，因为他心里隐隐有种预感，如果这一战赢不了，那么今后也就别再指望走这条能使自己人生翻盘的捷径了。

随着安眠药的药效发作，梦境和现实中的桑榆开始切换。

"乒！"

桑榆藏身的雕塑被击中，顿时碎末四溅。

随着桑榆的跑动，他经过的展柜上的各种宝物逐一被击碎在疤面的枪下。但是这一次桑榆的跑动很奏效，他无规律地随机切换着跑动的方向，导致疤面始终都没击中自己。

桑榆正跑着，那枚金质的加冕礼彩蛋滚到他脚边，他迅速将彩蛋弯腰抱起，刚要喊那句"我在做梦"，一转头看到另一个展柜上的黄金面具。

桑榆拿出一副不要命的架势就冲了过去，疤面发现了桑榆的目的，他连开了两枪，却没有打中桑榆。

这时桑榆纵身一跃，在抓到黄金面具的那一瞬间疤面的枪声响起，桑榆的肩膀中了一枪，整个人直接跌落在地。

好在他先一步抓到了黄金面具，他抱着怀里的两个宝贝，大喊："我在做梦！"

这同时疤面朝着桑榆的方向又连开几枪，但子弹全部直接打到了地面上，顿时火星四溅。

原本被击中的桑榆突然消失了，疤面气得抬脚接连踢碎了身边的几个展柜，他举着枪，愤怒地仰天咆哮嘶吼着……

Chapter

13

上帝禁区

+++

尽管自己现在所拥有的一切都来自黑夜的馈赠，但他感觉自己是离太阳最近的人，
而那些折磨他许久的生活此刻全都被自己踩到了脚下。

昨晚回来时桑榆没有拉窗帘，现在天已经大亮，阳光毫无保留地铺满房间。他盘着腿坐在床上，一手抱着橄榄球大小的皇家加冕礼彩蛋，一手将黄金面具扣在脸上，就这样一动不动地坐在那里。

阳光照到他的身上，怀里的彩蛋和脸上的面具折射出耀眼的金色光芒包裹在桑榆周身，显得他整个人都圣洁而威严。

在梦里的时候桑榆就想起，历史上曾有一枚彩蛋是为了纪念尼古拉二世和皇后亚历山德拉的加冕盛典而制作的，非常出名，他低头看了看自己怀中抱着的这枚彩蛋，它比俄罗斯皇室历史上任何一枚彩蛋都大，也格外地奢华。彩蛋的表面为淡黄色的瓷釉，上面划分了若干个嵌有月桂树图腾的小方格，方格之间的每个交叉点都有一个象征俄罗斯皇室的鹰之标志，每只鹰的胸口上都有一颗小钻石。

毫无疑问，这是国宝级的宝贝。

而脸上扣着的黄金面具虽然桑榆不太了解，但这面具的造型与埃及的图坦卡蒙黄金面具有异曲同工之妙，这面具上嵌有彩色琉璃和宝石，前额部分饰有鹰身蛇尾的图案，其象征意义桑榆不得而知，但其价值就不言而喻了。

一夜的疲惫换来两件宝贝显然是值得的，而那场厮杀中的血腥、暴力也都成了过眼云烟。现在的桑榆，更像是一个在夜里那场战争中获得了王位的王，他坐在那里许久，看上去是在适应这种改朝换代的变化。

桑榆感受到，自己的生活已经发生了真实的改变。

　　酒店的床很高，他坐到了床边，双腿自然垂下刚好碰到地面。黄金面具所带来的视野局限也刚好能让他混淆自己的位置感。

　　除了象征自己身上流淌着神的血统之外，带有图腾的黄金面具更实际的用途是不让他人看到面具后的真实面容，不让他人了解到自己的喜怒哀乐。这个面具其实并不适合桑榆脸庞的尺寸，上面的两个窟窿对他来说稍高了些，这让他透过窟窿看出去的视野更加有限。

　　因为是迎着阳光而坐，所以桑榆看到的世界充满刺眼的眩光，尽管自己现在所拥有的一切都来自黑夜的馈赠，但他感觉自己是离太阳最近的人，而那些折磨他许久的生活此刻全都被自己踩到了脚下。

　　时至今日，他终于可以主导一切了，他相信自己会是个不错的王。

　　因为他要的不多，也很容易满足，他只是想做自己的主宰，对整个世界，他没有野心，更没有兴趣。他猜想，也许正是因为自己受尽折磨并清心寡欲，所以才受到了上天的眷顾吧。

　　想着想着，眼泪从桑榆的脸颊滑落，砸到地上碎成了花。他坐累了，觉得是时候去把这些过去象征着权威的东西变现成象征着权威的财富了……

　　桑榆很随意地拎着个一次性的布袋子走在街头，那两样东西就装在袋子里，袋子上面印有酒店的 logo 和洗衣袋的字样。他清晰地记得自己打算卖掉从梦里带出来的第一件宝贝时的情景，那时他用报纸把巨型短剑包起来时格外紧张，从当铺换得两万块钱时他也捧在怀中分外珍惜。

　　如今，袋子里这两样东西的价值不知是那把短剑的几百倍，可桑榆却显得很随意，他为自己的从容而感到欣慰。

　　转念一想，其实自己并没有那个境界，无非是因为这些东西得来得并不困难罢了。

　　桑榆习惯性地走向那家当铺，此刻他就站在当铺的街对面，可是今天这个路口的信号灯坏掉了，马路上的车开得都格外地快，他在路口站了半晌，愣是没过去。

　　透过车流的缝隙，桑榆看到光仔在当铺门口进进出出忙活着些什么，他突然心里有些可怜这个做小工的人了。

　　人有时就是这么奇怪，并没有绝对的仇恨，当人跳脱出原来的圈子，不再受那圈子里的规则束缚的时候，大多会变得宽容。

　　桑榆猜想着，也许光仔也有着不堪一提的往事和乱成一团的家事，每天过着被那个鸡贼老板呼来唤去的日子，时不时还得被老板当成枪使，这种日子光是想想都已经让人感到生活无望了。

　　他越发觉得那个当铺也好，自己生活数年的整个老街区也好，此刻都显得那么渺小和局限。他甚至开始犹豫要不要再过这条马路，要不要再和那里的人产生瓜葛。

　　桑榆站在那儿看着那些垂头丧气、满面愁容的人，他攥了攥拳，下定决心离开这里。这一刻的转身在他看来是在告别自己的过去。

　　他有些留恋过去的日子，可这一切善意甚至有些滥情的心理活动都在光仔转过头来之后全部散去。光仔看到了街对面的桑榆，脸上立马换上了一副愤恨的表情，桑榆被这个眼神看得浑身不舒服，仿佛再在这里被他看一会儿，自己就会变回原来那个卑微的桑榆。尽管他现在已经变得富有了，可是他不愿，也不敢再与之交锋。

桑榆疾步离开，消失在光仔的视线里。他来到了一片新崛起的街区，这里坐落着数座高耸的写字楼。他停下了脚步，疑惑自己这段路为何走得这么慌张，他猜想可能是因为自己处境并没有想象中的那么好，毕竟该解决的问题还没有解决，切断过去对于现在，只不过是抽刀断水之举。

虽然他极力不再回想过去，但小人物体内流淌着的血决定了他的色厉内荏。他将手里的布袋打开，把手伸进去摸了摸那两样宝贝，心里踏实了许多，整个人也稍稍振作了些。

桑榆决定找一家更大的当铺出货，不过这次一定要装得像老手一样懂行，不然被问起这两样东西从哪儿弄来的他都说不清。

他找了一上午也没找到适合出手的当铺，这些人不是怀疑彩蛋和面具的来路不明，就是连鉴定都懒得鉴定就直接下结论说这两样宝贝不是真货。直到他通过一个广告找到了一家拍卖公司，这家公司自称，只要东西价值连城，哪怕稀奇古怪，它都愿意收，桑榆想来碰碰运气，便提着袋子走了进去。

穿过一个威士忌酒廊，再坐电梯下到负二层，便是这家公司的VIP接待区了。这里的环境很封闭，许多古朴的展示架和陈列柜将整个区域切割开，所有摆放的展柜都是深木色的，在冷色灯光营造的氛围下显得简单而富有质感。

　　尽管柜子上摆放着一些很浮夸的收藏品，但这里看起来并不像个拍卖公司，而是像一个存放威士忌的仓库。室内温度宜人，空气中弥漫着橡木桶的味道，桑榆被带到一个由半圆形酒柜圈出的开放式包房里。他坐到沙发上，对面有一张很长的桌子，上边摆放着一些用来鉴宝的精密仪器。

　　"您好，有什么可以帮到您的？"

　　一个身着黑色制服的小伙子很有礼貌地接待着桑榆。

　　"我要估价两样东西。"

　　"好的，方便看一下您要估价的东西吗？"

　　桑榆点了点头并将布袋打开，从中取出了加冕礼彩蛋和黄金面具。

　　小伙子有些错愕地看着面前的宝物，然后吃惊地上下打量着桑榆。

　　"请您稍等，我请经理和专家过来鉴定一下。"

　　小伙子说完便转身离开了这间包房。

　　桑榆边喝着咖啡边打量着展示柜上的展品，这里的展品跟别处不同，造型都有些怪异，这不禁令桑榆猜测，世界上也许真的有人跟自己一样，有着非同一般的能力，而每一件造型奇特的宝贝背后，也必定有着神奇的来历。

　　想到这儿，桑榆忽然觉得自己身上的一系列问题可能都不是问题，而是某种神奇的超能力，只是之前并没有了解到如何使用而已。

　　但是超能力落到现实也需要有个合理的逻辑来解释一番，他忽然想到了"上帝禁区"的说法——人类的大脑脑细胞通常只被应用10%，即使那些科学界的天才如爱因斯坦等人也只运用到20%，80%以上的脑细胞处于休眠状态。

长期以来人们不知何故，于是假托说是上帝之手封存的，免得人类太聪明，破了天界的许多禁忌，因此习惯地称这部分未开垦的脑区域叫"上帝禁区"。

桑榆想，也许自己就是闯入了上帝禁区的人？

他终于领悟到了几天前那位神经兮兮的灵修师的那番说法。

桑榆觉得他要找个时间重新规划自己的人生，但在规划新的人生之前他要重新回顾一下自己的过往，也许有些当时解不开的结会因为有了今天的"超能力"而成为开启新生活的突破口。

这时，一个专家模样的老者和一身职业装的经理带着几个工作人员走了过来。

"您好，我是这儿的经理吴启川，这是我们的首席鉴定师沈教授。"

桑榆点了点头算是回应。

"那我们就开始鉴定了？"

桑榆拿起黄金面具放到对面的长桌上，在吴经理的指引下，他和经理在旁边的沙发落座、等待。

沈教授熟练地戴上了白手套，端详着桑榆带来的黄金面具和彩蛋，他暗暗惊叹，没用多久沈教授来到了吴经理身边，与他低声耳语起来。

　　桑榆坐在旁边的沙发上整理了一下衣服，喝着咖啡，假装神情自若，好像经常来这样的场合的样子，眼睛却不时偷瞄着那边的情景。

　　桑榆知道那个鉴定师一定辨别不了宝物的具体出处，但宝物的价值不菲是显而易见的。

　　"桑先生，请问您这两件东西想出什么价？"

　　吴经理率先开口。

　　"不多不少，一百万。"

　　桑榆早已想好了这个价位。

　　吴经理对沈教授使了个眼色，于是，沈教授与其他工作人员都离开了。

　　"您看这黄金面具挺普通的，做工一般，也没有历史出处……"

　　"那好，我去按金子卖，就不在这儿出手了，我还是去金店吧，叨扰了。"

　　桑榆作势要走，吴经理急忙又道："这……也对，不过一百万确实有些多了，三十万吧，三十万我们就收了。"

　　桑榆闻言迟疑了一下，他背对吴经理，直接起身过去拿起黄金面具就要往布袋里塞，吴经理一看连忙站了起来，他伸手按住了桑榆的手。

　　"桑先生看来是急性子啊！您稍等，我去向公司请示一下。"

　　吴经理说完便转身离开。

　　桑榆又回到了沙发上，他琢磨着自己要的价格是不是太高了，不过也没有什么关系，桑榆决定等经理回来后不管他出什么价格都可以成交。

而且万一买卖没成的话，他还可以去光仔所在的那个小当铺，想到这里桑榆突然放松了下来。

吴经理推门走了进来，直接将一张一百万的支票递给桑榆，桑榆刚刚要接，吴经理又把支票抽了回去，他坐在旁边的沙发上，假客气地把支票又递给桑榆。

桑榆感觉到了敌意，他瞄了一眼支票，一百万，一点儿不少，他便把支票直接揣进兜里。

"桑先生在哪里发财呀？"

"我有必要告诉你吗？"

吴经理故作失礼地表达歉意："当然当然，别误会啊，我也没别的意思，干这行的都知道，谁家都有点儿宝贝，但我们一般都不多问。"

桑榆被说得有点儿心虚，却尽力装作镇定。

吴经理继续说道："什么盗墓的、走私的，谁知道都是从哪儿来的……出了事儿都得我们担着。"

吴经理眼睛充满侵略性地看着桑榆。

桑榆看了一眼他，似乎被戳中了什么。

"还有别的事儿吗？"桑榆问。

吴经理很圆滑地话锋一转，说道："当然……我不是说您啊，到这儿来呢，是您最好的选择，您放心地来，我们随时欢迎，而且一定给的是最好的价格。"

桑榆故作淡定，喝了一口咖啡，起身离去。

从拍卖行出来桑榆觉得自己成功打开了一条新的销路，之前的紧张顷刻间烟消云散，他一身轻松。

正午的阳光分外刺眼，桑榆抬头仰望天空，闭上了眼睛，伸开了双臂，仿佛正在拥抱一个崭新的自己，又仿佛让阳光烘干曾经围绕在自己身上的灰暗与衰败。他把右手放在了自己的胸口，努力感受着放在西装内兜里的那张一百万支票带给自己的安全感。他睁开了眼睛，看着蔚蓝的天空上飘浮着的朵朵白云，感觉自己的未来将跟这天空一样，明媚而清澈。

桑榆在拍卖行楼下的银行里把一百万支票存进账户，这是他第一次用到支票，刚才接过来的时候心里还是有些打鼓，但又不能表现得慌张，被人瞧不起，他想着将来做交易的东西一定更值钱，用到支票是迟早的事儿，现在变成了账户里面的数字以后，心里算是踏实了。他取出了五万装进了包里，从银行出来走到路边打车，一辆出租车驶来，桑榆招手，车从面前开过，他这才看到原来这辆车并不是空车。他便朝另外一辆出租车招手，一阵急刹车的声音传来，桑榆看到刚才的那辆出租车突然来了一个急停。

紧接着车上下来一个人，这身影桑榆再熟悉不过了，是三哥。

桑榆条件反射地拔腿便跑，三哥叫骂着朝这边紧追过来。

可是，桑榆没跑几步便突然停了下来。

"为什么要跑？我现在已经不是原来的样子了……"

桑榆嘟囔着，在意识到这点之后转身，淡定地看着三哥。

三哥追了上来，换作平时他肯定是挥手便打，但此刻看到桑榆突然这么一停，三哥反倒下意识地不敢靠近了。

以前从没出现过这种情况，三哥不由得向后退了两步才站定，疑惑地看着桑榆，突然有点儿不认识他了——价值不菲的西装、一尘不染的灰色皮鞋，典型一副要么发了横财要么有了靠山的样子。

桑榆知道三哥想的是什么，他"扑哧"一笑，笑得有点儿贱。

其实在和三哥关系不错的那段日子里，桑榆经常会跟他这样嬉皮笑脸的，可现在对三哥来说，那段日子已经太遥远了。

在三哥看来，桑榆这一笑更像是一种挑衅。不过三哥还是冷静了下来，没有被桑榆的表现迷惑，他警惕地看了看四周，确定没有别的问题之后才走近桑榆，挥手开打。

"上哪儿去，上哪儿去，你上哪儿去了？！不是下辈子见吗，跑这儿晃什么呢你？！"

桑榆自觉有点儿理亏，并没反抗，只是猫着腰躲着。

"等一下三哥，我有话说……"

三哥的手悬在那儿，疑惑地看着桑榆。

"走，请你吃个饭，咱们边吃边说。"

桑榆如此说道，三哥眨了眨眼，没敢相信，挥起手接着打。

　　"桑榆我才发现你小子纯是骗子啊！又他妈跟我耍花招儿，你以为你穿身西服就能蒙我了？真当我是傻子呢是吧？"

　　"三哥我这回真的不跑了，我请你吃饭，真的。"

　　说着，桑榆抬头朝着四处望去，看见不远处有一个很大的海鲜酒楼。

　　"三哥，那儿，我请你吃海鲜！"

　　三哥停了手，点了根烟抽了起来，看了看桑榆口中的地儿。

　　"你说吃饭的地儿，就是那个？"

　　"嗯。"

　　三哥勃然大怒："嗯个屁！那是海鲜酒楼，老贵了！你他妈还想坑我！"

　　说完，三哥起身又要打桑榆，却被桑榆一把抓住胳膊。

　　面对桑榆的强硬，三哥有些蒙了，他盯着桑榆看了一会儿，将烟头扔在了地上，狠狠地用脚踩了一下。

　　"行，今天你敢顺着尿道儿跑了，你就死定了！"

　　三哥语毕便气呼呼地朝着海鲜酒楼走去，桑榆揉了揉脑袋，连忙跟了上去。

一

A Fantastic Journey

奇幻之旅

Chapter

14

走近女神

+++

此刻桑榆站在马路对面看着在店里忙前忙后的花儿，

整个世界都仿佛在给桑榆和花儿留白……

　　服务员带着三哥和桑榆来到包间，三哥有些发蒙，这里的室内布置看起来并不像是寻常的海鲜酒楼，反倒更像是那种高级会所的会客厅或书房。包间内的空间很大，一进门的右侧摆放了舒适的沙发，左侧则是酒柜和书柜，里面所陈列的洋酒和书籍看上去也并不是摆来装装样子的，而是像有个固定的主人经常光顾似的。

　　房间正中央是一个长方形餐桌，餐桌的正上方是一个精致考究的水晶吊灯，屋内除了吊灯之外还在四壁上点缀了小射灯，整个房间的光线很柔和，而且在吊灯上面水晶的折射下，使得发散开来的光线显得有些斑驳，看上去分外迷离。

　　片刻过后餐桌上就摆上了各式精致的海鲜和新鲜的蔬菜，桑榆和三哥相对而坐，二人的面前各有一个小火锅，锅内的汤底已经翻滚沸腾。

　　"嘣！"

　　一瓶价格不菲的红酒被拔掉木塞，服务员将红酒倒入醒酒器，做好了一切周到的就餐准备之后便离开了。

　　桑榆的西服外套被挂在了墙上，他解开了两粒衬衫的扣子，拿起筷子拨弄着面前锅中随着沸水而跳跃着的参片，并不急于开吃。

　　三哥则一直保持着双臂环胸的姿势靠坐在椅子上，他观察着周遭环境也观察着桑榆，但并没有得出什么有用的结论。他挑了挑眉做无奈状，松开双手拽着椅子朝前挪动了一下，接着把双手搭在桌边，点上了一根烟。

这种豪华的场面三哥不是没见过，只不过眼前这一切都归功于桑榆，这的确让三哥感到极为不适应。刚才在出租车里的时候，三哥看到桑榆穿着时髦地站在路边时没感到多惊讶，毕竟桑榆是一个年轻人，赚了笔小钱买点儿好衣服嘚瑟一下也是正常的现象。但是到了现在，三哥觉得桑榆的变化绝对不是赚了一笔小钱那么简单，但他又实在想不出来这个穷小子还有什么别的本事。

他们认识太多年了，三哥很了解桑榆。做坏事儿谋财，桑榆没那胆量；吃长辈遗产，他不可能有心情出去挥霍。难道……

桑榆被骗进传销组织了？

三哥心里一惊，一般这种骗子为了发展下线，在刚开始的时候都会让即将受骗的人尝到甜头，桑榆这种傻小子，别是被骗子用一些空有花架子的假阵仗给唬住了吧？！

三哥经历过类似的事儿：三年前他手下的另一个小编剧因为总也卖不出剧本便阔别了三哥，宣称要自己出去闯荡。不到半年的时间那小子就搭上了许多所谓的金主，其实就是一帮骗子。那小子回来找三哥攒局，想要挖坑让三哥跳，被三哥识破并拒绝后，这人便再也没了音信，说起来令三哥又愤恨又惋惜。

三哥觉得，面前的桑榆越来越像那条路上的人了。

桑榆起身拿起醒酒器给三哥斟酒，给自己的杯里也倒上，之后便回到座位坐下。他夹起一片肉在锅里涮着，并摆了摆手示意三哥赶快吃。

"你确定？"三哥试探性地问道，桑榆点了点头。

三哥狠狠地吸了一口烟，把烟头掐灭。他警告桑榆："今天你要是敢逃单，我就弄死你！"

桑榆并没有理会三哥，还优哉游哉地端起杯抿了一口酒。

三哥夹起一片肉看着桑榆，仍在心里琢磨着他葫芦里卖的什么药。

此番想着，他把肉又放下了，向桑榆问道："你那天发那短信吓唬谁呢？"

桑榆没接茬儿，低头嚼着嘴里的肉。

"桑榆，你现在怎么这样了，一屁俩谎儿，连蒙带骗的，看着你我就想揍你！你以前可不这样，多实惠一个人啊，唰唰唰就是写，啥事儿都不计较，那个时候的你才值得我尊重！"

三哥说着有点儿激动，他拿着筷子使劲儿戳着桌子。

桑榆默默点着头，又从火锅里夹了一片鲍鱼，塞进了嘴里咀嚼着，三哥气得站了起来，他把手里的筷子朝桑榆扔了过去。

"我跟你说话呢！"

桑榆擦了擦嘴，从身后把背包拎起来放到腿上，他掏出了一沓现金放在桌上推向三哥的方向，看厚度应该有一万块。

"定金，还你。"

三哥愣住，他看了一眼钱，又看了一眼桑榆，桑榆接着又从背包里拿出了两沓现金推向三哥。

"这两万，是补偿三哥的。"

三哥心里大惊，仍呆愣愣地站在原地，桑榆将背包放好，低头继续吃，三哥拿起酒杯一饮而尽，桑榆继续大口大口地吃着。

三哥想要说点儿什么，却一时组织不好语言，他手足无措地四外找寻着什么，在看到醒酒器之后便拿起来往自己杯里倒满了酒，他端起杯子定了定神，便仰头将杯中酒一饮而尽，放下杯子之后他开口道："你……发达了？"

正大快朵颐的桑榆听到三哥这么问，手中的筷子停顿了一下，他把嘴里的食物嚼碎咽下之后答道："以后不写剧本了。"

桑榆说完便举起酒杯一口就把红酒给干了，之后继续低头吃着鱼翅。

三哥看着桑榆，终于确信桑榆这小子真的是发达了，这一刻他想到自己那无望的人生，顿感相形见绌。他又倒满了一杯，干了，酒劲儿终于上来了，三哥态度一转，语气温和下来："兄弟，你要是发达了可得给哥指条明路啊！"

桑榆闻言擦了擦嘴抬起头："你能做些什么？"

三哥愣在原地，被桑榆盯得有些发毛，他没忍住打了一个嗝儿，桑榆收回目光，他低下头，边吃边对三哥说："我问你，如果你现在身怀异能，可以给自己带来无尽的财富，但代价是不老不死，你愿意吗？"

三哥听完，眼睛放光地问道："桑榆你……你是说你长生不死……

然后还有超能力了吗？！"

桑榆笑了，显然三哥并没有听懂他此番话里隐含的意思。

"算是吧，不过我没有付出不老不死的代价，不然自己苟活于世却眼看着爱人亲友接连离去，这种痛苦我受不了。这不是钱能解决的问题。"

三哥被桑榆这番话搞得一头雾水，桑榆拿着醒酒器起身，他直接拎了把椅子坐到三哥身边，给三哥的酒杯里斟满了酒。

"今儿咱哥俩就拿这酒当成啤酒喝！来，先喝，你说的事儿让我考虑考虑……"

这一顿饭下来三哥从头到尾都没怎么吃，但是酒他可没少喝。

"桑……桑榆，快！再给我倒上，这酒可……可贵呢……"

说完这句话三哥便"扑通"一声倒在沙发上睡着了。

桑榆买了单，还给了服务员小费，在交代好服务员如何照顾三哥之后，桑榆便离开了。此时天光还亮，也没有什么必须要去的地方，桑榆在街上漫无目的地走着，很快便醒酒了。

可是，卢浮宫的事儿却一直在他心头挥之不去，他能想到，在接下来的日子里，梦境会给他带来更多的财富，但也只是数字上的意义而已，就像现在，心里又有些空落落的，他需要更新鲜的刺激。

人常说，有钱人有着有钱的烦恼，没钱人有着没钱的痛苦。桑榆却觉得，自己不管有钱还是没钱，烦恼都来自相同的一件事儿，也只因为同一个人。

　　花儿，那个多年来桑榆唯一的暗恋对象，他回想着咖啡店开业后的每一天，那些只要远远看着花儿就能让自己感觉到生活美好的时刻……

　　不，即使在重遇花儿之前，仅仅通过臆想也能起到这个作用，花儿的身影好似充满了他整个生活，却又好似从未与他有过交集。

　　此时的花儿对于桑榆的意义，就如同一件觊觎多年一直想买的东西一样——没钱的时候对它抱有满腔的企盼和想象，等到终于攒够了钱，几乎可以将它拥入怀中时，对它的理解又变为另外一种意味。

　　而只有当你进入了后者的状态时，才有资格理智地评判这件东西本身的价值和意义。

　　换而言之，只有这个时候的赞美与肯定才够权威，够有说服力。

　　尽管对桑榆来说，现在自己对花儿还谈不上触手可及，但他十分享受此时这种游刃有余的感觉，这是一种前所未有的自信，是自己那份多年来不对等的爱恋即将实现而引发的自信。

　　是的，在奢侈品店的橱窗前驻足欣赏和走到夜市的地摊前挑挑拣拣，感觉一定是不同的。

　　很多年来桑榆和花儿的交集都是非常有限的，但是她的动态却无时无刻不在左右着桑榆的喜怒哀乐，桑榆知道自己对花儿其实并不了解，但花儿在他心中也不仅仅是一个目标、一个对象，而是成了一种标准，这个标准既衡量着他生活幸福的程度，也衡量着他一切行为的成功与否。

这一刻桑榆发现，他每次回忆起跟花儿仅有的几次真切的接触经历时，单纯关于花儿的细节并不是那么多，更多的都是在那些接触之后，花儿对自己产生了什么样的影响。

为了跟花儿进行一次珍贵的碰面，桑榆会做非常充足的准备工作，尽量不让自己看着像个毛头小子。可在每次见面时无论桑榆准备得有多充分，大都以自己的幼稚行径或是不得体收场。

而在每一次跟花儿接触之后，桑榆都能发现自己身上的诸多问题，并促使自己认真地去逐一解决，尽管他明白自己身上有太多的问题和不足之处，让他努力了这么多年也没能将其完全解决掉，但反观这一过程时，他惊讶于自己的恒心和耐心，争取让自己在下一次遇到花儿之前就能变得更好。

桑榆曾经自我怀疑过，花儿究竟是不是真实存在于世上，她会不会只是自己心中一个假想的目标？是为了让自己不断完善的一个借口而已……

因为桑榆了解自己，相比那些诱人的成功范例或者深刻的道理，他更愿意接受像花儿这样的女人的鞭策。

尤其是，花儿对他的影响并非停留在十年前的程度。在桑榆从一个意气风发的少年逐渐变成一个沉稳可靠的青年的过程中，尽管自己有了诸多的进步，但是花儿的要求似乎也不断地跟着提高。

与时俱进是人之常情，不过多年来最令桑榆苦恼的是，他始终追赶不上花儿的要求。虽然他小了花儿几岁，但他坚信这不是年龄的问题。一个二十岁的女孩会比十六岁的男孩成熟许多，但这样的年龄差距放在三十几岁成年人的世界里，则不会显得悬殊。

他不想这一辈子永远在花儿面前都是那么不成熟，可即便是道理都清楚，却依旧不能让自己放下对花儿的依恋。

他觉得，这种扭曲的暗恋恰恰可以为他带来一场轰轰烈烈的爱情。得到肯定也好，作为鞭策也罢，在离开母亲之后的岁月里，桑榆像个长不大的孩子一样，因为身处孤独而害怕孤独，所以对自己为花儿创造出的臆想世界分外依恋，因为只有这样，才能时刻感受到她的存在。

就如同此刻，桑榆已经不知不觉中走到了花儿咖啡店的马路对面，可不知是什么原因，最近两次路过这里时那个大爷的煎饼摊都没有出现。

现在正值多数人下午上班的时间，所以街上来往的行人不多，此刻桑榆站在马路对面看着在店里忙前忙后的花儿，整个世界都仿佛在给桑榆和花儿留白，可花儿能够带来的美好实在是太过虚幻，最终的主角，却只有桑榆一个人。

走到花儿的身边并直面她，这是桑榆一直以来的夙愿，他鼓起勇气迈开步子朝咖啡店走去，但是刚走了一步他却犹豫地将迈出去的脚又收了回来。

好多现实问题摆在面前，桑榆摸不着头绪，心里便一点儿底都没有，他知道虽然自己现在算是跻身到了有钱人的行列，但他不知道的是，在花儿的眼中自己是否算得上成功；他知道虽然学生时代的花儿并不讨厌自己，但他不知道花儿这些年都有过怎样的经历，以及现在的花儿是否有了新的情感归宿；他知道虽然自己因为十分想念花儿而每天都会在外边偷窥，但他不知道花儿知不知道这件事儿……

如果走进了咖啡店，自己是要做出一副多年不见的好友再次重聚的熟络样子，还是需要被迫解释为什么今天要跨进咖啡店的大门呢？

他甚至有些恍惚，在第一次从梦中拿出宝物的那个夜晚，花儿是否真的出现过，并且见过自己落魄的样子？

想着想着，他突然快步过了马路，可在还差几步就到门口的地方桑榆放弃了，他没做停留地扭头转身又走了回来，走回到了街对面。过了几秒钟后，他又反悔了，并再次转身走向咖啡店。

桑榆就这样，在门口犹豫地打着转儿，也不知道自己究竟在咖啡店的门口徘徊了多久，但他最后终于在门口站定，深呼吸了几次，推门而入。

A Fantastic Journey

奇幻之旅

Chapter

15

拜会女神

+++

"先生，您来点儿什么？"

桑榆推门而入，咖啡的香气便扑鼻而来，桑榆隐隐感觉嗅到了一丝花香，可这咖啡店里只有满眼满目的绿植，空气中也萦绕着大自然最清新的味道，所以那一丝花香一定是自己的感官从记忆深处调取出来的。

也许是花儿刚给绿植浇了一轮水的缘故，此时室内的空气中有些潮湿，阳光照进来，绿植便不知疲倦地进行着光合作用，整个咖啡店看上去更像是个盆栽基地，湿润的空气加上日照的温度也许让绿植感到很舒服，却让人有种热到快要窒息的感觉。

大厅内只有一桌客人，四面明亮的落地窗使人可以从外部将这里一览无余，桑榆来不及解开外套透透气，仿佛一切的动作都是多余或不礼貌的，所以他只是快速地在嘴里搅动舌头在满口牙齿的表面扫了几遍，并在嘴唇上舔了几下，但因为喝了酒桑榆感觉嘴里非常干燥，以致舌头差点儿粘在嘴唇上，就如同叼了很久之后粘在嘴唇上的烟蒂一样。

从咖啡店大门到点餐台只有约十步远的距离，但对桑榆来说，走这十步却如同跨越了整个世纪。柜台里的花儿正背对着桑榆洗着咖啡杯，听见有人走近她急忙转身，桑榆终于看到了那个让他魂牵梦萦的她，一时间竟紧张得不知如何开口，连咖啡也忘了点，他只是静静地看着花儿，一言不发。

花儿也看着桑榆，目光中满是疑惑，流露着些许熟悉但又夹杂着陌生的意味。

　　桑榆朝花儿笑了一下，花儿也朝桑榆笑了一下，桑榆以为花儿还会记得自己，可是花儿并没有认出桑榆，而是礼貌地像招呼寻常客人一样招待他。

　　"先生，您来点儿什么？"

　　桑榆尴尬了，他预想中的对话并没有发生，比如"是你？""我好像在哪儿见过你……""哎！你怎么来了！""你终于肯进来了？"……

　　桑榆觉得自己想象中的台词都太烂了，远不及这句："先生，您来点儿什么？"

　　他知道自己是自作多情了，便连忙抬头看向吧台上方的菜单，随便要了一杯咖啡之后就走到了靠窗的位置坐了下来。

　　也许没有被认出也挺好的，因为他还没有勇气也没有头绪去跟花儿把自己多年来的少男情怀小心思讲清楚。他想到了那句"相忘于江湖"，这才是女神与屌丝之间能够产生的最合理的结局。

　　花儿很快将咖啡端了上来，桑榆强忍心头的难过失落，他装作一副不以为意的样子，冲着花儿礼貌地点点头，便默默地喝了起来。

　　桑榆坐的位置透过落地窗正好可以看到煎饼摊那里的情况，视线上移，便看到了那个楼顶天台，那个自己差一点儿就飞身而下、粉身碎骨的地方，也是自己开启人生新篇章的地方。

　　桑榆感慨着，这三处对自己来讲意义非凡的地方竟然离得如此之近，他觉得自己是幸运的，尽管这种幸运在他降生之后便一直跟他玩着躲猫猫的游戏，直到最近才跟自己正式打了照面开始结交，但日后会发生什么谁都难以预料，幸运不可能常伴自己左右，不过至少此刻，他的心里是感恩的。

一辆车从咖啡店外路过，车子拐弯时，后视镜折射了一束阳光，透过玻璃正照在花儿的脸上，花儿被这突如其来的刺眼光束晃得睁不开眼，她下意识用手背遮了一下眼睛。

车逐渐驶远，光消失了，花儿把遮在眼前的手拿了下来理了理垂下的头发，将碎发往耳后一别，她那白皙的脖子就露了出来，桑榆偷偷瞄着花儿的一系列动作，顿觉脸颊发烫，他有些害羞，不禁低下了头。

桑榆感觉到就在自己低头的瞬间，花儿朝他看了一眼。他打量着花儿，她系着一个白色粗布的背带围裙，里面则是一件很合身的白衬衫，有些修身，以至她每次抬起胳膊从高处的柜子上取东西的时候，肩头都绷得很紧，一来二去衬衫的肩膀处就产生了几道整齐的褶皱，他顺着这些褶皱往下看就看到花儿的背，衬衫很薄，花儿背部皮肤的光彩就这样透了出来，脊柱两侧隆起的肩胛骨轮廓勾勒着流畅而性感的曲线，看得他口干舌燥。

咖啡喝光了，桑榆盘算着要么过去跟花儿说点儿什么，要么就干脆离开。一时间他也没办法拿定主意，但末了还是端着咖啡杯走向了点餐台。

花儿正用白色的餐布仔细地擦着刚洗干净的咖啡杯，桑榆站在花儿面前，像是有话要说。

花儿放下餐布，问道："要尝尝新做的甜点吗？"

桑榆未置可否，提起勇气问道："你认识我吗？"

花儿一愣，但很快礼貌地对桑榆微笑了一下："下次来就认识了。"

说完，花儿接着擦拭着咖啡杯。

花儿是真的把他忘了，桑榆也看得出她对付搭讪的人很有经验。空气中弥漫着尴尬的气氛，桑榆偏头向一旁看去，身后的玻璃上贴着"出兑"的纸样，他重新找到了话题，转回头问花儿："干得好好的，怎么就要兑店了？"

花儿手里还在忙活着："客人太少，赔钱。"

一提到钱，桑榆的自信上来了："你准备多少钱兑呢？"

花儿放下了手里的咖啡杯打量了一下桑榆："怎么，你有想法？"

"嗯。"桑榆点点头。

"算上房租、装修、设备大概一百五十万吧。"

花儿说完，转身把擦好的咖啡杯往旁边的柜子上摆放着，桑榆愣愣地看着她的背影。

"你呢？"

"什么？"

"店兑了，你干吗去呀？"

花儿回头看着桑榆一笑，表情有些无奈，桑榆看出了花儿的无奈，正自顾自琢磨着，花儿话题突然一转："您还要续一杯吗？"

桑榆把杯子递了过去，礼貌地笑了笑，心里却萌生了一个想法，既然花儿想要兑店，那么自己干脆把店兑下来就好了，不管她遇到了什么困难，拿到钱便一定会解决。

一百五十万，对别人来说是笔巨款，但是对自己来说就是去梦里走一趟的事儿。此刻，桑榆已经轻而易举地学会用钱解决一切问题了。

从梦里抢宝贝到现实里变现，之前那两次都只能算是一种体验，可现在不同了，从花儿这件事儿开始，一切都有了具体的目标，盗梦之旅也终于变成了一种职业。

回酒店的路上，桑榆非常认真地思考了一下接下来自己要为这个职业做哪些准备。比方说，如何精准地根据目标价格从梦里拿到一件宝物，这就需要入睡前做仔细的估价，不然没准儿哪一次豁出命费力拿出的东西不值几个钱就白费功夫了，所以这个眼力还是有练起来的必要的。

他顺着这个思路反推，以后对梦境的选择也要有些讲究了，书到用时方恨少，相信很多人也是这样。平时说起那些藏着宝物的场所，看起来挺多，但真的要是让你去列举，还真是举不出几个，无非就是宝藏、金库、博物馆……

而且光是想到这些地点还不够，为了能够让梦境更丰富，还需要掌握这些场所的具体细节，否则冒冒失失地进去就相当于把自己送入虎口。

桑榆第一次觉得自己不仅见识少而且想象力还相当匮乏。看来盗梦和写作一样，都是不断掏空自己的过程。

他下定决心，如果把盗梦作为终生的职业，自己便要真正做到活到老学到老，不能只沉迷于梦境，还要多去些藏宝之地转转，把那些环境都记在脑子里。

桑榆想着这些的时候正有一搭没一搭地跟出租车司机聊着，那司机自然不知车上坐着这么个"活神仙"，只是赞赏懂得这些谦虚道理的年轻人不多了，还在桑榆下车的时候对他说"金榜题名、前程似锦"一类的吉祥话。

路上桑榆给三哥打了个电话，三哥早已醒酒了，但是头疼得厉害，所以现在还在那个海鲜酒楼的包间里待着，蹭些桑榆安排好的茶水、甜点以及足疗服务。

他暂时把关于桑榆如何暴富的思考放在一边，心里只是一味地感激着这个小兄弟发达之后仍然没忘了关心自己。

接到桑榆电话，三哥十分欣喜，他痛快地接受了晚上去烧烤店撸串的邀请，好事儿接连不断，使得三哥这一天心里都美滋滋的。

之所以马上约三哥是因为桑榆终于想到留他在自己身边可以做些什么了。看着街道上川流不息的人群，桑榆的脑海中突然浮现出自己曾经被光仔吐了痰的尴尬经历，他一下子从中明白了问题的症结所在。

其实典当行也好，拍卖公司也罢，他们表面上看是桑榆当的宝物过于珍稀而质疑真假，但是实际上不过是因为信不过桑榆这样的菜鸟，所以才会百般刁难。

这类典当公司绝非善类，本就是靠收购不明来历的宝物来获取巨额利润，桑榆在心里盘算着，为了以后出货能够更加顺利，一定要找到一个可以信任又具备混江湖经验的老油条来负责这一块的业务，而三哥正是符合这些条件的那个人。

桑榆想，虽然三哥也就会那两把刷子，但被江湖洗礼过的气场还是有的，总比自己的样子更好蒙人。若是有了三哥的协助，自己便可以专心盗梦，其他的大小事务相信三哥完全可以替他打理得面面俱到。

另外，他还想跟三哥聊点儿别的，聊一聊花儿的事儿，面对女人，三哥还是有经验的，在桑榆的记忆里，三哥至少有过三次跟女演员谈恋爱的经历，虽然没能捧红任何一个，结局又都是姑娘们找了更有能力的靠山，弃三哥而去，但过程中还是很让旁人羡慕的。桑榆想问问跟花儿的交往，三哥能有什么建议。

带着这些想法，桑榆回到酒店收拾一下就退了房间，转而去了一家五星级酒店办了入住，让自己的起居环境与即将开始的一番宏图伟业更加匹配。

安顿好这一切之后，桑榆洗了个澡，又换了身衣服，便踏踏实实地出发，奔着夜色中烟火缭绕的烧烤一条街而去了。

出租车上，桑榆望着窗外发呆，今晚他不想靠吃安眠药入睡，希望跟三哥的这次畅饮能够让他顺利进入梦乡，桑榆已经盘算好今晚在梦里构建什么场景了，他暗暗给自己打气，争取可以一次拿够能变现一百五十万的宝贝来兑下花儿的咖啡店。

桑榆从车上下来，直接钻进了一条特别不起眼儿的胡同里，七拐八拐之后终于来到了三哥口中的豪门串店。

他推门走了进去，店里人气很旺，感叹着串店老板的精明——店的面积本来不算小，可是却拥挤地摆放着二十几个小地桌，每一张桌子上都摆满了大把的烤串和下酒凉菜，以至啤酒和白酒的空瓶只能放在地上。

食客们全都坐在马扎上，他们团团围坐在地桌前，挤在一起吃饭的氛围似乎能够带来更好的食欲，桑榆站在门口傻呵呵地笑了，他顿觉胃口大增，这里的吃饭氛围比白天那个海鲜酒楼还要让人沉醉。

"古语"有云："仗义每多屠狗辈，市井深处有大能。"桑榆无比享受这一刻的平凡生活，他身穿一身白色运动服，在这串店里显得格外显眼，有些鹤立鸡群的意味。桑榆环顾四周找寻着三哥的身影，却在身后突然传来三哥熟悉的声音："要想帅就得白，你一进门我就看到你了，能来就证明你还看得起我。"

说完，三哥就带着桑榆来到了一个靠着窗边、周围堆满啤酒瓶的地桌，桑榆和三哥相对而坐，三哥直接用牙起了两瓶啤酒的瓶盖，他一瓶递给了桑榆，两人也没要酒杯，彼此碰了一下酒瓶，相顾无言之后便一起仰脖吹完了整瓶啤酒。

桑榆感觉出来三哥明显是想把自己灌醉，啤酒这么个喝法儿非常撑肚子，但桑榆还是把一瓶酒全都喝了下去，三哥看着桑榆艰难地把啤酒吹掉，很是感慨，他点上一根烟，连抽了好几口，然后边说话边又开了两瓶啤酒。

"桑榆，哥跟你交个实底，我是真没想到你还能把钱退我，这事儿你办得确实仗义，说明哥没看错你。为啥一直抓着你写剧本？因为我早就看出你能成大器，我就知道你行，来！"

两人再次碰瓶，喝了一大口。

这时服务员端上来一大铁盘的烤串，肉上的孜然和辣椒面还在嗞嗞响着，那些藏在烤肉深处的丰腴香味儿被炭火榨出混合在了一起，接着偷偷升腾到空气里去，向食客们宣示着什么叫美食的魅力。

二人自然抵挡不住，便狼吞虎咽地吃了起来。

"中午给我吓坏了，我还是喜欢现在的桑榆……"

三哥说着，搓开了两瓣蒜，递给桑榆。

"三哥，我可没变化，是你变了吧？"桑榆笑着对三哥说。

三哥把酒瓶一放，看着桑榆，突然严肃起来。

"你是不是把剧本卖别人了？"

"不是卖剧本。"

三哥又独自干了一瓶，再次点了根烟，他幽幽地抽上一口，看着桑榆底气十足的样子他犹豫了一下，态度忽然软了下来："得，我不问了，甭管你怎么赚的，赚了，哥就替你高兴，别的都是扯淡，钱赚到手才是真的……哥也赚过钱，十年前，一个房地产老板给我拿了几千万让我给他拍电影，结果电影还没拍完，这老板就被抓了，这钱就跟白来的一样。但是，现在也算是把这好运气都用没了，哥当年也捧过一帮演员，现在都成腕儿了，可人家成了腕儿还他妈记得我是谁啊……"

桑榆打断了三哥："三哥别说了，认识你这么多年了，这话你都说了无数遍了，从几百万的版本说到了几千万的版本，我耳朵都听出茧子了。对了，我有个事儿想问你。"

"你说。"

"你有过初恋吧？"

"初夜呗就是？"

"不是。"

"那你说的是初吻呗？"

"不是。没拉过手的，也没说过话的，那种有吗？"

三哥眨了眨眼睛，反应了过来。

"那叫什么初恋啊，暗恋哪？"

桑榆想了想，说道："我最近……想表个白。"

三哥看了看桑榆，嗤笑，一副没辙的样子。

"你是不是以为你是个编剧，会说点儿动情的话，又有了钱，就可以让一个女人动心？"

"那你觉得她会拒绝我呗？"

"不，她一定会接受你，因为钱永远是爱情的敲门砖，女人是最会给自己贴价签的生物。但是问题在于，一旦你们在一起了，你自己都会怀疑，究竟她是因为爱你才跟你在一起，还是只是因为你为她做了什么，所以她才跟你在一起。"

　　桑榆一时间竟不知该怎么反驳三哥，他拿起一瓶啤酒递给三哥，三哥替桑榆咬开了盖子，二人一碰酒瓶，桑榆说道："三哥，这瓶我干了，你随意。"

　　说完桑榆就仰头开喝，结果喝了不到一半就猛地被呛到，啤酒喷得一地都是，桑榆剧烈地咳嗽，三哥凑过来边给他拍背边打趣道："看来你小子是真上心了啊，跟哥说说，这姑娘长啥样？胸大吗？"

　　"喀喀……你真肤……肤浅，喀喀喀……"桑榆白了三哥一眼，边咳嗽边说。

　　"我光说说就肤浅了，你摸就不肤浅了？"

　　三哥摆出一副老鸟看不上菜鸟的样子，桑榆不知如何作答。

　　的确，他摸过，虽然是在梦里，他还闭上了眼睛。

　　三哥坏笑着，拍了拍桑榆的肩膀，补了一句："摸了就摸了，不是假的就行……"

　　就这样，三哥与桑榆彻底喝嗨了，一个是从来都对爱情不屑的老炮，一个是从来没有恋爱过的菜鸟，二人的话题在酒精的氤氲下因为爱情的魔力而逐渐发酵，越飘越远。

　　夜深了，酒足饭饱过后三哥抢着付了饭钱，二人勾肩搭背地从串店走了出来……

Chapter

16

神的旨意

+++

"既然都看到了，那就别走了，陪我坐一会儿吧。"

喝醉了的三哥搀扶着喝得更醉的桑榆晃晃悠悠地在路上走着，三哥实在是走不动了，这桑榆看上去挺瘦的，怎么像装满了石头的麻袋一样死沉死沉的，他把桑榆放到路边倚着垃圾桶坐下，自己则扶着垃圾桶，边喘着粗气边打车。

出租车上，司机师傅偏过头问三哥："去哪儿啊？"

三哥这才反应过来不知道桑榆住在哪里，他拍了拍桑榆的脸，桑榆一点儿反应都没有，司机师傅不耐烦地咂着嘴，三哥赔笑道："稍等，您稍等……"

他连忙在桑榆外套的衣兜里摸索着，找到了一张五星级酒店的名片，在报给司机师傅地名之后，这司机一脚油门"嗖"的一下就开车冲了出去，三哥一只手捂住自己的嘴，一只手捂住桑榆的嘴，生怕被晃悠反胃了吐在人家车上。

到了酒店门前，三哥给了钱拉着桑榆下了车，桑榆难受得直哼哼，二人打着晃儿走到路边，扶着同一棵树就此起彼伏地吐了起来。

"哇……"

"呕……"

三哥向前台打听了桑榆的房间之后便一手搀扶着桑榆，一手熟练地从桑榆的外套中找着房卡，可是并没有找到房卡。

三哥用手捅了捅桑榆，桑榆毫无反应。

三哥对着桑榆的耳朵大喊着："房卡在哪儿呢？"

桑榆皱了皱眉，像轰苍蝇似的随意地摆了摆手，便再没了其他反应。

三哥托着桑榆慢慢地让他靠坐在房门口地面上,然后直接从手包里拿出了一张洗浴中心的会员卡,他站到了房门口,左顾右盼了半天,确定周围没有人之后便右手握住房门的把手,用力地朝里面推着房门,在看到房门与门框出现了一丝缝隙后,左手熟练地将会员卡塞进了门锁与门框的缝隙之中,上下滑动探索着,只听"咔嗒"一声,房门被三哥打开了。

三哥随后将已经躺倒在地的桑榆拉起来进了房间,屋内一片漆黑,三哥将桑榆放倒在客厅的沙发上,然后再次拿出了那张会员卡,将卡片放进了房卡的卡槽之内,房间内的灯光骤然亮起。这时三哥才发现,桑榆住的不是普通大床房,仅仅这客厅的豪华程度就令三哥酒醒大半、咋舌不已。

三哥搀扶着桑榆经过客厅进了卧室,把他扶上床,盖好了被子。看着已经陷入昏睡的桑榆,三哥伸手推了推他,桑榆没有任何反应。

"有事儿给我打电话!"三哥在桑榆耳边喊道,桑榆哼哼了几声,三哥就转身走到了门口。

"我走了啊!"三哥打开房门,故意喊得很大声,但是桑榆睡得很死,开始打起了呼噜。

三哥想了想,又轻轻地把门关上,他准备趁着这个机会好好搜查一下房间,看看能不能找到桑榆乍富的端倪。

从客厅开始，三哥蹑手蹑脚地在房间搜寻了起来，他搜寻了一圈，什么都没有发现，不得不悄悄来到卧室。

桑榆的呼噜声很响，三哥摸到衣柜边打开了衣柜门，这一柜子都是些名牌的衣服。

"啧啧啧，浮夸啊浮夸……"

三哥边嘟囔边打开另一个柜子，里面装的是桑榆的行李箱，打不开。他惆怅地来到窗前，站在这里可以将整个城市的夜色尽收眼底。

这一刻，他比任何时候都清醒。

三哥决定离开，这时他不经意间瞄到桑榆床头摆着一本书，他走到床头，拿起来看，书名是《世界金店大观》。

"这小子是准备抢银行吗？"

三哥连自己都不会相信这个荒唐的想法，他将书放下正要离开的时候，身后传来桑榆一声痛苦的喊叫，三哥吓得一激灵。

他赶忙来到桑榆床前，他发现桑榆面部扭曲，浑身抽搐着。

三哥不知发生了什么，下意识惊慌地往外走，桑榆突然又喊了一声："嘿！"

三哥脚下一绊摔倒在地，就势吓得趴地上不敢起来。

半晌后桑榆没了动静，三哥仍是趴在地上没敢动，又过了一会儿，桑榆这边还是没有动静，于是三哥匍匐着顺着床边朝门口爬去。

与此同时，躺在床上的桑榆突然开始乱蹬，三哥听到了桑榆的动静也没敢回头，继续匍匐爬行着，并加快了爬行的速度。

桑榆突然喊了一句："我在做梦！"便一下子从床上坐起身来。

三哥吓得翻过身来，他仰面向后蹭了几下，坐在床上的桑榆突然睁开了眼，看到三哥坐在卧室大门前面那狼狈的样子，桑榆反倒被吓了一跳，他顺着三哥惊讶的目光低头向自己的双手看去，自己手里正抓着一大把很粗的金链子，桑榆再次瞪向三哥，三哥惊呆了，他僵直着后背撑着身体，整个人看上去比桑榆还要僵硬。

"你……你……"三哥有些语无伦次。

桑榆闭上眼睛，半晌后睁开并盯住三哥："你都看到了？"

桑榆从床上下来，他将手中的一堆金链子扔在了床上，走到了三哥的面前，俯视着三哥。

"还有烟吧？"

三哥侧身摸着屁股后边的兜，磕巴地回答："有……有啊。"

"既然都看到了，那就别走了，陪我坐一会儿吧。"

三哥站了起来，点了点头，跟桑榆来到客厅，他心想："别走了是什么意思？我发现了他的秘密……难道这小子要杀我灭口？！"

三哥心惊胆战地跟着桑榆来到沙发边，长长的真皮沙发，桑榆和三哥各坐一头，显然三哥不敢接近桑榆，所以才坐得很远。三哥依旧很拘束，像是被卷进了一个通天大案之中，他看着桑榆，不敢吱声。

桑榆抽着烟，脸上还带着疲惫，三哥觉得离桑榆有点儿远，抬起屁股向他挪近了一点儿，但觉得还是不够近，起身又凑近桑榆，想坐在他旁边，桑榆突然看向三哥。

"你干吗？"

三哥腿一软，就势跪在桑榆腿边，手扶着桑榆的腿表达忠心。

"兄弟，你这是特异功能啊，不，这是神的旨意啊，是把你前面吃的苦都还给你啊。我看你背后有光啊！"

桑榆看了看三哥这副巴结的样子，失笑道："行了三哥，别演了，赶紧起来。"

"你看哥能帮你做点儿什么？"

说完三哥急忙又补了一句："……不不不，你是哥……桑榆哥！"

桑榆一时不知从何说起，他看着三哥。

"这都哪儿来的呀？"说完，三哥顿感问错了话，话锋一转，"您放心，我嘴严着呢，我不多问，也什么都不会说。"

"你先起来。"

三哥看着桑榆一脸认真的样子便起身，并如愿以偿地坐到了桑榆身边。

"哥，我就当你答应了啊！"

桑榆十分认真地看着三哥："你确定要跟我干？"

"咕噜！"三哥仰起头咽了下口水，他看向桑榆，努力想要通过目光将自己的忠诚表露出来。

"确定！"

"要不你再考虑一下，我还真不怕你告诉别人，因为也没有人会相信你说的话。"

"我不会告诉别人的，这个和你答不答应没有关系。但哥现在的，啊，不对，我现在的情况哥你也是知道的，你就帮帮我吧。"

三哥耷拉着眼皮，心想这时候可不能来硬的，得装装可怜。

桑榆见状思索片刻，他看向三哥，严肃郑重地开口道："我就俩要求，第一，你全面负责我的衣食住行，不差钱，得够舒适；第二，我给你的东西，你负责变卖成现金，但价格由我决定，只能多不能少，赚的钱咱俩分。至于这里面的事儿，我回头慢慢跟你讲，我也是刚弄清楚些门道。你觉得可以吗?"

三哥连忙做出一副小鸡啄米状点头："我能干啥，哥你最清楚了，小三以后就跟定你了。"

"三哥你能不能好好说话，我们认识不是一天两天了，之所以一起干是因为我觉得你人靠谱，别拿混江湖的一套应付我。"

三哥有些尴尬："行，桑榆，那三哥我就不和你客气了，我就一句话，以后你老大，你说了算。"

"不是老大，是拍档!"

桑榆说着，按了按三哥的手。

"那些金链子你负责将它们变现，我一会儿给你一张卡，你明天一早给我取出一百五十万，我下午要用。"

桑榆说完看着三哥，却发现三哥有些发呆。

"三哥，没问题吧？"

三哥听到桑榆的问话，这才回过神来："没问题没问题。"

二人又聊了片刻，三哥便带着那一大堆金链子和银行卡离开了酒店。

桑榆则再次躺在了床上，准备睡个回笼觉。他还是信任三哥的，也不担心三哥会带着金链子和银行卡不再出现，因为三哥是见过钱的人，也一定懂得将来能分到钱的机会多的是，不会因为眼前有限的利益而放弃未来。

从有了三哥这一刻开始，桑榆觉得自己面对疤面的底气越来越足了，那个可怜的丑八怪不过是给自己现实中提供财富的工具罢了，但愿疤面在每天被自己气到抓狂撞墙的情况下活得久一些……

想着想着，桑榆反倒睡不着了，他走到窗边拉开窗帘看着这城市的夜色，只不过此刻的心境跟以往不同，因为从明天开始，花儿跟自己就有了真正意义上的交集了，想到这儿桑榆鼻子一酸差点儿落泪，他回想起和花儿当年在校园里经历的一幕一幕，觉得一切吃的苦都没有白费。

三哥这边正拎着装有金链子的布袋走在路上，他心里毛毛的，总感觉周围人全都在盯着自己。他还在想着刚才桑榆的行为，不可思议，想着这是不是一场梦，但手中沉甸甸的袋子又让他确认是现实。想想自己的人生经历，他信奉的成功原则，跟对人比做对事儿更重要，至少目前来看，桑榆的能力是任何人都不具备的，自己跟着他一定算是跟对人了，现在对方又这么信任自己，更不能辜负，万一自己能摸索到其中的奥秘，也能有这样的能力就更完美了。

他想着想着，便越走越快。

A Fantastic
Journey
奇幻之旅

一

A Fantastic Journey

奇幻之旅

Chapter

17

隐匿记忆

+++

"若生路只有一条，请他们歌唱着前行，留我在寒冷的迷失中坠落，
仅存那点儿抓着门板的力气，却不再期待下一次相逢。"

"当我陨灭燃烧时，你在何处，注视着阳光从眼前的窗口慢慢消逝。当我伤痛无助时，你在哪里，你所说的、你所做的萦绕着我，你却束缚于旁人的只言片语里，为相信你所听到的一切不惜死去……"

酒店的房间里回荡着这首 *Coming Back to Life*（《回到现实》），桑榆越听越觉得这首歌唱的就是自己的故事，仿佛在明里暗里地提醒他一切都是幻想，让他迷失了前行的方向。

桑榆蒙眬间想起自己第一次听到这首歌的时候，那时他还在上中学。结束了一天学习，放学后的桑榆在校园外的围墙墙根儿底下正溜着边走着，这是他每天上下学都要经过的地方，他塞着耳机，听着MP3里的 *Coming Back to Life*。

"哎！桑榆！"

他恍惚听到有人叫自己的名字，可四下看去，并没有人看向自己或者找寻着自己。桑榆不甘心地摘下了耳机继续察看四周，喊自己名字的人没发现，倒是发现了这首歌居然还在播放，不过不是在自己的耳机里，而是学校围墙里那座体育馆，有人在体育馆里排练这首歌，是女生的声音。

桑榆爬上围墙，他骑在墙头，透过窗户朝体育馆里面看去，看到了正在唱这首歌的花儿，她情感饱满的嗓音像有种魔力一样直往桑榆耳朵里面钻，桑榆顿觉时间停滞，自己的心跳也变得出奇地快，他连忙用手捂住了嘴，仿佛一张开嘴心脏就会从嗓子眼儿里面蹦出来——

这是他和她的第一次邂逅。

在桑榆看来，"邂逅"这个词非常美妙，这个词的背后铺陈着因为某种联系而导致的必然，比如命运和缘分。而这种经过铺垫同时又需要时机来配合的"遇"着实蕴含了十足的戏剧性，使人生充满了诗意。

"哎！那小子！骑墙头那个！你给我下来！"

在校外巡视的保安看到了坐在墙头上发愣的桑榆，正要过来逮他，桑榆见状连忙翻下了墙，往体育馆的方向跑去。

桑榆之前只是跟花儿打过两三次照面，花儿大他三四岁，也是这个学校的毕业生。因为和老师们关系好，所以就常常借用学校的体育馆来跟乐队排练。

对这里的学生而言，花儿和她的乐队更像是"社会上的人"，而不算什么优秀毕业生。此前，桑榆并没有太在意花儿，他只是单纯觉得花儿长得很漂亮，同时他很清楚自己跟花儿不是一个世界里的人，所以也不敢把这姑娘往自己心里放。

可是今天，花儿到底还是大摇大摆地走进了自己的心，桑榆现在满脑子都是花儿那气场全开的台风和技巧十足的唱功，她实在是太迷人了，桑榆根本控制不了自己，他不知不觉就已为之倾倒。

桑榆朝体育馆前门跑去，他想去见一见这支乐队，想在现场亲眼看他们排练。可是等他赶到排练室的时候，这里已经空无一人，桑榆有些失落地坐到了地上，他喘着粗气，后来干脆躺到地上歇息。

　　从此桑榆便开始悄悄关注起花儿的演出，一有机会他就去看花儿跟乐队的排练，但也只是远远看着，不敢接近，跟自己当初下定的决心完全相反，他谨慎地保持着起码的礼貌。

　　而花儿也已经习惯了排练时被这么个迷弟看着，她从未跟桑榆说过话，只是在桑榆上课时间到了的时候故意停止排练，一直休息到桑榆从这里离开回教室去上课之后，才继续排练。

　　桑榆一直在等待一个可以名正言顺在台下看花儿表演的机会，他在学校门口看到一张海报的时候咧嘴一笑，机会终于让他等来了。

　　花儿跟乐队要在一家酒吧里驻场演出，但他囊中羞涩，就连去酒吧点杯最便宜的鸡尾酒都成问题，他眼珠一转，决定拉上自己的哥们儿老孙一起去。

　　桑榆哭丧着脸找到老孙，他编造了一个自己告白被拒的花边新闻求老孙安慰，老孙闻言张罗着要带他去酒吧一醉解千愁，并很仗义地要求做东，还叫来了隔壁班两个朋友，四人一起逃了晚自习去了酒吧。

　　桑榆一行人到酒吧的时候花儿刚刚开始表演，他们几个躲到角落里手忙脚乱地脱掉校服塞进书包，接着装作一副成熟的样子坐到吧台边点了啤酒，桑榆懒得将表白被拒的谎言继续编下去，而老孙他们也没有追问，桑榆便开始痴迷地看着花儿的表演。

　　整晚的演出里花儿都没有唱那首桑榆期望听到的歌，而是唱了些在酒吧中常听到的曲目，但她优雅而独特的台风并没因为这些曲目的平庸而落于俗套。尤其是那首《喜欢你》唱起的时候，桑榆彻底被花儿的魅力征服，那一刻仿佛酒吧只剩下了花儿和自己，而这首歌也是花儿特意在唱给他听。

她是那么美，就如同希腊神话里的女神一般，圣洁无瑕，光芒万丈。

那时的桑榆还不懂得爱上一个比自己层次高的女人会有多么痛苦，他也一直不确定自己是不是陷入了一场单相思之中。起初桑榆不觉得自己是单恋，因为他并没有想从花儿那里得到什么，因为在他知道花儿也喜欢那首 Coming Back to Life 的时候，就已经得到了所有，这证明了在这世界上自己还有同类，桑榆觉得自己并不孤独。

也许花儿永远都不会知道她对他有多么重要，桑榆想。

其实他并不是没有尝试过接近花儿，有一次桑榆省吃俭用地从牙缝里挤出些零花钱，他拿着钱去了酒吧，本来只是想听听花儿唱歌，但当晚在酒吧台上唱歌的却是另外一个人。

桑榆不死心，他四处寻觅，突然听到昏暗的走廊的另一头有吵架的声音，桑榆循声而去，花儿果然在那儿，此时正处在一场争执的高潮转收尾阶段，花儿对面的男人愤怒地低吼着，花儿却自始至终一言不发，也不抬眼去看男人。

"砰——咣！"

男人气急败坏地将吉他朝地上砸去，在把吉他摔了个粉身碎骨之后便愤然离去。但是花儿仍旧缄默不语，她靠在墙上，手指之间夹着一根白杆的烟，自从点着后就一口都没抽过。

她侧着脸，仿佛在听着什么，桑榆猜想，她应该是在听琴弦摔断那一刻留下的悠长且刺耳的尾音，因为桑榆也在听这个声音。

半晌后花儿终于抬头，她缓缓抬起了夹着烟的那只手，把烟凑到嘴边抽了一口。桑榆思前想后，还是决定走近花儿，他想着，此刻自己应该做点儿什么，谈不上英雄救美，但至少像一个熟人那样出现，哪怕是说两句安慰的话，也算是做了些什么。

可是当桑榆来到花儿面前，看到花儿的眼泪夺眶而出并顺着脸颊滑落的时候，他忽然又不知自己能做些什么了，最终就只是手足无措地愣在那里。

花儿抬眼看向桑榆，她的眸子黑白分明、澄澈深沉，眼神里没有一点儿惊讶，也没有一丝的反感。

花儿手里的烟快要抽完的时候，她开口问桑榆："你叫什么？"

"我……我叫桑榆……"

桑榆声音越来越小，小到他自己都听不清。说这句话的时候，桑榆竟然没了底气，他懊恼地跟自己生气，怎么连这点儿出息都没有，连被问了名字都答得磕磕绊绊，真是上不了台面。

他没有想到自己跟花儿的对话会是花儿率先开口，所以自己在内心的小剧场排练过千次万次的对话一下就被打乱了，末了一句都没派上用场。

这种情况下往往是，谁先开口，谁便会因为主导了整个谈话的逻辑而占了上风。花儿没再说第二句话，桑榆觉得自己还是应该再说点儿什么，便壮着胆儿蹭过去，想安慰花儿一下，没想到花儿突然开口："小屁孩看什么看，赶紧回家去！"

开端和结尾花儿以两记漂亮的全垒打完成，桑榆就这样被打回了原形。

桑榆心理状态有了变化，他觉得与其用"女神"这种高不可攀的词来形容花儿，倒不如说她对自己来说，是一个志同道合、惺惺相惜的伙伴。而花儿也并非冷若冰霜，因为在之后的日子里，尽管桑榆更频繁地去看花儿的排练，甚至偷偷跟踪她的生活，但都没有被花儿厌恶或是斥责。

当然，大部分时候花儿并不知道这些。

花儿在桑榆的世界里静静地开放着，有一次花儿独自去看一场爱情电影，她双肩抽动着，偷偷啜泣，桑榆就在她的侧后方静静地看着她，他不知道会是怎样一个渣男令花儿伤心，他只是暗自在自己心里的阴暗角落画着圈圈诅咒那家伙万事不顺。

那天的午夜场连放了三部电影，桑榆在看到第二部的时候就已经进入梦乡跟周公约上了会，等他在座位上醒来时电影已经散场，花儿也不见了，桑榆伸手用袖子胡乱抹了抹脸便起身欲走，他这才发现自己身上盖着花儿墨绿色的针织外套，桑榆感觉自己内心的那一寸柔软之处被击中，但他突然感到有些惶恐，因为他不知道花儿临走的时候是否还在哭，他也不知道花儿在睡着的自己面前看了多久，会怎样猜想自己这个人，会在心里给他一个什么样的定位。

但不管怎样，他觉得，花儿算是接纳了他。

就这样，在花儿消失之前，她和桑榆的生活并行了两年之久，这期间，桑榆没有对她做过任何的告白，他能想到，若是有一天花儿问他："我究竟有什么值得你这样喜欢？"他会不知所措，也完全无法向花儿吐露自己真正的心意，所以他宁愿一直看着花儿那线条动人却始终带着丝丝冷淡的面庞，以此来感受别人看不到的温暖。

其实，这段日子的结束并不是由花儿的消失引发的，而是桑榆主动淡去，远离了这一切。

那个冬天，花儿终于答应桑榆请他到自己家里做客，因为桑榆曾表示想学学吉他，花儿就整理了几张自己已经用不上的吉他谱准备给他，正好适合桑榆在入门阶段练习时用。

他们约的是晚上八点，桑榆却为此准备了一整天。

首先是调整作息，因为他经常熬夜，甚至昼夜颠倒，所以在这一天，他早早地起床了，将自己的状态调整到最好。

既然是第一次登门拜访，肯定就不能空着手去，桑榆白天逛了好多地方都没有选好合适的礼物，这毕竟不是约会，只是去取一样东西，选太贵重的东西自己负担不起，但太廉价的东西又会显得自己不重视，此番纠结下来，导致在接近日落的时候桑榆仍是两手空空。

他坐在街头，决定还是先想想要对花儿说些什么吧，不能说得太长，只是去取一件东西，停留太久会显得不礼貌；但又不能太短，不然会显得自己很不友好……

人只有对待自己珍视的人或事儿的时候才会格外地纠结谨慎，桑榆对拿吉他谱这件事情这么重视，此刻他仍不敢在心里承认自己爱上了花儿。

其实，没有什么台词会比深情一吻更能准确地表达自己的感情，但要让桑榆去做这件事儿显然不太可能，在爱情面前，他是这样胆怯。

桑榆在一家花店停留了半个多小时，最终他选择了一束蝴蝶兰，他请店主以最为简约清爽的风格进行包装，他觉得这个风格最适合花儿，这礼物也恰到好处，没有逾越半分。

桑榆从花店出来之后看了看表，距离晚上八点还有一个小时，花儿给他发了一条信息，问能否推迟一点儿时间，桑榆想着反正自己也没什么事儿，便答应了下来。

从桑榆所在的地方到花儿的家步行最多十五分钟也就到了，而桑榆已经一天没吃饭了，他完全可以填饱了肚子之后再过去。

但此刻桑榆心中却生出了一丝冲动，他想提前过去，在楼下拿着花耐心地等待他们约好的时刻到来，桑榆甚至脑补出了男朋友等待迟到的女朋友的那种幸福。

此番想着，桑榆便这样做了，他到达花儿家楼下只用了十分钟，但他没有直接上去，而是在楼下等了二十多分钟，他内心的欲望不断鼓动着他上楼去，至少在花儿家的门前，那个离花儿最近的地方，在那里等待会不会更好？

桑榆来到了花儿家的门前，他心跳加快，快得厉害，现在周围非常安静，静得桑榆甚至听到了自己的心跳声。

门内的生活是桑榆没见过的，花儿平时的生活是怎样的？在桑榆视线之外，花儿会不会有另一面的生活？

想到这儿，桑榆把耳朵贴到了花儿家的门上，他隔着门听着，果然听到了花儿讲话的声音，但除了花儿的声音之外，他又听到了一个男人的声音……

时间一分一秒地过去了，从七点半一直到十点半，这期间桑榆在门外感受着门内一切欢乐的时光——他们说笑、弹琴、跳舞、做饭、吃饭、看电视以及大段的静默。

桑榆从门前渐渐退到了走廊，又从走廊退到了漆黑阴冷的安全通道的门后。这一刻，桑榆忽然觉得自己是个十分无趣的人，除了写字，他没有什么有趣的兴趣爱好，对花儿来讲，甚至对多数的女生来讲，自己这种闷葫芦一样的男生真的是让人了无兴趣。

花儿的生活有着他想不到的激情，也有花儿从不愿跟别人提起的伤感。桑榆知道自己是那个甘心付出一切去关心她的人，他永远不会伤害花儿，但这好像起不到什么作用，只有有趣的人才和花儿相配。

桑榆突然发现在自己所创作的故事中，主角都是同他一样的人，除了字里行间的多情之外便一无是处，他不知道自己还能给予花儿些什么，哪怕是那种最肤浅的快乐。

就在桑榆决定离开的时候，那个男人也从花儿家出来了，桑榆没有看清他的模样，只知道他边走边吹着口哨。弹弹琴、唱唱歌、耍些逗女孩子开心的小把戏是何等肤浅，桑榆自以为对花儿用情至深，却连这些都不会做。

不知是出于嫉妒还是自暴自弃的心理，此刻，桑榆特别想抄起一块板砖照着这男人的后脑勺拍下去，但最终桑榆没有这样做，甚至连和他一起坐电梯的勇气都没有。

毕竟，那是被花儿认可的人，也许是恋人，也许是正处在暧昧期的情人，即使是普通玩伴、朋友……这些也都不重要了。

相比之下，自己是何等远远不如。令人绝望的不是敌人的强大，而是自己太过弱小，弱小得连自己都不忍直视。

"若生路只有一条，请他们歌唱着前行，留我在寒冷的迷失中坠落，仅存那点儿抓着门板的力气，却不再期待下一次相逢。"

桑榆边一字一顿地说着这句话，边沿着安全通道内的楼梯一口气向下跑到了一层，他没有回复花儿刚刚发来的语气诚恳的道歉信息，最终头也不回地走了，消失在茫茫夜色中。

其实从下楼梯开始桑榆便一直在后悔，因为花儿并不知道这一切，也许当时她只是在应付一个不识趣的普通朋友。

但直到现在，桑榆再也没有碰过吉他。时至今日，每每想起花儿桑榆都有一种心痛感，那是一种无法达成、无法施与的爱，只是因为自己不可理喻的争强好胜之心，只是因为自己心底那深切的自卑罢了。

无法挽回的是，一别，便是十几年。

A Fantastic Journey

奇幻之旅

Chapter

18

钱的魅力

+++

随着清脆的碰杯声，多年之后，桑榆终于潜入了花儿的生活。

并且，不再有自卑之感。

两天后的上午，桑榆在酒店吃过早餐，按照和三哥约定的时间，来到了花儿的咖啡店。三哥还没到，桑榆在附近转了一圈，那个他居住了快十年的街区，一切还是老样子，桑榆才意识到，虽然自己的生活发生了翻天覆地的变化，但不过是一个月的事儿，那些他常常光顾的小店，并没有人注意他回来了。

此刻，桑榆用到的是"回来了"这个词，衣锦还乡的"回"，他猜想应该是没有人会把这个有钱人打扮的帅男人和当初那个落魄的可怜虫联系在一起。

当然，更有可能的是，他们只是低头忙碌于自己的生计，以前和桑榆有一搭没一搭地聊几句，也根本没有走过心。他想，在这个生存艰难的环境中，如果有人发迹而离开，还没有多年的狱友出狱那一刻更会受人祝福。

桑榆还不想待在花儿的咖啡店里，因为一会儿就会有大事儿发生，他想让那个即将会成为传奇的段落进行得完整些。

不知不觉中，他来到之前蜗居的楼下，他懒得上楼，抬头看看，自己家的窗口外还架着用来粉刷墙面的脚手架，残破的防尘网随风飘扬着，似乎并没有人急于看到这里的焕然一新。可是，他又不想站在那里，觉得自己对这个环境特别不适应，于是，他绕到楼后，朝单元门走去。

这条路依旧是闭着眼睛都能摸到，桑榆灵巧地绕过一个破烂堆，这是从外面进入院子最近的路，只有这里的住户知道这条路。

桑榆缓缓地上楼，有脚步声从楼上传来，他迟疑了一下，猜想着，是他楼上那对没日没夜吵架的小两口，还是他家对门那个经常晚归的小老板呢？以往，这个时间并不会有人出入。如果是那对没日没夜吵架的小两口下来了，便一定会认出桑榆，那么，他没准儿可以借机会跟他们客气客气，如果他们需要帮忙，他一定会慷慨解囊，因为，小两口在深夜的吵架声，时常成为桑榆后半夜证明自己还活在这个世界中的直接证据，两个人吵架的台词也曾经被桑榆偷偷记下来，写进剧本。

人在吵架的时候真的是暴露天赋的最好时机，会吵架的人，可以用最精准的语言表达最直接的意思，而这个过程中，赋比兴也全部得到了充分的运用。而桑榆从小就是个嘴笨的人，常常在吵架失败之后的深夜，才能找到当时最能噎住对方的话，尽管黄花菜都凉了，但每到这个时候，桑榆还是会在脑海里重复一遍当时的情境，并把自己后来才想到的"毒舌"加入到每一个有所缺憾的地方，最后翻盘。如果条件允许，桑榆这时候还会骂出声来。

桑榆上了一层楼，脚步声表明从上面下来的人距他只有半层，他抬头一看，居然是当初的房主。这些年，他从未这么沉稳地打量过这个老男人，原来他的岁数已经这么大了，脸上暗淡无光，皱纹间带着已过中年、按着困顿生活的惯性苟且度日的颓唐，并且还无力回天。桑榆曾以为这个养了好多房子的男人应该永远是趾高气扬的，可现在看来，竟有些可怜。这让桑榆瞬间消了气，他想，如果这个老男人认出了自己，自己会告诉他认错人了。

桑榆迈上了一步，就在要转弯的时候，老男人看了一眼桑榆，然后一点儿让路的意思都没有，因为他手里拎着一个巨大的电动车电池，好像全世界都要给他让路一般。显然，曾经的债主并没有认出桑榆，但看着他执拗的样子，桑榆决定不再可怜他了。这会儿，桑榆已经站在自己曾经居住的地方门外，还是那个破旧的门，门锁换了，看起来更结实了。他听到里面有音乐的声音传来，他很想敲门看看，是不是住在这里的人都跟曾经的自己一样，但这显然是一个十分无聊的举动，桑榆看看表，离开了。

就在桑榆要离开的时候，一个模样落魄的年轻男子开门，将一袋垃圾放在门外，就在关门的一瞬间，*Coming Back to Life* 的前奏传了出来。

桑榆刚刚走出这栋楼，依稀听到了熟悉的旋律，但权当脑海中的幻听罢了。他再想回头去求证的时候，三哥来电话了，说一切顺利，只是在堵车，会马上到。桑榆一边接着电话一边走出了院子，又回到了花儿咖啡店的那条小街。

不远处，就在花儿咖啡店对面，是当初的那个煎饼馃子摊，摊煎饼的大爷一如往日地忙活着。这些天，桑榆几次经过这里的时候，老爷子都没有出摊，他还有些怀疑，是不是跟自己发生的神奇经历有关系，担心了好些天。这么久，他竟没有老爷子任何的联络方式，除了这里，也不知该去哪里找他。

　　可是，当桑榆真的看到煎饼摊大爷的时候，其实内心是忐忑的。他不知该怎样解释自己的变化，赚钱太难了，其实真实的生活中并没有人会真的相信时来运转一夜暴富的神话。他曾想再穿回那套破旧的衣服跟老爷子叙叙旧，但又觉得对不起他，毕竟，自己人生的转折——不是从那个天台上跳下来，而是一步登天——都多亏了这个慈祥的老人。

　　桑榆就这样远远地看着，其实，如果不去打招呼，只是一闪而过去花儿咖啡店，人家也未必会介意。可是，桑榆这些天来心中堆积了好多问题，那句"我在做梦"为什么会显灵，为什么梦里的东西会被拿到现实中？这个摊煎饼的大爷究竟是无心插柳，还是和自己同路的前辈？这场奇幻之旅走到最后会不会有尽头，会不会遭到报应？想到这儿，桑榆越来越怕，他决定相信老大爷是无心插柳，因为，如果他真的是前辈，也不至于天天在这儿风餐露宿地做着小买卖谋生。桑榆把这个逻辑在心里重复了好些遍之后，才奔着煎饼馃子摊走去。

　　煎饼馃子摊前面围拢着四五个食客，用嗷嗷待哺的目光看着老爷子用娴熟的手法将鸡蛋和面浆变成热气腾腾的美味。桑榆站在这些食客的外围，老爷子忙碌中，看到了他，微笑了一下。

　　"来一个吗？"大爷看到桑榆似乎并没有太惊讶的样子。

　　桑榆笑着，点点头。

　　"等一下啊，这会儿人多……"

　　"没事儿，我不着急。"桑榆的语气中似乎带着"打扰了"的歉意，说完，他来到旁边，坐在一块立起来的青砖上，看起来是那种从老城墙上拆下来的，足有一尺多高，坐在上面，刚刚好。

过了一会儿，众食客散去了，大爷拿着个做好了的煎饼馃子来到桑榆面前坐下，递给他。

桑榆接过来一看，喜悦地说："加蛋加肉还加了肠的？"

大爷笑道："知道你好这口！"

桑榆咬了一口，大爷点了一根烟，打量着桑榆，桑榆感觉到自己被打量，怀疑他要问什么，可是大爷什么都没问。

"不住这儿了？"

"到期了，也两清了。现在在……"桑榆想说自己的真实住处，却发现如果真说了自己最近一直住在酒店，便得接着解释为什么要一直住在酒店，这样，本来一直在回避的话题，就被桑榆不太识趣地抛在桌面上了，所以，他转而说道，"在朋友家住些日子，等稳定了，再搬。"

大爷点点头。

"最近怎么没出摊？"

大爷没想到桑榆会注意到这些，看着桑榆，一时没有作答。

桑榆又补充道："最近经过了这里几次，没看见你……"刚说到这儿，桑榆觉得自己又画蛇添足了，此刻，他之前认为最不可能的原因变得越来越有可能，他觉得，一定跟自己近来发生的怪事儿有关系，于是，他又补了一句，"是不是家里有什么事儿？"

"没有，家里就我一个人，能有什么事儿，就是累了，歇歇。你呢？还做噩梦吗？"

"做，不过好多了……"这句话是实话，桑榆想着，如果不做噩梦，哪儿会有今天呢，"大爷，谢谢你，你是我的救命恩人，这辈子……"

没等桑榆说完，大爷就摆了摆手："言重了，言重了，你自己多保重就行了。你这辈子还长，还有好多要挂念的人呢……"

桑榆正琢磨着接下来要跟大爷怎么表达，既能暂时不提那些神奇的经历，又能让大爷接受自己的回报，他拿着煎饼馃子左右手换着，因为还有些烫。

"桑榆，桑榆！"

桑榆回头，原来是三哥在不远处喊他。

桑榆跟大爷作别后，跟三哥来到花儿咖啡店旁边的大树后。

三哥拎着个箱子，拍了拍。

"一百五十万，一分不差。剩下的我存你账户里了。"

"行啊，三哥，这么快就出手了？"

"嘿！你就甭问了，我有道儿上的人。"三哥说着，凑近桑榆耳朵，"都说没这么收过金子，虽然是链子，但人家一看就是好东西，含金量真足……"

说完，三哥把头又从桑榆耳边撤了回来，摆出一副老江湖的架势："就是谁也不敢拿太多，我找了三家，要不是看我的面子，哪儿有这么快！"

桑榆拎起箱子，掂了掂。

三哥说："没错，数肯定对，不用点了，我点好几遍了。"

"不是这意思，我信你，我就是从来没有拿过这么多现金，看看是什么感觉。"桑榆说着，难掩激动。

"也就是你还淡定，一会儿那妞儿要是看到这个，不得晕过去？"三哥说着，瞟了瞟花儿咖啡店。

桑榆拎起箱子："我去了。"

"一会儿真应该给你录下来！"三哥把两只手揣进夹克衫里，笑着朝花儿咖啡店努努嘴，"马到成功！"

今天的咖啡店，人不少。桑榆一推开门，门上的铃铛清脆一响，花儿便看到了桑榆，微笑了一下。

桑榆来到点餐台前，扫了一眼价格牌子。

"拿铁。"

"你先坐，一会儿给你送去。"

花儿说完，开始制作咖啡。

桑榆将箱子拎起来，放到点餐台上，推到花儿面前，打开，里面整齐摆放着现金。他的自信溢于言表，以为这会让花儿"吓到"。花儿看到钱，并没有太惊讶。

"你这……什么意思？"

花儿没有如预期地回应，反而让桑榆有点儿措手不及。

"我……想接手这个店……希望你能留下来，继续经营下去，赔了算我的，赚了算你的。"

花儿揣摩着桑榆的意思。桑榆有点儿尴尬，猜不透花儿的心意。

"那我就当你默认了啊。"说完转身，找了个位置坐下。其实，他是有点儿后悔了，不该这么鲁莽地就把自己的乍富通过一个皮箱子抛出来，像个小丑一样。这时，花儿拎着钱箱子过来，放到桑榆面前，打量了一下桑榆。

"晚点儿有事儿吗？一起吃个饭吧。"

桑榆嘴角露出微笑，点了点头。

"你先忙，咖啡打包带走，晚一点儿我们约。"

夜色降临，城市的中心地带，高楼林立，霓虹璀璨，都市浮华的夜色开始浮现在城市之中。这是一家很有情调的高级餐厅，餐桌布局错落有致，坐满了食客，他们衣着考究，整个环境萦绕着浪漫的乐声。一位服务员引领着桑榆和花儿来到一个空位。桌子上摆着一个"预留"的桌牌，桑榆和花儿相对落座。服务员拿来两个精致的餐牌。

服务员倒了两杯水。

"您先看看菜单。"

服务员倒完水，拿着"预留"桌牌离去。

花儿一边看着餐牌，一边和桑榆闲聊着。

"桑榆，总觉得你这名在哪儿听过。"

桑榆一愣，有点儿紧张，转而故作轻松："失之东隅，收之桑榆，叫我这名的挺多的，俗名……点菜吧。"

"你为什么想接手？"

"我一直挺想开家咖啡店的，碰巧路过。"

花儿没回应，一直看着桑榆，似乎是觉得这个原因还不够。桑榆也感觉到了，想了想，将瞎话继续编了下去。

"可我又不懂经营，我觉得你做得挺好的，就交给你吧。"

"可是这店现在赔钱呢。"

"这种店嘛，都得养养，过一段时间就好了。"

"喜欢归喜欢，生意归生意，我回头发你个合同，亏了赚了我们一起担着。"

桑榆终于舒了口气，像是通过了审查一般，其他的就不太计较了。

"你定。"

说完，桑榆举杯，看着花儿，而此时的花儿却认真起来，她看着桑榆。他有些无奈，只好也认真起来。

"我相信你。"

花儿终于笑了，举杯，二人碰杯，一饮而尽。

"我还得问你个问题。"

桑榆看着花儿，花儿这一次表情有点儿严肃。

"你不是纯粹奔着咖啡店来的吧？"

桑榆有点儿尴尬，不置可否地点了点头，花儿的表情更加严肃。

"如果你成家了或者不是单身就省省吧。"

桑榆假装表情凝重地看着她，像是被戳穿了难言之隐一般。花儿细微的表情变化流露出一丝失望，显然，他被桑榆的恶作剧骗到了。看到花儿中了招儿，桑榆没憋住，笑了出来。这时，花儿也才意识到她对这个玩笑认真了。

"好吧，既然到了这里，那我可就客随主便了。"

桑榆笑了，他看了一眼不远处的服务员，服务员走了过来。

"桑先生，那就一切照旧？"

当然，服务员的这句话是事先桑榆交代好的。

"是的，另外，再帮我开瓶1989年的帕图斯干红。"

随着清脆的碰杯声，多年之后，桑榆终于潜入了花儿的生活。

并且，不再有自卑之感。

A Fantastic Journey

奇幻之旅

Chapter

19

新的能力

+++

他惊讶地看着桑榆，桑榆也愣住了，这股力量是他以前从来没有过的。

桑榆回到酒店，这一路上他都哼着小曲儿，沉浸在与花儿一同用餐的喜悦之中。进到房间之后桑榆坐到沙发处将双脚随意地搭在茶几上，他把双手搭在脑后，仰头望着天花板放空，脸上时不时露出迷弟般的傻笑，他满心期待着明天与花儿的再次相见。

三哥回来了，一进门就看到了桑榆那一脸花痴的表情，他无奈地摇了摇头，叹了口气，直接坐到了桑榆身边，用手肘碰了碰桑榆的胳膊。

"哎，痴汉，拉手没？"

这个相当俗气的问题瞬间将桑榆所有的满足感给击了个粉碎，他有些不耐烦地答道："问这个干吗？"

三哥不死心，一脸八卦地追问："哎呀，说说呗，到底拉没拉上啊？"

"没有。"

三哥向前探着身，抻长脖子凑近看了看桑榆，一副难以置信的样子。

"你不会就是把钱给她，然后和她吃了个饭吧？"

桑榆略显心虚地推开他。

"你怎么一点儿浪漫都不懂，这叫慢工出细活儿！你还想让我霸王硬上弓啊，俗，你可太俗了！"

"老大，你花了一百五十万，连个手都没拉上，那可是一百五十万啊……这会让你约的，又贵又失败。"

“别跟我絮叨你那点儿爱情经验啊……”

“看你这么早就回来了，不对，看你今晚回来了，我就知道你肯定是尿了，唉，你还是个生梆子，不懂爱情，也不懂女人……对了桑榆，你看看这个。”

说着，三哥从包里拿出了一沓房产宣传画册，递给了桑榆。

“这是什么意思？”

“意思就是现在我们的房费开销很大，而且还是按天结算的，这样算下来的话，我们现在的月租金可以拿去随便租住一个大别墅了。我本来也没想这么多，但是今天看你对她这副着迷的样子，我感觉你是彻底沦陷了，所以我们得置办个房产，大不了分个期，总好过天天住酒店啊。”

桑榆微微皱眉，他用手摩挲着下巴，思索着三哥的这番话，说道：“钱不是问题，我们可以先买一个住进去，这个问题你想得倒是十分周全，谢了啊三哥。”

“千万别和我客气，这工作本来就是三哥分内的事儿，你想啊，女人多数都图安稳，要是让花儿知道我们居无定所，这算怎么回事儿啊，是吧？以我们现在的存款，应该可以买这套。”

三哥说完，便从那沓房产宣传画册里面抽出了一本递给了桑榆，桑榆接了过来，认真翻看了一会儿，然后点了根烟，表情纠结，显然是心里有话又不好直接讲，应该是这套别墅不怎么合他心意。

三哥看着桑榆，把其余的宣传画册也推到桑榆手边。

"这套不满意的话，这儿还有别的呢，市内那几套有名的别墅都在这儿了……"

桑榆没有说话，他起身走到落地窗前将窗帘一把拉开，眼神深邃地看着这座城市的夜色。

半晌之后桑榆忽然转头："三哥，走，我带你去个地方。"

两个人坐着出租车，从这座城市最奢华的酒店向黑暗的城市边缘前进。车窗外面的街景越来越黑，建筑也越来越老旧，在经过一段完全没有路灯的黑黢黢的路之后，二人下了车。

"带我来这儿干吗啊？"

三哥认出来了，这是桑榆之前住的老街区。

桑榆并没有回答，自顾自地朝一栋楼走去，三哥小跑着跟了上去。

"你不是要把这片儿都买下来当故居吧？老大，我觉得房产热已经降温了，况且开发或者投资地皮的事儿咱俩都不擅长……"

其实三哥知道桑榆不是这个意思，他只是觉得心里有点儿虚才故意这么说，他生怕桑榆提起自己曾在这里对他追打欺压的那段日子，于是便找来些无聊的话题转移着注意力。

桑榆这一路上都没接三哥的话茬儿，二人进了这栋居民楼之后，一路向上来到了天台，就是桑榆曾经想跳楼自杀的那个天台。

虽然这栋楼才十层左右，并不算高，但站在天台上倒也可以看到大片的城市面貌。

　　无论是从建筑群的平均高度还是住户的平均收入水平来看，这里都是这座城市的低洼地带。远处那一大片灯火辉煌的地方就是市中心的富人区，从这里望过去，由近及远，由暗到明，似乎在昭示着阶层之间的差异与距离。

　　桑榆指着远处一片黑暗的地带说："以那里为界，越往南就越繁华了。"

　　三哥站到桑榆的身边，顺着他手指的方向看过去，又偏过头看向了桑榆的侧脸。

　　"你想说什么呢？"

　　桑榆放下了指着远方的手臂，他笑了一下。

　　"我想说，这个世界虽然始终都是明亮的，不过，日月的光辉只能照耀那最高处的建筑群，而我们，就只是活在那个富人街区阴影之下的蝼蚁而已。我在这里住了十年，这十年里我每天晚上都会看着那栋楼发一会儿呆，喏，就那栋。"

　　桑榆朝左侧扬了扬下巴，三哥看到了他说的那栋楼，那是整座城市里最高的一栋楼，也是最奢华的一栋楼。

　　以那栋楼所在的位置为圆心，以两公里为半径画一个圆的话，能在这个圆圈范围内居住的人非富即贵。那里没有非机动车道，没有街边超市，只有宽阔且装有密集护栏的快车道，并且这些快车道都是单行线，仿佛处处挂着写有"穷人莫入"的警示牌。

　　桑榆把思路拉了回来，他把胳膊搭在了天台的围栏外，向下指了指。

"三哥，我差点儿从这里跳下去。"

三哥闻言一愣："是你之前给我发短信说下辈子还债的那次？"

桑榆苦笑，点了点头："是啊，差点儿就跳下去了，脚都迈出去了又收了回来，不然你见到的就不是面前这个完整的桑榆了，而是摔得粉身碎骨的桑榆，我们就真的只能下辈子再见了。"

三哥不知所措地用双手在衣服上蹭了蹭汗，他用舌头舔了舔缺水起皮的嘴唇，知道自己之前是误会了桑榆，他刚要开口解释或安慰桑榆些什么，桑榆率先开口："三哥，咱们就在那栋富人区的高楼里买房子吧，我想看看，住在那里看这座城市会是一种怎样的感觉。"

三哥终于懂了此行的目的，连连点头："没问题，咱就住那儿了，什么别墅啊乱七八糟的，都不要，明儿咱俩就去买！"

桑榆抿了抿嘴："买一整层。"

三哥翻了翻眼皮思索了一下，对桑榆说道："那……以后出门就不能打车了，各个方面都得节省开销些，还有那……"

"三哥，别的事儿你不用管，你负责买就行，需要多少钱跟我说。"

三哥郑重地点了点头："嗯，包在我身上……"

夜色渐深，桑榆和三哥走在回酒店的路上，二人在路过一家小超市的时候还买了几本杂志回来，眼下正是用钱的时候，桑榆想通过多看些杂志来把梦境构建得更奢华也更好逃脱一些。

经过桑榆几夜的浴血奋战，买房子和车所需要的巨款都已经手到擒来，不在话下。

桑榆和三哥来到售楼处挑选房子，桑榆一眼就相中了第 38 层，这层是设计独特的通层豪宅，整层都是桑榆他们家的，足有一千平方米，房子分上下两层，数不过来的大小客厅、起居室、卧室，还有一些暂时空闲着的桑榆还没想好用途的空房间。

置身于这座宅子之中，这种奢侈的布局给人的感觉不像是建立在一栋摩天大楼里，而像是一座空中巴比伦花园。

在豪宅的南侧是个露天的游泳池，畅游在这 38 层的高楼之上会使人产生一种泳池与天空融为一体的错觉，让人模糊掉自己是游于水中还是飞于空中的感觉。

桑榆惬意地翻看着一本《世界百科大全之金库篇》，看着看着就觉得眼皮发沉，有些困倦，于是他便扯着嗓子招呼着三哥："我要睡觉了啊！"

三哥这两天可忙坏了，这处宅子是精装修，虽然装修方面不用他操心了，但他请了一家很是靠谱的外国装修公司，准备在这豪宅里修建一条密道，一条能够直通藏宝间的密道。

据说这家公司已经有三百多年的历史了，他们的客户主要是国外的王公贵族或者财富巨头，可是三哥发现他们似乎对国内的业务也很熟络，所以沟通起来毫无障碍，省去了很多不必要的麻烦，密道的建造不日便将完工。

听到了桑榆的召唤，三哥知道他的主人该"上班"了，他连忙放下手头的活计，踩上平衡车就一溜烟儿地到桑榆的卧室进行常规的准备工作。

桑榆开启了室内的智能管家系统，豪宅里便响起了舒缓而柔和的音乐，卧室角落里的小茶几上放着一小块蜡烛，正加热着精油，香气逐渐四散开来，薰衣草的香味儿能让人不自觉地放松全身紧绷着的肌肉。

桑榆此刻正泡在撒满花瓣的浴缸里，浴缸边摆放着被叠成小天鹅形状的浴巾，地上整齐地摆放着一双拖鞋。

桑榆从浴缸里面站了起来，他将浴巾拿起并抖散之后，擦了擦身上的水珠，从浴室门后取下挂着的丝质浴袍穿上，对着镜子照了照，接着把浴袍腰带在腰间打了个结。

桑榆站在了洗漱台前面，他先用柔软的毛巾精心地擦拭着自己的双手，然后往手上挤了些许润肤露并搓开擦在了身体上，桑榆边用润肤露拍着脖子边从浴室来到了卧室，卧室的空间非常大，设计很现代，精致而简约，简约之中又透着大气。

一个个敞开的箱子整齐地摆在床边，三哥如同一个英式管家一样毕恭毕敬地服侍着桑榆上床，桑榆抖动放松着双手，之后把手伸到离自己最近的一个箱子里进行手膜保养。

桑榆这双手现在已经变得十分金贵了。

　　做完手膜之后桑榆躺到床上，缓缓闭上眼睛，他扭了扭身子调整到一个舒服的睡姿之后便拉长了呼吸的频率，之后就慢慢进入了梦乡。

　　三哥见状躺到了卧室的沙发上，他努力模仿着桑榆躺在床上的姿势，接着闭上了眼睛，强迫自己赶快入睡。

　　桑榆果然来到了自己想要进入的银行金库，无数美钞打着捆整齐地堆成一座小山，小山足有一米高、两米长，桑榆快速而贪婪地往自己带过来的大麻袋里装着钞票。

　　钞票突然开始晃动，桑榆抬头望着前方，他意识到疤面要来了，手上的动作却始终没停，他更快速地往麻袋里面装着钱。

　　桑榆朝前方门口的黑暗处看去，门口并没有人出现，桑榆不敢放松警惕，依旧死死盯住前方，但桑榆没想到的是，身着保安装束的疤面从自己身后突然出现，还没等他反应过来，疤面便抡起警棍，冲着桑榆的脑袋就是狠狠一棍，桑榆下意识向前缩了下脑袋，但还是没有完全躲过，警棍结结实实地打在了桑榆的脸上。

　　桑榆被警棍打飞，之后重重地摔在地上，他艰难地撑起身子，用左手往嘴上抹了一把，随即低头啐了一口血，桑榆定睛一看，这口血里还夹带了一颗牙。他顾不上在乎这点儿伤，更顾不上在乎疤面，他着了魔似的从地上爬起来拖起麻袋就冲向这摞钱的另一个角落往袋子里塞钱。

　　疤面又冲了过来，桑榆护钱心切，他豁出去一般侧肩一撞，疤面低吼一声，竟然意外地被撞倒在地。

他惊讶地看着桑榆，桑榆也愣住了，这股力量是他以前从来没有过的。疤面爬了起来，他更加凶猛地扑向桑榆，并在空中朝桑榆挥出警棍，看这架势像是要一棍子把桑榆给揍扁一般。

桑榆下意识闭紧双眼，他不顾一切地伸手一挡，竟一把抓住了警棍。疤面用尽全力往回抽拽着警棍，但根本拽不过桑榆。

桑榆一脚将疤面踹飞，疤面摔倒在地，感到分外愤怒，起身便朝桑榆扑来。他此刻已经确定，自己在梦中的体能得到了提升，于是他自信起来，站定在原地盯着疤面的方向，他时不时地皱眉，似乎企图用意念控制着什么。

疤面身后的环境突然发生了异动，疤面立在原地，疑惑地看向四周，周围的气流突然开始猛烈地打旋儿，钞票被气流卷起，跟着飞扬到了空中，墙边铁柜的抽屉一下飞了出来。

"哪！哪！哪！"

三个抽屉连环砸在了疤面的身上，紧接着铁柜也跟着移动起来，疤面一回头，两个铁柜朝他夹击过来，他来不及躲闪，被铁柜夹住，气流回旋得越来越猛，夹着疤面的两个铁柜也越来越贴近，桑榆瞪着眼睛将眉头皱紧，两个铁柜瞬间贴合，将疤面挤扁直至没了影。

桑榆瘫坐在地，像被卸去了所有力气一般，他咧嘴一笑，得意不已，疤面在梦里折磨了他那么久，竟然也有疤面被暴力狂虐的一天，真是痛快！

桑榆缓了缓劲儿，他顺势伸出手臂，继续使用着意念的神奇力量，纷乱的钞票瞬间被吸入了麻袋之中，桑榆抱着麻袋，大喊："我在做……做梦！"

咒语喊得并不顺畅，中间卡壳了一下，桑榆虽然同往次一样在喊完咒语之后消失了，但瞬间又在原地闪现了回来。

桑榆有些慌了，他连着喊了几嗓子："我在做梦！我在做梦！我在做梦！！！"

桑榆终于彻底消失了。

三哥躺在沙发上，嘴里不住地嘀咕着："我在做梦……"

他猛然惊醒，低头一看，发现自己的胸前有一袋美元，三哥呼吸加重，紧张起来，他拿起胸前的美元，触感很真实，这是真钱！

三哥差点儿没蹦起来，他十分惊喜，以为自己跟桑榆相处久了被同化了，也拥有了同样的超能力。

桑榆正站在三哥面前穿着衬衫，他笑着看着三哥的一举一动，三哥低头看了看钱，又看了看桑榆大有深意的目光，尴尬地低下了头。

"这钱是你放的？"

"不然呢，你不会以为是自己从梦里带出来的吧？"

三哥将钱袋放在地上，发现地上还有个钱袋，他目光上移，朝着前方的地面看去，这才发现在卧室的地上堆满了钱袋。三哥把地上的钱袋一一打开，发现每个袋子里面都装满了整齐的美元，于是十分崇拜与狂热地看着桑榆。桑榆慢悠悠地开口："你把这事儿搞定后，还有件事情需要你帮我搞定一下。"

"什么事情，老大？"

"花儿咖啡店的人气很低，你想办法让店里的人气旺起来。"

"这事儿太好办了，包在我身上！"

桑榆满意地点了点头，他转身离开卧室，留下了正在忙着清点钱袋的三哥。

桑榆来到衣帽间，看着衣柜里的衣服出神，他回忆着刚刚在梦境中发生的一切，原来自己现在不仅可以躲避疤面的伤害，还可以使用意念来操控梦境……

A Fantastic Journey

奇幻之旅

Chapter

20

梦的飞跃

+++

写一个故事就像是在编织一场梦，这不就是你说的"做梦"吗?

次日，三哥开车送桑榆来到花儿的咖啡店，最近桑榆每天都准时准点地来这里报到，入股咖啡店的各项工作都已经完成，他跟花儿现在是正式的合伙人关系了。

花儿似乎也习惯了桑榆的到来，她对这位阔绰又不失风度的合伙人很是满意，二人之间的交流也逐渐多了起来。

"美式？"

桑榆点了点头。

"你抽烟，还总喝这个，不觉得苦吗？"

"忆苦思甜。"

花儿笑了，她让桑榆去座位上等着，做好了咖啡她给桑榆端过去，可桑榆不肯，就站在吧台外，用专注的眼神看着花儿为自己准备咖啡。那眼神就像是幼儿园小朋友坐在小板凳上眼巴巴看着老师给其他小朋友发水果，期盼中还带着些许的崇拜之意。

花儿做好咖啡后回身端给桑榆，她看到了桑榆的这个神情，莫名其妙觉得有些好笑。桑榆小心翼翼地端着咖啡走到了靠窗的位置，他屁股刚沾到椅子，就听见大门上挂的迎客铃"丁零丁零"地响个不停，咖啡店的顾客突然多了起来，点餐台前的顾客都已经排起了长队，桑榆面露得意，他喜形于色地端起咖啡，偷偷瞄着点餐台里正忙得团团转的花儿。

花儿虽然手边很忙，但她有条不紊地做着每一件事儿，没有丝毫慌乱，她热情而熟练地招呼着每一位顾客，桑榆看着这热闹的光景露出了微笑。

花儿感觉有人盯着自己，她下意识地朝桑榆那边看了一眼，桑榆有些猝不及防，他慌乱地收回了视线，猛喝了一口咖啡，咖啡很烫，但桑榆不敢动，他强装镇定，咬紧牙关忍着嘴里强烈的灼痛感，并用余光瞟了一眼花儿那边。

花儿没再看桑榆，她继续招呼着客人，桑榆见状立马用手挡着脸将咖啡吐回了杯子里，他狼狈地用纸巾擦了擦嘴，转头看向了窗外。

街对面的煎饼摊大爷终于忙过了一会儿，他拿起一块抹布开始清理台面上的污渍，虽然是个路边小摊，但是这大爷每每做完煎饼之后都把污渍及时擦掉，台面上总是干干净净，东西摆放得也很整齐，一看就是个认真对待生活的人。

煎饼摊大爷擦拭完台面低头放抹布的时候发现摊子里多了一个黑色塑料袋，那是桑榆让三哥偷偷放过去的，里面是几万块钱现金。

大爷打开袋子看到钱，似乎知道是谁送来的，他看了看四周，便将袋子收了起来，桑榆见状一笑，心里感到欣慰和释然。

咖啡店不远处的街角，三哥正在给排着长队的人发钱。

领完钱的人都陆续走进了咖啡店，三哥一边给人发钱，一边不厌其烦地对每一个领钱的人说着同样的话："拿到钱的人就去这家咖啡店买自己想喝的咖啡，当然了，您要是还想吃点儿什么，直接点就可以，吃完后拿着小票过来找我，全额报销。"

三哥带着当年在片场组织群演的劲头在街角发了一下午的钱，若不是桑榆及时叫停，恐怕这事儿就要穿帮了。

夜幕降临，路灯投射出暖暖的橘光，花儿把玻璃门上挂着的牌子翻了个面儿，从"open"换成了"close"，咖啡店便灯灭打烊。

花儿锁好店门，微笑着朝在路边等待的桑榆走来，二人并肩往前慢慢踱步，花儿有些疲惫，她活动着肩膀和脖颈，语气欣喜地对桑榆说道："我的店，噢，不对，是我们的店，我们的店从来没在一天之中接待过这么多的客人，这都得归功于你啊桑榆，都是你带来了好运气。"

桑榆哈哈一笑："我也从来没一天喝过这么多咖啡，足足五杯。"

"六杯。"

说完，二人都笑了起来，花儿用手撩了撩额前的碎发，继续道："你怎么每天都这么有空？都不用上班的吗？"

"我都是晚上工作。"

花儿转过头看着桑榆的侧脸，试探地问道："这样吧，你给我三个关键词，我看看能不能猜出你的职业。"

"你确定？"

花儿一脸期待地点了点头。

桑榆思索片刻，便从自己盗梦过程中找到了三个关键词。

"做梦……"

花儿闻言皱起眉头，桑榆沉吟："寻找……和得到。"

花儿了然一笑："我知道了！"

桑榆挑了挑眉，他不认为花儿能猜到他是个盗梦的小偷，花儿咬了下嘴唇，眼珠一转："你一定是个编剧！"

桑榆愣住，他的心情瞬间复杂起来，就像是一盆沉了沙子的水，被人用棍子猛搅了一通，变得混浊不堪。

桑榆差点儿忘了自己曾是个编剧。

"为什么会猜编剧呢？"

他的声音有些颤抖，不过花儿并没有留意到。

"你看，写一个故事就像是在编织一场梦，这不就是你说的'做梦'吗？然后'寻找'的话呢，主人公要么是在寻找爱情，要么在寻找自我，也没错啊。至于'得到'，每个故事在结局的时候都会使故事中的所有人有所收获，要么是得到了成功，要么就是得到了一段经历。我没说错吧？"

一个普通女孩能把这一行看得这么透彻，而自己却在这条路上越来越看不透未来，桑榆顿时感到有些惭愧，一下子不知道该怎么接她的话茬儿。

两个人说着就走到了十字路口，刚要过马路，绿灯却在闪了几下之后跳到了红灯，二人只好住了脚步。

边上的机动车道上，一辆敞篷跑车停了下来，跑车内的情侣开始很投入地接吻，他们动作有些夸张，连路口的信号灯变了绿灯也毫不在意，没有一点儿要走的意思。

花儿一转头就看到了跑车里正在接吻的情侣，她回过头看了看桑榆，又看向那对情侣。桑榆顺着花儿的视线看过去，也看到了车里激吻的场面，这时跑车后面的车开始鸣笛，后车司机摇下车窗探出头来。

"要亲回家亲去！忍不住了就去开个房！有没有公德心啊，在这儿霸着不走，耽误大家时间！"

花儿捂嘴轻笑，她刚抬脚要走，回过头却看到桑榆似乎陷入了沉思，她轻轻推了推桑榆的胳膊，桑榆这才回过神来。

"你们编剧是不是都是这样习惯性地发呆，不分场合地点？"

桑榆不置可否地点了点头。

他把花儿送到了家楼下，目送花儿进了单元门，在看到花儿房间里的灯光亮起之后他才转身上了出租车，回到了自己的豪宅之中。

桑榆一进门就看到三哥在门厅徘徊，三哥看到桑榆回来了急忙迎了上去，一副嘘寒问暖的关切模样。

"咋……咋还回来了呢？我以为你今晚不回来了……"

"那我应该去哪儿？"

"或者说，我以为你不能一个人回来呢。"

桑榆失笑。

"今晚搞定一件关键的东西应该就快了。"

三哥瞪大眼睛看着桑榆，他拍了拍桑榆的肩膀，语气欣慰地大声说道："好小子！你可终于开窍了！"

桑榆并不在意，他摩挲着下巴思索着。

"哎，三哥，你说现在什么跑车适合女孩开？"

三哥想了想，忽然明白了桑榆的意思。

"那要看你今晚做梦翻谁家的牌子喽……"

两人想到了一起去，他们面对着面，都一脸贼笑地冲着对方伸出食指对着空气点了点，一拍即合。

桑榆在客厅寻找着什么，三哥翻出一本关于世界名车的杂志递了过去。

"这个？"

桑榆冲着三哥飞了个眼。

"是呗。"

桑榆迫不及待地上了床，他翻看着世界名车的杂志，逐渐有了些许困意，于是他将杂志随手丢在床上，便悄然进入了梦乡。

伴随着低沉而有质感的发动机轰鸣声，带着法拉利 logo 的车轮飞速旋转，同时发出刺耳的摩擦地面的声音。

一辆红色的法拉利在室内漂移着，车头闪亮、霸气，排气筒随着发动机的轰鸣喷射着热浪，车轮滑过地面之后留下一些车辙印迹。

桑榆开着这辆新款法拉利在大厅里甩尾、打转儿地秀着车技，最后一个急停，十分帅气地收场。大厅里所有的豪车都闪着灯，仿佛给法拉利行着最高等级的注目礼。

这是个环境别致的车行大厅，室内装修很高档，但空无一人，大门口处停着几辆昂贵的跑车。开着法拉利的正是桑榆，他叼着一根烟坐在驾驶座里，微微仰头吐了个烟圈出来。

他看向车外的远处，原来疤面早已来到了这里，他一身修车工的装扮站在原地，并没有急于去做些什么。

桑榆倒并不害怕疤面，他在车内享受着，脸上的表情分外得意，似乎在期待着疤面有所动作。这时一个大扳手突然旋转着飞了过来，桑榆躲闪不及，一侧耳朵被大扳手击中，瞬间血肉模糊。

他挺起后背来，血淋淋的耳朵已经被扳手打残了，但他的另一只手却接住了扳手。他恶狠狠地望向扳手飞来的方向，果然是疤面干的。

看到桑榆朝他投过来的眼神，疤面偏过头较着劲儿，但他又不敢走近，只是站在原地。

桑榆扬起了手，铆足了劲儿，将扳手朝疤面飞砸过去。

扳手如同子弹一般飞向了疤面，疤面被击倒，痛哼了一声，一下子就摔进阴影里。桑榆并不太在意自己受伤的耳朵，他以胜利者的姿态看着疤面，他还不太确定是否能把车这么大的东西带回去。

"我在做梦。"

桑榆这边在梦境中与疤面对峙，现实中三哥就如同上班一样端坐在桑榆床边的沙发上。

三哥等得有些无聊，站起身开始来回踱步，一阵强劲的冲击波突然呼啸而来，像是发生了爆炸一般，屋内陈设全都随之一颤。

三哥毫无准备，他被吓了一跳，随即迅速用手护住了头，但还是被飞来的床单罩住了整个身体，三哥吓坏了，开始挣扎着怪叫：
"啊！！！"

声音透过床单传出来显得闷闷的，屋内的一些杂物纷纷落下，等
三哥气鼓鼓地拉下床单露出头时，他看着床的方向惊得差点儿掉了
下巴。

那辆红色法拉利不偏不倚地砸落在床上，桑榆正单手握着方向盘
看着三哥，一脸扬扬得意的表情，三哥目瞪口呆。

桑榆打开车门，踩着床走了下来，看着三哥一脸难以置信的样子
有些好笑，他伸手在三哥的肩膀上拍了拍，三哥这才回过了神。

"老大，我算知道什么叫宏大、巨大、伟大了。"

桑榆随手将自己的笔记本电脑装进了背包中，就朝着门口走去。
他一边走一边对三哥说道："剩下的事情就交给你了，把车给我完好
无损地停到楼下，明天一早我还要用呢。"

三哥一脸痴狂地围着法拉利转悠着，时不时还用手指轻轻触碰一
下车身，嘴里还不停感慨着："哎呀，我去，这可是法拉利！是从梦
里得到的东西！哎呀，哎呀，我去……"

就在桑榆离开后不久，三哥一下子从痴迷状态中回过神来了，他
蹑手蹑脚地来到了房门前，侧耳倾听了一下，然后又悄然打开房门朝
着走廊探出了半个脑袋，在看到桑榆去了另一间卧室之后他急忙奔回
房间。

站在法拉利前面，三哥迅速地把手套摘掉扔到了地上，他满脸幸

福地打开了车门，坐在了驾驶位上。

三哥打开了车内的音响，并拿出了手机拨通了个号码。

"老刘，我是三哥，赶紧叫人过来，我这儿有一个急活儿。价格好说，主要是东西有些沉。嗯，就是一辆法拉利停到了床上，你们帮我把它从床上弄下来停到停车场里就行了。现金？对，现金给你，快！"

挂了电话之后，他一只手轻柔地扶到了方向盘上，另一只手则轻抚着仪表盘，一副陶醉得要死的样子。

五个小时后，一群人站在停车场里围着三哥，三哥仔细检查着法拉利的车身，边上的一个光头文身男走上前来。

"三哥，这可是法拉利，哥们儿可不敢给您剐蹭一丝一毫，这车太金贵了，放心吧。"

三哥掏出了一沓钱直接塞到了光头的手里，不耐烦地说道："你怕，我更怕呢。多余的钱就当请你手下的小弟们喝酒了。"

光头认真地点了点钞票，然后挤眉弄眼、充满好奇地看着三哥问道："三哥，你跟哥儿几个讲讲，你这法拉利是怎么开到床上去的？"

三哥闻言直起身子，将视线移到了光头的脸上。

"不该问的别问。"

"三哥你就当我啥也没说！"

三哥拿出了手机给桑榆发了信息："车已搞定，驾驶座下面左手边，三个安全套，够吗？"

不一会儿，三哥的手机响起，桑榆回了短信："我用不着那东西！"

三哥看了看手机，笑了笑，他打了哈欠，朝着桑榆的豪宅走去。

天刚刚蒙蒙亮，三哥跟桑榆一起来到了停车场，桑榆看着毫发无损的车，不禁再一次对自己拉三哥入伙感到十分庆幸。

看着三哥殷勤地给自己把车门打开，桑榆坐了进去，他拿出了手机摆弄了一会儿，探身把副驾驶的门打开。

"三哥，走，请你吃大餐去。"

三哥很意外，但他随即迅速地坐到了车里，对一个痴迷于车的中年男人来说，法拉利就是三哥心中永远的斯嘉丽·约翰逊。

三哥坐在副驾驶上，一脸嗨到极致的表情，桑榆熟练地启动了汽车，红色的法拉利在清晨的街道上分外惹眼。

三哥惊讶地问桑榆："你是什么时候学会开车的？"

桑榆不紧不慢地回答："前些年，日子还不错的那一阵子，心血来潮去考了个驾照，没想到，后来日子越过越差，一直没用上……对了，三哥，我刚给你卡里又打了十万，算是这个月的奖金。"

听到桑榆这么说，三哥更嗨了。

"老大，其实不用，你可以……"

"拿钱自己买去，从梦里往外拿车可麻烦了。"

三哥不说话了，桑榆看看三哥。

"你怎么了？"

"我在想一件事儿，你有没有反复去同一个梦的时候？"

三哥这一问把桑榆给问住了。

"这个我还真没试过……"

三哥摇了摇头。

"别试了，见好就收吧，走回头路不太吉利。"

桑榆点了点头没再多言，法拉利在马路上飞速地行驶着，二人各怀心思地沉默着。

Chapter

21

编剧桑榆

+++

桑榆抬眼望去，沙发上的三哥正愣愣地看着自己，他手里捧着剧本，一副哭过的样子。

　　桑榆悄然将法拉利停到了一个不显眼的角落里，他推门走进咖啡店。

　　"丁零——"

　　迎客铃响，花儿看向门口，那句"欢迎光临"习惯性地脱口而出，在看清了来人是桑榆之后花儿莞尔一笑，桑榆冲她摆摆手，照旧走到那个专属于他的靠窗位置坐了下来。

　　花儿端着一块小蛋糕放到了桑榆面前的咖啡桌上，桑榆看着摆放在小蛋糕边上的那盆精致的苔藓盆景怔怔地出神，他喃喃道："别的店里一般都摆花，咱们这儿……"

　　"它们跟别的植物不一样，抢不到什么阳光雨露，却也活得挺好。"

　　花儿微笑着离开，桑榆若有所思，似乎这番话还有更多别的意思。桑榆享受着咖啡店里的慢时光，不同于往日，今天他带了笔记本电脑过来。自从前几天被花儿猜中他的职业是编剧之后，桑榆这心里便重新起了波澜，他差点儿就把自己坚持了十年的梦想给轻易丢掉，好在还有挽回的余地。这辈子如果写不出个优秀的剧本，也就真的把自己的一生给辜负了。

　　虽然三哥经常把桑榆今天的翻身定义为神的旨意，但只有桑榆自己清楚，他的精神世界现在是非常空虚的。

　　那些曾经写了一半便写不下去的剧本是自己为了糊口而接的烂尾活儿，这倒是也还说得过去；但那些自己真正想写的故事却迟迟无法写出来，问题便真的出在自己身上了。

桑榆决定继续做个编剧，不仅是为了实现自己多年的愿望，也是为了面对花儿日后的盘问，他总要有个身份来解释自己暴富的原因，是的，他需要一个拿得出手的身份，而编剧这个名头便最恰当不过了。他感叹命运的安排，原来一切都是最好的安排。那些嚼着干面包写剧本的苦日子竟然是为今天的身份洗白所做的铺垫。

咖啡店里客人不少，不过大家都在低声聊天，所以室内的环境还算安静。桑榆正用电脑写着自己心中一直想倾诉出来的故事，他专注地写着，十指翻飞，文思如泉涌。花儿在点餐台里忙碌着，不时瞄着桑榆。

花儿现在仍觉得自己的境遇有些过于梦幻，咖啡店本来是经营不下去的，但是因为他，居然又有了一线生机；自己的感情生活本来已经一片死寂，但因为他，现在似乎被再次激起涟漪。

花儿看着这个整天泡在这里的男人，她知道这个男人并不像自己所见的那样悠闲和简单，毕竟没有谁的钱是大风刮来的，桑榆也是。

凭借着女人的直觉，花儿当然知道桑榆对自己的心意，她自己也感到惊讶的是，在上一段的恋情中被狠狠伤害过的自己，现在内心居然并不排斥这个男人，爱情萌芽正在悄然生长，让花儿感到有些措手不及。

又一拨儿客人的到来打断了花儿的思考，花儿再次忙碌起来，直到红日西坠，夜幕降临。

花儿站在门口送走了咖啡店里最后一位顾客，开始仔细打扫起店面。不过一会儿的工夫，店里再次回到了每天开店营业前的整洁模样。

她来到了桑榆的身侧，桑榆依旧目不转睛地盯着笔记本，双手在键盘上飞快地敲击着。她看着桑榆的侧脸，桑榆看着电脑屏幕，就这样过去了许久，桑榆仍没发现花儿。

花儿叹了口气，她无奈地摇了摇头，扯了把椅子坐到了桑榆旁边，桑榆抬头看着花儿，露出了歉意的微笑。

"我得把这场戏写完，你一来我身边，我这灵感就犹如滔滔江水连绵不绝，要不……以后我码字的时候你就陪在我身边吧？"

"真会说！下班了，大编剧。"

桑榆这才注意到咖啡店外已经亮起了路灯，忙碌中的时间转瞬即逝。

"稍等，我去隔壁打印店打印点儿东西。"

片刻后桑榆回来，将笔记本和打好的剧本一起放进了背包里，与花儿一起离开了咖啡店。

"你这是打算每天都送我回家吗？"

桑榆摊了摊手。

"对啊，这可是唯一我能为合作伙伴效劳的事儿了。"

花儿眯眼笑。

"不，还有每天六杯咖啡。"

二人相视一笑，花儿继续道："你是在写剧本呀？写的什么故事啊？"

"等完稿了给你看，这个故事我欠了人家好久了……"

桑榆说完不好意思地挠了挠头，他在自己那辆红色法拉利前停住了脚步，花儿疑惑地看向桑榆，看到了桑榆身后那辆豪车，花儿的眼神只是一扫而过，并没有做过多的停留。

花儿正要抬脚继续往前走，却听到了法拉利车门解锁的声音。

桑榆十分绅士地拉开了副驾驶的车门，一脸笑意地看着花儿，花儿这才明白这车跟桑榆有关。

"你的车？"

桑榆温柔地看着花儿，哼唱起："想和你再去吹吹风，虽然已是不同时空，还是可以迎着风，随意说说心里的梦……"

花儿站在原地没有上车，桑榆把车钥匙向上抛出又接住，他把车钥匙递给花儿。

"试试？"

花儿没接："我很久没开车了……"

"没事儿，不怕撞。"

"啊？！"

桑榆把钥匙放在了花儿的手里，自己则坐到了副驾驶的位置上。

轰鸣声起，法拉利像一匹野马一般飞奔而去，很快就被女主人驯服，看着花儿熟练地操控，桑榆十分错愕。

花儿按了一下挡位键上的 AUTO（自动键），没有再和桑榆说话，只是专心地开车。桑榆见状惬意地换了一下坐姿，他认真且满足地欣赏着花儿的侧颜，幸福与憧憬开始弥漫在桑榆的心里，桑榆从不认为花儿是一个懵懂无知的女孩，能拥有一家临街咖啡店的财力不是学生时代的那个她所能支撑的。

就像自己拥有秘密一样，谁又没有点儿不可告人的秘密呢？

桑榆不在乎这些，他是一个曾经落魄到险些轻生的人，但现在他拥有奢侈的生活，拥有重新与花儿开始的机会，他觉得自己的人生已经无限趋近完美了，追究那些细节有什么意思。

至于花儿为什么会开车，花儿进入社会后究竟经历了什么，这些都不重要。重要的是，现在可以和花儿在一起的只有自己。

路口亮起了红灯之后，法拉利停了下来。

车子右侧的人行横道上走来了一对情侣，他们也在等着红灯，但似乎他们不甘于就这样无聊地站在这里，于是便趁机热吻起来，那天桑榆送花儿回家时在路口发生的情景似乎再次上演，只不过这次热吻的情侣走在路上，桑榆跟花儿在法拉利车里。

绿灯亮了，法拉利瞬间启动飞驰离去，桑榆觉得有些话现在不说可能以后都没有时机了，于是他踌躇半晌之后，还是开了口："其实这车是送你的。"

他目不转睛地看着前方故作自然，却又忍不住用眼睛偷瞄着花儿，他认为这是个特别大的惊喜，他不想错过花儿为这惊喜而欢呼雀跃的表情。

花儿只淡淡地看了一眼桑榆，她哑然失笑，虽然自己并不反感身边这个男人，但他似乎把自己想得太简单了。

"你是不是特有钱呀？"

桑榆愣住，车内的气氛凝固，分外尴尬。

花儿话锋一转，继续发问："你是很有名的编剧？"

桑榆没想到花儿会是这样的反应，所以一时间不知该如何作答。

"那我按你们编剧的思维跟你聊聊，温柔的方式和直接的方式，你想听哪种？"

"温柔的。"

花儿放缓了车速。

"单身了这么多年，我并不是在等一辆车、一座豪宅，或者是更多的物质。我是在等一个人，这个人有钱没钱都无所谓，钱不是最重要的东西。"

桑榆意识到自己精心准备的惊喜可能要落空了。

"那直接的呢？"

"像你这种方式的，我都不太记得一年之中要拒绝多少。"

车里的气氛一度尴尬到让人窒息，花儿瞟了桑榆一眼，接着说道："我觉得你跟他们不一样，所以别让有钱成为你的标签。"

"可男人有了这个标签，才能有勇气出现在你的面前。"

桑榆在为自己辩解，可与其说是辩解不如说是在自嘲。

"靠钱支撑的勇气反倒是最可怕的。"

桑榆沉默，他看着花儿，忽然觉得三哥说的也不都对，也许真的有一种女孩身上是没有价签的，用钱并不能买到她的心。

花儿一定就是这种女孩。

她的长发被风撩起，借着路灯的光晕，桑榆觉得花儿依旧是自己记忆中的样子，依旧高傲清纯。

桑榆眼中路灯的光晕渐渐发生了变化，变成了舞台灯光的光晕，他耳边响起当年花儿在酒吧演出时唱的那首《喜欢你》，那舒缓而深情的歌声让桑榆再次陷入了与花儿初识的那一段回忆。

他特别想从《喜欢你》聊到 Coming Back to Life，进而再往下聊起他们曾有的过往，可是桑榆没有勇气捅破那层窗户纸。

起码现在没有那个勇气。

"我会让你知道，我不是那 N 个中的一个。"

桑榆说完就示意花儿把车停下来，他打开车门走了下去，花儿也要下车，似乎想把车子还给桑榆，桑榆伸手挡住了车门。

"等你觉得我是那 N 个中的一个时，再把车子还给我。"

花儿看着桑榆，觉得今天的桑榆和往常有一些不同。

没等花儿回复，桑榆就转身离开了。花儿坐在车里看着桑榆离去的背影，一边启动了汽车，一边嘟囔道："小屁孩，你就不能让我把话说完吗？"

桑榆刻意放缓了脚步，他紧皱着眉头，直到听到法拉利起步并远去的声音之后才慢慢松开了眉头，哼着《喜欢你》朝着豪宅走去。

桑榆回到豪宅时，三哥一如往常地在门口迎接他。

三哥八卦地问道："今天怎么样？满意了吧？拉手没？"

桑榆没好气地看着三哥："我说，你那脑子还能想到点儿别的吗？满脑子骚操作，真受不了……"

三哥一听就知道事情进展得不太顺利，他追着桑榆问："法拉利都不行？"

桑榆不耐烦地回身丢了句："能不能别把她想成那个样子？"

三哥耸了耸肩。

"那我只能恭喜你了，胃口这么大的女人一旦被你搞定，估计对你也一定会死心塌地的。"

"你就不认为这个世界会有一种女孩，不是可以用价格做标签的吗？"

"那是因为给的价码不够高而已。"

桑榆闻言气哼哼地直接朝着衣帽间走去，三哥连忙跟了过去，桑榆从背包里拿出了一份打印好的剧本递给了三哥，转身去换睡衣。

三哥拿着剧本，翻了翻，惊讶不已："这什么时候写的？"

"你不会认为我成天待在咖啡店就只是为了泡妞儿吧？"

"干吗呀兄弟，现在咱不用写这个了。"

桑榆没搭理三哥，而是直接穿好睡衣走出更衣间，他来到了卧室，躺到床上，慢慢闭上了眼，很快就进入了梦乡。

三哥见状习惯性地想要去换上职业管家的衣服，但他看到桑榆给自己的那份剧本时，按捺不住自己的好奇心，于是他直接坐到了沙发上，拿着剧本，一页一页认真地翻看起来。

与此同时，躺在床上的桑榆已经进入了梦境。

梦境中的桑榆慢慢睁开眼，他左顾右盼，很是惊讶。

自己正身处于一个气氛香艳的帷帐，低垂的淡紫色丝帘包围着睡床，床上的被褥有些凌乱，三个长相与花儿相似，衣着暴露的美女裸身依偎在桑榆身侧。

桑榆感受到不同美女身上皮肤的柔软弹性，有些沉醉，但即便知道自己是在梦里，也要保持对花儿的忠贞一样，他慢慢起身，发现自己居然一丝不挂，为了不打扰到正在装睡的美女们，桑榆随手拎起地上的一个胸罩遮挡着下身，就在准备出房间的时候他猛然愣住了。

疤面斜倚在门口，对着桑榆的方向怒目而视，显然这三个美女是属于他的，他现在虽然不敢轻易对桑榆动手，但看到自己的女人跟桑榆在一起，难免火冒三丈。

疤面怒吼着朝桑榆大步奔来。桑榆知道一场恶战难以避免，也许是桑榆自知理亏，他没有迎战，只是喊了一声"我在做梦！"便消失在了疤面的面前。

回到现实的桑榆从床上猛地坐了起来，他的心情慌张且复杂，这时边上有啜泣的声音传来，桑榆抬眼望去，沙发上的三哥正愣愣地看着自己，他手里捧着剧本，一副哭过的样子。

桑榆不解地问："你干吗呢？"

虽然剧本还没有读完，但显然三哥已经入戏很深。

"你干吗呢？"

桑榆又问了一遍，三哥才有了回应："这也是从里面拿出来的吗……太好看了，太感人了……"

桑榆在被子里摸索着什么，他拿出了那个用来遮羞的胸罩，拎到面前看了一眼，十分厌恶地扔在了地上，三哥眼前一亮："哎？没想到你还有这种癖好……"

三哥说完根本无心搭理桑榆，捧起剧本继续贪婪地读了起来，桑榆见状感慨："三哥，真有你的。"

"唉，没办法，多年的职业习惯，一看好剧本就容易入戏。"

"会有人收吗？"

三哥看了桑榆一眼："什么叫会有人收吗？应该是我们想卖多少钱。"

"哦？"

"嗯，超能力你是老大，但要是涉及卖剧本，那你得听我的。卖多少钱不重要，咱们现在也不缺钱，重要的是投资多少，盘子多大，谁来导，谁来演！只要是导演硬气，嘿嘿，这绝对可以进入十亿俱乐部。"

桑榆听到这里，直接起身从冰箱里拿出了两罐啤酒，打开后递给了三哥一罐。

"三哥，那这个本子就和以前一样，交给你了。"

"你小子可算是给老子一个成稿了……"

三哥突然想起了什么，他急忙起身站了起来，双手接过了啤酒讨

好地笑着："老大，你看我这狗脾气，入戏了，入戏了！您放心，交
给我了。"

　　桑榆举起了啤酒，与三哥碰了一下，三哥喝了一口啤酒拿着剧本
朝着客厅走去。

　　"再看一会儿……这情节，完全放不下。"

A Fantastic Journey

奇幻之旅

Chapter

22

少年英才

+++

"靠钱支撑的勇气反倒是最可怕的。"

网上有人说："有钱人就一定每天都活得很开心吗？当然了，有钱人的快乐我根本都想象不到，因为贫穷限制了我的想象力。"

以前看到这句话的时候桑榆心想："贫穷哪儿能限制住我的想象力啊，等我哪天发达了，我就住豪宅开豪车，一日三餐山珍海味，出入都有美女相陪，我天天撒丫子出去浪，谁他妈还窝在这破地方累死累活地写烂剧本！"

现在桑榆真的发达了，也过上了吃好住好的日子，可他无时无刻不感觉自己身处一片浓雾之中，空虚、惶恐且迷茫。

他脑海中再次浮现出花儿驾驶着法拉利时与自己的对话。

"靠钱支撑的勇气反倒是最可怕的。"

桑榆陷入沉思，他细细品味了自己获得了盗梦能力之后所做的一切，好像……还真没有想象中那么快乐。

以前欠着房租，躲着三哥，依旧拼命想要写出好剧本，桑榆已经记不太清那种动力究竟是为了诗和远方，还是只是单纯为了改变眼前的苟且。自己现在已经坐拥当初梦寐以求的财富，并且可以轻而易举地获得更多的钱，怎么反倒还终日惴惴不安了？

或许这就是一夜乍富之人的通病吧，桑榆想，物质条件他已经满足了自己，所以现在就开始想着填补精神世界的空虚。

桑榆一边思考人生一边时不时地苦笑摇头，花儿见状猜想着是不是出了什么事儿。以往每每花儿看向桑榆的时候，都会发现桑榆正盯着自己，对上目光之后他便会幼稚地把目光移向别处，假装无事发生的样子。

但今天桑榆一直忧心忡忡地仰天长叹，花儿觉得桑榆肯定是走到了一个死胡同，现在正需要人去倾听他的想法，给他出出主意，此番想着，花儿便来到了桑榆的身边。

桑榆此时正在神游物外，突然一股让人心安的好闻味道钻进了他的鼻子，这是花儿身上特有的味道。桑榆闭上了眼睛，心里的结一下子就打开了，直到这一刻，桑榆才终于想明白，无论过怎样的生活，他最大的愿望都是，希望能够拥有一个追求花儿的机会，可以陪伴着花儿慢慢变老，走完这一生。

花儿轻轻地拍了一下桑榆的肩膀，桑榆睁开了眼睛，看着身边的花儿宠溺一笑，问道："你想要怎样的生活？"

花儿微笑地看着他："现在就很好呀。"

桑榆没有听到想听的答案，他想了想，觉得花儿的回答倒是也对，看起来花儿确实是很满意现在的生活状态。

他觉得自己重新开始写剧本之后整个人的情感和逻辑突然开始退化了，像是要变回原来那个多愁善感，没事儿就伤春悲秋的桑榆一般。他越想越觉得周身不适。

花儿看出了桑榆的烦闷，便善意一笑，说道："我看你已经发呆一下午了，估计是用脑过度了吧，一下子把灵感全部掏空可写不出故事，这样吧，晚上我请你看电影，带你好好放松一下！"

桑榆的眸子里一下有了色彩，他惊喜地不断点头，感叹着果然花儿仍旧是那个可以推动自己往前走的人，就像是戏剧中那种推动故事情节发展的重要角色，花儿在他的生命中就是那个不可或缺的主角。

迎客铃响，有客人推门进来，花儿冲桑榆笑了笑便转身回到了点餐台招呼起了客人。桑榆看着花儿在点餐台里忙碌的身影叹了口气，他隐隐觉得，自己除了希望花儿陪在自己身边，可能还需要一个更为重要的答案，而这个答案也许会让他找到自己人生真正的意义。

夜阑人静，月光如水，桑榆和花儿完成咖啡店最后的整理工作之后便一同来到了电影院。

二人决定看一部最近新上映的爱情片，电影即将开始，灯光已经暗下来，桑榆和花儿匆匆经过观众找到座位，边走边说着："不好意思，借过一下。"

落座之后花儿脱下外套搭在腿上，她转头看向桑榆。

"什么时候能看到出自你手的电影呢？"

桑榆被问住了，他迟疑了一下，这是第二次被花儿问及与自己职业相关的问题，面对这样猝不及防的提问他有些尴尬，就在他不知如何作答的时候，电影开始了，适时地打断了这个话题。

花儿全神贯注地看着大银幕，完全沉浸在电影的情境之中，桑榆偏着头痴痴地看着花儿精致的侧脸，思绪不知不觉被再次拉回到了十年前。

桑榆第一次偷偷跟着花儿来到电影院时，花儿目不转睛地盯着大银幕，而桑榆则坐在了花儿侧后方的不远处偷偷观察着她的喜怒哀乐。

那一次的花儿，根本无心看电影，一直在走神，她偶尔抹一把眼泪，似乎刚刚经历了一次情感的挫折。而侧后方的桑榆，心里慌慌的，不知如何安慰她，也不能过去安慰她。

第二次来到电影院，桑榆仍是坐在花儿的不远处默默地关注着她，花儿看到某个情节笑了，桑榆也会跟着一起笑，不是因为电影内容多有意思，而是单纯因为看到她笑，自己情不自禁。

第三次来到电影院桑榆看到一半就睡着了，电影散场，灯光亮起，桑榆醒来时发现身上盖着花儿的外套，他看着外套顿感内心幸福指数爆棚，原来花儿在散场的时候路过他身边却没有叫醒他。

这三次印象深刻的经历已经在桑榆脑海中回顾了无数次，现在桑榆的愿望终于达成，他不用偷偷跟着花儿来看电影，也不用坐在远处怕她发现，是花儿发出的邀请，让他可以名正言顺地坐到她身边，这是桑榆以前想都不敢想的事儿。

就在桑榆盯着花儿发呆的时候，花儿也感受到了桑榆的目光，不动声色地用手肘撞了桑榆一下，低声道："大编剧，你总看我做什么？"

桑榆也回过神来，他看了一眼电影，然后又看着花儿，十分严肃地回答道："我在看我未来的观众。"

二人相视一笑，桑榆信誓旦旦地说了句："花儿，有机会让你看我写的电影。"

花儿听了这句话之后勾了勾嘴角，她表面平静地看着电影，内心却被这句话激起了波澜。

电影散场后桑榆把花儿送回了家，他独自在路上走着，抬头看了看夜空中的半弦月，又看了看街道上整齐柔和闪亮的路灯，终于明白自己想要怎样的生活：只要能够坚持自己的梦想，生命就会变得意义非凡。

桑榆终于知道自己的梦想就是想成为一个编剧，因为热爱所以执着，这与富足的生活并不矛盾。

桑榆点了支烟，悠然地吐了一个烟圈，信步走在回家的路上。

他回到豪宅之后三哥殷勤地把桑榆拉到了按摩床边，然后满脸堆笑地把桑榆扶到了按摩床上。

"专业按摩十五年，甭管您是腰酸还是肾虚，三哥按一按就好。"

桑榆笑了，随后按照三哥的吩咐，将自己的头卡在按摩床的洞里，开始享受三哥的服务。

就在三哥撸胳膊挽袖子刚准备开始给桑榆按摩的时候，兜里的手机突然响起，他接起电话听对方说了几句就忽然叫停："等一下！你再重说一遍……"

手机被三哥调成免提模式，电话另一头激动的声音传了出来："我说呀，那剧本太牛 × 了，编剧谁呀？我出二十万，二十万我收了行不行？"

"二十万？你别逗了……"

桑榆的头依旧在洞里，他抬起一只手，示意三哥不要拒绝。

三哥有些疑惑，他觉得以桑榆现在的实力应该完全不在意这点儿小钱，但三哥也明白桑榆的意思。

"钱好说，明天见面详谈吧。"

就在三哥放下电话准备继续按摩的时候，桑榆直接坐了起来。

"你这个哥们儿靠谱吗？"

三哥想了想，答道："兄弟，你今非昔比了呀，咱自己做甲方呀。"

"不想管那么多，我就是想尽快把本子拍出来。"

"没问题，我们现在也不缺钱，你要心情好就玩玩，心情不好随时可以不蹚这个浑水。"

桑榆再次把头埋下："这水得蹚。"

"明白，你就管你的创作，其他的交给我了。"

三哥一边和桑榆闲聊一边卖力地给桑榆按摩起来，不一会儿桑榆就沉沉睡去打起了鼾，三哥给桑榆盖好毛毯后悄然回到了客厅，他开始联系起各路人马，向圈里人宣告着："三哥我又杀回来了！"

次日上午，三哥按照昨晚电话里约定的时间来到了沈总的电影公司。

沈总热情地拥抱了三哥，并把三哥邀请到了自己的办公室，三哥一进门就看到了摆在沈总办公桌上整齐的二十万。

"三哥，我知道你的规矩，二十万一次性付清。"

沈总说完就把这一堆现金推到了三哥面前，三哥又把这钱推了回去。

"编剧不要钱。"

沈总不解地看着三哥，三哥继续道："只有一个条件，男女一号都得用最大的咖。"

沈总为难地皱了皱眉："资金只有五百万，我拿什么请啊……"

"我投一个亿。"

沈总乐了，往沙发上一靠。

"逗我呢?"

"你就准备合同吧，明天我就把第一笔款给你打过去。"

沈总收起笑容，愣住了："三哥，你认真的?"

三哥点了点头。

"行啊，三哥，找到大腿了，到底有实力没有，你和兄弟讲实话。"

"这么说吧，除了不差钱，其他都一般。"

"我喜欢!"

"要不我们就一起玩个大的?"

"你说吧三哥，怎么玩?"

"非常简单，过两天我想策划一个新闻发布会，作个秀，就推这个编剧，钱我出，你也别多问，能整多大整多大。"

"三哥，你的套路我越来越听不明白了。"

"你就跟着三哥学吧。"

三哥与沈总开始认真地讨论策划圈内第一个以优秀剧本为核心的新闻发布会，全新的运作模式。

一上午就这么过去了，三哥从影视公司出来后直接回到了豪宅，桑榆今天也没去咖啡店，而是坐在书房安静地写着剧本。

"搞定了老大，不过，事情可能比预想的还要大。"

"哦？"

"老大，和你上次给我的剧本品质一样的，你手里还有多少？"

"还有几个。"

"那就太好了，我们计划把这些剧本成系列地运作，这样和导演、大咖、发行都好谈。当然了，在运作之前，我们打算先做圈里第一个以剧本为核心的新闻发布会，到时候大咖、导演都会为我们造势。"

"不错啊。"

"不过，资金的问题可能需要老大解决一下。"

"没问题，只要我们的宝物都翻倍出售就行了。"

三哥有些吃惊："翻倍？"

"知道这个世界上什么古玩最贵吗？"

三哥有些蒙了，桑榆一笑："孤品！全世界只有我这里才有，也就是说全世界只有一件，永远不缺买家。明白了吗？"

三哥这才恍然大悟："行了，剩下的事情交给我了。赶紧去你的咖啡店打卡吧。"

三哥与桑榆一同离开了豪宅，两人分头行动，一个意气风发地去了拍卖行，一个优哉游哉地朝着咖啡店走去。

三哥来到了桑榆曾经被鄙视过的拍卖行，在会议室里三哥将宝物拿了出来。经理一看是三哥，等着鉴定师鉴定后就直接去财务拿着一张支票来到三哥面前。

经理坐在三哥的对面，他面带假客气的微笑，伸手递出一张支票。

三哥坐在沙发上，连看都没看，便摇着头。

"我这回要双倍的价钱出手。"

经理拿着支票被晾在那儿，尴尬地收回去，他假装为难的样子，刚要说什么便被三哥打断："怎么，不愿意？"

经理一脸要解释的表情，但三哥根本不给他说话的机会，咄咄逼人地训斥着："不愿意我马上换别家，要这东西的有的是，最近我也没少让你挣钱，别总拿什么风险呀，证书呀蒙我，这东西我卖出去再买回来，转脸就能用十倍的价格卖你，信不信？"

经理满脸堆笑，他巴结地坐到三哥身边："哥您别生气，就按您说的办！"

A Fantastic Journey

奇幻之旅

Chapter

23

欺世盗名

+++

人生那么漫长，芸芸众生之中又有谁会去深挖某个人的某一段路是怎么走过来的呢？

自从被花儿问及什么时候能看到自己的作品之后，桑榆便一直心神不宁，其实在他漫长的剧本写作生涯中，经常会被人问及类似问题："看你一天到晚地写，有没有出来的呀？"

在遇见一个许久未见的故人时，简单交谈之后对方先是会惊讶："你真的做了编剧了？大作家，真了不起……有我看到过的吗？"

每次拿着剧本创意案，或者按照上一个甲方的许诺写完却被放了鸽子的完整剧本，一个个新的甲方都会问："你都写过什么呀？"

"是啊，我都写过什么呀？"

桑榆当然知道对方希望他能说出一些响当当的作品名号，但他也确实没有什么拿得出手的作品，每当这时他都会从心底升起一股怒火，恨不得把手里的文件甩到对方脸上。

"我写过什么？你他妈是不是指望我是刘和平、朱苏进或者严歌苓呢？我要是他们，我还会跟你在这儿废话吗？你自己能出多少钱你自己心里没数吗？我还没问你都拍过什么呢，到底是你不靠谱还是我不靠谱？"

但桑榆毕竟不是刘和平、朱苏进或严歌苓，他谁都不是。

他心中有着千万种表达，却无的放矢，有很多人劝过他，让他随遇而安就好。但桑榆觉得写作行业有所不同，一些上班族可以打了卡之后就靠磨洋工赚工资度日，那是因为他们可以不走心。而桑榆用来换钱的，是那些源自内心的文字以及字里行间透着的情感，在他眼中这是不能用价格来衡量的，这不是穷酸，而是原则——这也就注定了他没办法写好自己不认可或看不上的东西。

　　久而久之，桑榆也开始在心里反问自己："你什么时候才能出作品？"因为一直都找不到答案，所以他渐渐怀疑，写作对他而言究竟有什么样的意义？为了出作品完成梦想，还是只是作为一份维持生计的职业？

　　如果是后者，那这个问题已经不存在，现在的桑榆衣食无忧，心态平和，等待并遵循着命运的安排，他相信一切都会是最好的安排。比如他长时间疲于写作，乃至生活作息随之日夜颠倒、睡眠缺失，反而得到了"神的旨意"和"夜的礼物"，这份礼物太大了，命运的脑洞也太大了，大到他还不知该如何将这份大礼消化在自己平凡的生活中。

　　现在拥有的一切都可以作为对过去的告别，可就在桑榆尝试着享受并打算沉醉其中时，他却发现自己悬浮起来了，那个失败的躯体灰飞烟灭，自己需要一个新的外壳，若不是花儿的提醒，他真的是差点儿丢掉这个近在眼前的庇护。

　　况且，虽然有钱之后，能否出名在桑榆心里就没有了太大的分量，但他仍旧需要一种自己的才华被认可的快感。所以，三哥提出要为他包装一个与现在更为匹配的身份之后，他立马应允了，出名和发财是两条路上的事儿，名利双收的事儿摆在眼前，相信谁都不会轻易拒绝的吧。

　　"包装身份"无疑是一种作弊的行为，但是人生那么漫长，芸芸众生之中又有谁会去深挖某个人的某一段路是怎么走过来的呢？别闹了，人人都是在匆匆赶路，谁会在意这些。

那天桑榆坐在建国路上一家不错的西餐店里，透过落地窗看着路上的车水马龙，他忽然觉得整个世界就是一条没有起点也没有终点的大河，每个人都在这条河里随波逐流、浮浮沉沉，所谓成功，就是找到一处浅滩上岸，有能力或者有心境可以让自己坚持在地面上朝前走下去，而不必再回到河中。

桑榆想到这儿欣然一笑，在梦里他被疤面虐杀了那么多次，现在终于成了一个走在陆地上、不必再随波逐流的人。

这几天他都没有去花儿的咖啡店，为了三哥筹备的那场秀还是要做些准备工作的。虽然桑榆还没结过婚，但他觉得这场秀的流程跟操办一场婚礼是一样的——选场地、定时间、约嘉宾，要以这样高调的姿态回到自己原来的圈子，桑榆现在感觉呼吸急促，有些紧张。

不过好在当初他打过交道的那些小公司老板都不会被邀请出席。这次被三哥邀请来的嘉宾中不乏大佬级人物，这点让桑榆佩服得五体投地，在大事儿上三哥从来不含糊也不掉链子，真的是个靠谱的人。

晚饭过后三哥正在书桌边最后一次一一确认着邀约嘉宾的名单，名单上的大部分人都回复会如约到来，三哥伸了个懒腰之后心里总算是踏实了下来，他和桑榆边喝着酒边聊天，三哥面露得意之色。

"怎么样，这回你信了吧，这声'三哥'可不是让你白叫的。"

　　桑榆点点头："是啊，相比之下我这境界可差远了，早知道这样我当初就专心给你写剧本了……"

　　桑榆这么一说，三哥反而变得谦虚起来："也不是，以前他们也没这么理过我。这次还不是仗着你的财力？"

　　"可他们也不差我这顿饭……"

　　"不对，你的思维还是太过直白了，怎么说呢，在这件事儿上，足以证明人类一点儿也不比苍蝇高级，苍蝇聚在一起，目的很简单，就是想吃口热乎的，他们凑到一起也是一样，都是为了利益，为了交流之后看看可以从中获取点儿什么。"

　　听到这么贴切的比喻，桑榆笑得把啤酒喷了出来。

　　"这么说来，原来大家都不是什么圣人，我们是热乎乎的晚餐，而他们是已经进化但还有点儿寂寞的苍蝇……"

　　两个人嘻嘻哈哈的笑声飘散在这座城市的夜空中，像是一个天知地知的秘密。

　　一周之后这场秀在这座城市最高档的酒店里如期举行，虽然对外宣称只是一场简单的新闻发布会，但从台下坐满的嘉宾不乏影视圈大佬和一线明星的场面来看，这场活动必然暗藏玄机。

　　各路记者蜂拥而至，他们争先恐后地往前推挤着，从各个角度捕捉着盛况。舞台中央的大幕在此起彼伏的快门声中缓缓拉开，一个用水晶拼接装饰的巨大发布台折射出五彩斑斓的光，发布会的主角还没有出现在台上，但所有人的注意力都被台上的两个超大 LED 显示屏吸引，屏幕上正播放着一段关于桑榆的 VCR，这段 VCR 中充斥的信息可谓真真假假，不过合成的技术很高，看上去天衣无缝。

比如登上时尚杂志封面的桑榆写真，照片中他摆着精英范儿的 pose（姿势），看上去干练且睿智。这是三哥花钱买的封面报道，桑榆还记得那天在接受几家媒体的采访时，自己对电影的看法说得是头头是道，令自己还是比较满意的。不过对面的记者不是很专业，他们是杂志社专门写广告软文的记者，并不懂桑榆说的这些，以至最后发表的稿件都是经过桑榆之手一字一句修改好了的，若是让同行知道必定要引来一番嘲笑。

而那些桑榆小时候和学生时代的才艺展示照片则是三哥给他的惊喜，看到这些照片，桑榆内心微动，他真的感谢三哥的用心良苦，有些照片自己都快不记得了，所以他能想到为了搜集这些三哥必定是费尽周折。至于那些通过 PS 手段合成而达到的游历世界的照片，没人会在意这些照片的真实性，桑榆倒是看得有些自嗨，这些情景他也的确梦想过，能够当众展示出来也算是满足了他自己的小小虚荣心。

VCR 中的男声带着一股磅礴的气势，一字一顿，掷地有声地开始介绍："桑榆——少年英才，是影视圈中一颗冉冉升起的希望之星，中国最有潜力的新晋编剧。十年磨一剑，实力巨献，重磅出山。三岁识字，五岁作诗，七岁出口成章，被誉为东方戏剧界的莎士比亚。

"他在大学期间就深得业界关注，并低调成为李安、王家卫、姜文、罗素兄弟等知名导演的御用创作智囊。本可一夜成名，可他却选择急流勇退，因为，他坚持要去丰富和历练自己的人生，所以放弃了所有作品的署名权，也拒绝了所有媒体的关注。其间，他游历了世界，积累了大量的素材。今天，他带着二十个优质的电影项目，全面启动，这无疑会成为撼动中国电影界的重磅炸弹！"

这段简介是被某位撰写文案的行家加工过的，既带着应景的吹嘘，又带着所有浮夸的能够被观众习惯性接受的煽动性字眼。听到这些，桑榆其实是有些心虚的，担心这些话都太假了，甚至开始暗暗埋怨三哥擅自改动了自己操刀的文案。

但不管怎样，VCR一播，桑榆感觉自己像一个刚刚降生的婴儿不可能再返回娘胎里，他没有退路了，他感觉一切都失控了。接下来的事情，他只好跟着三哥的节奏走了，因为，花儿就在台下。

好在VCR播完之后台下掌声四起，桑榆心想，这班人可真给面子，不对，应该说这班人可真敬业，那些有头有脸的人保持着礼貌的习惯，既然应了别人的邀请，捧场的事儿自然是要做足，剩下的人想必就是三哥请来的托儿了，就像那天在花儿咖啡店外发钱一样，他们都是最敬业的群众演员，没准儿还会有些熟面孔呢。

在雷霆般的掌声之中，三哥衣装华丽郑重，从侧幕后面来到发布台上，他神态自若地看着台下，说道："桑先生是我多年的合作伙伴，也是我最好的兄弟，跟他合作是我人生中最明智的选择。让我们掌声有请编剧桑榆登场——"

　　台下再次掌声雷动，嘉宾们满怀期待地看向坐在台下第一排的桑榆。

　　桑榆在众人的注视下起身微微朝媒体方向鞠了一躬，他有点儿紧张，但低头看了一眼坐在自己身边一脸鼓励的花儿之后，桑榆深呼吸了两次，整了整衣领来到了台上。

　　桑榆跟三哥拥抱了一下之后，对三哥耳语："是不是有点儿过了啊？"

　　三哥则很老练地鼓励桑榆："他们也都是这么起来的，习惯就好了。"

　　桑榆看着台下，有点儿忐忑，一时有些语塞。嘉宾们安静地期待着桑榆的发言。桑榆在脑中迅速整理了下思路之后，终于开口："我其实没这短片里说的那么好，很长时间以来我都写不好剧本，是因为我不知道为什么而写……但是现在，我找到了一个新的方向。"

　　说着，桑榆看向台下的花儿，花儿也看着桑榆，她知道桑榆在说自己。

　　"为了这个方向，我愿意把我变得更好……"

　　台下掌声更加热烈，桑榆又谦逊地讲了几句之后，三哥接棒做了个简短的结尾，这场新闻发布会就成功结束了。而后答谢宴会正式开始，桑榆带着花儿在三哥的陪同下与圈内大佬、名导和大咖逐一打招呼，寒暄三两句之后又一起合影。

　　花儿亲眼见证着桑榆蜕变成了万众瞩目的名人，虽然这个名人还不太习惯这样觥筹交错的场面。

夜深人静，桑榆回到豪宅之内，他穿着参加新闻发布会特意准备的正装，微醺地瘫坐在沙发上，看着对面依旧在忙碌的三哥。三哥手机的信息提示音响个不停，桑榆一手揉着太阳穴，皱着眉问道："他们真的都是这么起来的？"

三哥没有抬头，依旧在飞快地回复着信息。

"嗯，你等我一下，我得把这帮孙子都应付完。"

桑榆还在琢磨着发布会和答谢宴的整个过程，有些人情世故他依旧费解，不过在折腾了这一天之后，让桑榆唯一感到欣慰的是花儿并没有看出什么破绽，更重要的是她始终温柔地站在自己身边，像一个伴侣一样接受着赞美，并享受着由桑榆给她带来的荣耀。

桑榆坚信，虽然他自己身上的那份荣耀是假的，但花儿的那份则是真的。世界上有些事儿就是这么奇怪，真的东西里面若掺了假，那么所有的真的也变成了假的，但是，假的东西若产生了真的东西，那便是真的东西了。就好比你做了一场梦，尽管梦是假的，但你在梦里所产生的感受和情绪却是真切的。这是个复杂的哲学命题，他觉得自己似乎又萌生了一个故事创意，便迅速决定，忙完这几天要尽快落笔把这创意呈现出来。

此时，三哥终于长出了一口气，把手机随手扔在了沙发上。

"非常成功，基本上把大家的胃口都吊起来了，接下来就看剧本能不能让所有人都闭嘴了。"

　　桑榆笑了，问三哥："这回变成你当真了？"

　　三哥没太懂桑榆的意思，桑榆继续道："不是说不靠卖剧本赚钱了吗，你真打算重操旧业了？"

　　"这叫乘胜追击，趁热打铁。"

　　三哥的表情认真起来，他一把拍上桑榆的大腿。

　　"兄弟，你现在才真正进入了创作状态。虽然三哥不像你是个文人，但明白一件事儿，创作是个奢侈的爱好，只有在经济独立的时候才有资格玩，懂吗？"

　　桑榆心一沉，三哥却欣慰一笑："尽情玩吧兄弟，现在进入桑榆时代了。"

　　说完，三哥又重重地拍了拍桑榆的大腿，意味深长。

　　"好，那我琢磨琢磨，你吹出的那二十个优质剧本项目都在哪儿……不过刚才我脑子里还生出个新的创意，我一会儿去趟楼下，记下来，省得给忘了……"

　　桑榆说着就要起身，却被三哥给一把摁了下来。

　　"不，你现在最重要的任务是去趟这里。"

　　三哥一边说着，一边从包里拿出一本《世界十大宝藏揭秘》，把这书直接放在桑榆面前，用食指轻轻地戳了戳书的封面。桑榆拿起书快速地翻了几下，他似笑非笑地看了看三哥，三哥有些惶恐。

　　"我是关心你，关心你知道不？你今天也累了，该睡了……"

A Fantastic Journey

奇幻之旅

Chapter

24

作弊与贼

+++

世界上所谓的成功者有两种：一种叫作弊，他们无非是牺牲了别人不肯牺牲的东西，
比如爱情、家庭、娱乐什么的，换取更多的时间达到成功；
另一种是小偷，就是"天才"，他们总能发明一些东西来改变世界，但真的是他们发明的吗？

桑榆在三哥周到地安排好入睡事宜后便洗了个澡爬上了床，因为在宴会上喝了不少酒，所以桑榆很快就进入了梦乡。这个梦境里，四周环境昏暗，只有不远处闪烁着星星点点的亮光，脚下的路有些湿滑，似乎是走在雨后略显泥泞的山坡上。周遭氛围荒凉而诡异，可桑榆并不害怕，他知道自己是在梦里，前面指不定有多大的惊喜在等着自己。

虽然在现实中桑榆始终怀着一颗敬畏之心来面对所有的人、事、物，但是身处梦境之中的他觉得自己是造物主般的存在，所以自然是梦中的人、事、物敬畏自己才对。而那曾经让他在无数个夜晚都濒临崩溃、痛苦不堪的疤面早已不被他放在眼里。

不知是面对疤面太多次自己内心已经麻木了，还是自己在梦中的能力确实突飞猛进了，疤面对现在的桑榆而言就是一个笑话而已，而且，这荒郊野外的黑夜也让他心中莫名其妙生出了一种安全感，他对这次梦境中的宝藏有了一丝许久没有出现的期待。

路似乎越来越窄，上坡和下坡反复交替，但每一段坡道都不长，桑榆抬手摸向四周，两侧均是乱石垒成的岩壁，他估摸着自己应该是走在一个冗长的山洞里，前方星星点点的亮光越来越多，眼看就要到了山洞的出口，他紧走了几步，穿过山洞出口处的一瞬间，眼前的视野顿时豁然开朗。

桑榆向前几步回身望去，自己刚刚穿过了一座大山的山体，这山高耸入云，一眼望不到顶。他现在身处半山腰的一块大平台上，四处探察一番过后并没有发现台阶或绳索一类的东西，这可有些难住了桑榆，总不能一个晚上都卡在这半山腰上不去下不来吧？

就在桑榆正发愁的时候，斜下方一处山洞里闪过金光，晃了桑榆的眼，这荒郊野外哪儿来的金色光芒，莫不是有一个藏宝洞？不过就算藏宝洞里面满是宝物，光看着过不去也只能干着急，桑榆有些气馁。

这时山体忽然开始微微晃动，桑榆警觉地看向四周，发现山体表面突然生出一些水晶石笋，这些石笋慢慢地移动、交错在了一起，搭成了一条从半山腰通往藏宝洞的曲折回环的阶梯，就像是为桑榆进行了一场无声的欢迎仪式。

桑榆心中一喜，但又不敢放松警惕，他伸出脚尖试探性地踩了一下水晶阶梯，这阶梯并不是想象中的一碰就散，反倒像地面一样很是坚固，于是他蹀着小碎步迈上阶梯，一路向下来到了这藏宝洞中。

进了这藏宝洞中，周遭金光更甚，桑榆不禁感叹洞中宝物的琳琅奢华，洞中墙壁上燃着几盏金子做成的油灯，地面上则堆满了各式各样的金质摆件儿和奇珍异宝，光是眼前的宝物就已经让桑榆瞠目结舌，这藏宝洞的深处一眼望不到边，他心中大动，已经无法抉择带走哪一件宝贝，在感叹这些宝贝的同时桑榆做了个决定：以后不用再考虑构建其他梦境场所了，光这一个藏宝洞就足够吃一辈子了！

桑榆正沉浸在喜悦得意之中，无意间朝旁边瞥了一眼，疤面几乎一丝不挂地坐在右侧的角落里，他垂头丧气，摆出一副臣服的样子乖乖地等着桑榆，看上去已无意阻拦桑榆的行动，明知道阻拦也没有任何意义。

桑榆走过去蹲到疤面的面前，他盯着疤面上下打量，心里已经完全没了惧意。疤面腰间挂着一个精致考究的金羊头，这羊头在以前的梦境中出现过，是疤面爱不释手的宝物。桑榆顿时提起了兴趣，他一把抓住金羊头端详着，疤面被这举动激怒，他用力地呼了一口气，想以此来震慑桑榆。

不过疤面显然是打错了算盘，桑榆并不在意他的一举一动，桑榆就这样蹲在他身边慢条斯理地从他的腰间摘下了金羊头，这个举动看起来更像是刻意对疤面的挑衅和侮辱。疤面开始试图攻击桑榆，用双手向前推搡着桑榆的胸口，桑榆并没有阻止疤面的行为，他心中有数，疤面现在并不敢对自己怎么样，而且他也不能伤害到自己。

果然和他预想的一样，疤面只是用手轻轻摁了几下桑榆的胸膛，像是在反抗，也像是暗示。不管是何意桑榆都不当回事儿，他已经在心里盘算好了将宝藏带出梦境的方式。

他站起身拎着金羊头往回走，想再随便逛逛这里就离开，但他感受到身后出现了一个巨大的阴影跟随着自己的脚步，似乎想要阻止他的任意妄为。不过现在的桑榆在梦境中已经强大到了目无一切的地步，他闭上双眼意念微微一动，身后便发生一场爆炸将那个阴影驱赶开来，洞内多数宝物都被爆炸所产生的冲击波给震到了半空中，桑榆得意一笑，挑衅地冲着疤面狼狈的身影吐出一句："我在做梦。"

三哥趴在桑榆床头一脸痴迷地看着正在熟睡的他。当听到桑榆呢喃"我在做梦"的时候三哥急忙地起身后退，像是生怕再有个法拉利砸在床上似的躲得远远的。

桑榆猛地一睁眼，床上眨眼间凭空堆满金灿灿的宝物，而他怀中则抱着一个金光更甚的羊头摆件儿。桑榆躺在一堆宝物中硌得他十分不舒服，他刚要起身，却被三哥大声呵斥了一声："你先别动！"

桑榆十分不耐烦，他用胳膊撑着身子："别动个屁，躺在一堆硬物中间，太硌得慌了。"

"纯金的啊，很软的，要是我，我宁愿被它们硌死呢！"

桑榆看着三哥一脸守财奴的表情分外无奈，他直接把怀中的金羊头朝着三哥的左侧扔去，三哥见状反应倒是快，二话不说一个飞扑稳稳地将金羊头抱在了怀里。

桑榆则趁这工夫玩味地从床上坐了起来，身边的宝物也随着他的动作跌落在床下的地毯上，桑榆下了床，用脚将地毯上的宝物踢到了一边，他伸了个懒腰。

"剩下的工作交给你了，我去看看剧本。"

三哥刚把金羊头小心翼翼地放在了沙发上，他心疼地看着散落在地毯上的宝物，气急败坏地对桑榆摆了摆手："去吧，别打扰我工作。"

说完就从衣兜里拿出白手套戴在手上，开始认真清点起桑榆带出来的宝物。桑榆坐在观影室的沙发上抱着笔记本电脑才思泉涌，拥有一间属于自己的观影室是所有电影人的梦想，自从建了观影室，桑榆在家的创作基本都是在这里进行。桑榆觉得自己接下来的创作之路会越走越精彩，因为"梦中造梦"的经历可不是人人都有的。

三哥穿梭在卧室与客厅之间，也不知道他从哪儿变出来了各种尺寸的玻璃罩，他挑选玻璃罩时弄出的响动很大，折腾得桑榆完全没有了写作的兴致，桑榆来到卧室，看到三哥正捧着金羊头小心翼翼地放在柜子上，并熟练地用一个玻璃罩扣在了金羊头上面，三哥手套一摘，围着金羊头转了好几圈。

桑榆坐在沙发上静静地欣赏着摆放好的宝物，三哥来到他身边一把拉起他来到了观影室，二人站在银幕前大眼瞪小眼半天，三哥率先开口："你说我在做梦。"

"什么？"

"说我在做梦。"

"哦，你在做梦。"

"是你在做梦！相信我，赶紧说，我给你个惊喜。"

桑榆看着三哥一脸期待的样子，只能无奈地对着墙壁说："我在做梦。"

桑榆话音刚落，银幕突然缓缓升起露出洁白的墙面，墙面从中间裂开个缝隙往两侧迅速移动，随着两侧墙壁间的距离逐渐拉大，桑榆看到一个向下的楼梯。

三哥看着他这一脸吃惊的表情，仰起脖子十分得意地说道："你就说，意外不意外？惊喜不惊喜？"

他指着升了一半的银幕说："这个是你的梦。"又指了指楼梯的方向说，"这个也是你的梦。鱼和熊掌兼得，三哥帮你实现了。"

"下边是什么？"

"藏宝间。"

"我们不是有一个了吗？"

"扩建了，而且又给你装了另一个暗道，狡兔三窟，万一家里进贼了呢，留个密道留条后路嘛，宝物都不重要，你才是青山，有你在就不怕没柴烧。"

桑榆直接捶了三哥肩膀一拳："牛×大发了啊！这什么时候弄的啊？"

"你在咖啡店上班的时候，走，下去看看。"

两人顺着有些陡的楼梯来到了藏宝间欣赏着所有的战利品，桑榆一直没日没夜地做梦盗宝，还没有哪一刻像今天这样可以很闲适地坐在这里欣赏一下。

这是一个科技感十足且空间很大的藏宝间，各式奇珍异宝拥挤地摆在一排排柜子上，让人眼花缭乱。柜子边上还有十几个装满金币的大箱子摞在墙边，很有气势。

此刻的桑榆像一个功成名就的伟人一般欣赏着自己一路走来的收获，尽管奋斗的日子艰辛而凌乱，但每一件宝物都让他把当时的战斗回忆得清清楚楚。三哥和桑榆站在原地沉默着，似乎都想起了生活发生巨变之前的苦日子，眼前的一切因而显得不太真实。

"这段时间，我明白件事儿——世界上所谓的成功者有两种：一种叫作弊，他们无非是牺牲了别人不肯牺牲的东西，比如爱情、家庭、娱乐什么的，换取更多的时间达到成功；另一种是小偷，就是'天才'，他们总能发明一些东西来改变世界，但真的是他们发明的吗？

"在我看来所有的发明只不过是发现而已。每个人身边都存在着另一个世界，看不见摸不着，一旦你有能力去那个世界，只需把里面的东西呈现出来，也就变成了一种发明。我就是进了这扇门……"

桑榆突发奇想地感慨着，三哥觉得有理，用力点了点头。

"但我觉得还差点儿什么，不能都是为自己。"

三哥拍了拍他的肩膀，有点儿激动地迎合着："要不怎么说你是神的旨意呢？神选择了你绝对没错……"

桑榆笑着看着三哥，三哥特别认真地说着："纵观历史古今，能让人类大批丧命的只有两件事儿，一个是自然灾害，另一个就是战争。那战争的根源是什么？贫穷。所以消灭贫穷才能消灭战争，这事儿只有你能办……

"我们应该建一个桑榆塔，高度至少是哈利法塔的两倍，然后把那些吃不上饭的、无家可归的难民啊海盗啊都请进去，让他们白吃白住，医疗、教育、娱乐全都免费。而且在每个国家都建一个，全世界的难题就是消灭贫穷，都让你一个人解决了，从明年开始，每一年的诺贝尔和平奖都是你的。你要同意，我马上去安排。"

桑榆特别认真地听着，沉浸在三哥描绘的愿景里。

"你说，我要是告诉她我打算为这个城市做点儿什么，会不会打动她？"

"老大，你还没搞定花儿？"

"夏虫不可语冰。"

三哥看着桑榆仿佛看着白痴："一百五十万你给了，法拉利也给了，发布会上你也洗白了……"

三哥没有继续说，而是一脸认真地琢磨着："这回我信了。"

"信什么了？"

"标签呀……看来花儿跟我遇过的妞儿还真都不一样，可交，我也知道你现在差什么了，差一个表白。"

"我做的这些，还不算表白吗？"

"看来你还真是被三哥带坏了，这事儿我管了，你明天晚上，约弟妹去楼顶，我去给你们俩的小火苗添把柴……"

三哥用了一天时间把所有准备工作全部做完，桑榆依旧在咖啡店认真写着剧本，不过花儿发现桑榆总是时不时地看手表，她意识到桑榆晚上可能有局，于是天刚擦黑她就主动将咖啡店打了烊，桑榆发现今天提早打烊有些疑惑，难道说花儿已经知道了今晚自己准备对她表白？

一想到这里，桑榆就有些紧张了，但随即他又否定了自己的猜测，这次表白行动只有他和三哥两个人知道，谁也不可能走漏了风声，所以桑榆故作镇定地来到了吧台前。

"这么早关门啊今天？"

花儿高深莫测地笑了："你说呢？"

这时三哥给桑榆发来了微信，告诉他一切都已准备就绪，桑榆一咬牙，决定将装傻进行到底："早点儿关门也好，我刚好想带你去逛逛。"

花儿点了点头，二人离开店里。

桑榆按照与三哥事先约定好的路线，把花儿带到了一个楼顶天台上，他现在心里万分紧张，本想帅气地用手指着不远处，却发现手伸出来之后抖得不行，他连忙收手，转而努了努下巴，对着楼下花儿咖啡店的方向。

"你看，那是不是我们的咖啡店？"

花儿伏在天台栏杆边上，顺着桑榆说的方向看去。

"我还从来没从这个角度看过自己的店，不过，转了一大圈为什么又带我回来了？"

从天台望向远处，整座城市灯火璀璨，桑榆酝酿半晌后说道："我曾经一直以为这座城市的繁华跟我一点儿关系也没有，但现在我觉得这座城市因为你，变得更加绚烂，你看那边。"

桑榆用手朝着远方一指，花儿顺着桑榆的指向朝着远方的夜空望去。

"嗖……砰！"

空中突然绽放起绚丽的烟花，花儿十分惊喜，她的眼中映出烟花多彩的倒影。桑榆几次想握住花儿的手，但他又不忍心破坏这一刻，所以只慢慢靠近花儿，与她一起沉浸在只属于他们两人的浪漫中。

就在花儿与桑榆惊艳于灿烂的烟花时，在城市中心广场的一个极具科技感的操作台前，几位工作人员专心忙碌着，烟花在头顶炸响，打出各种美丽的图案，三哥边抽着烟边仰脖看着烟花，他咧嘴一笑，打心里为桑榆高兴。

广场上驻足观看烟花的情侣越来越多，路过的汽车也都停在了广场周边，人们从车里下来与家人一起观看着盛大的烟花表演。

音响一直在循环播放着歌曲 *When I Fall in Love*（《当我坠入爱河》），烟花秀的时间很长，此刻的楼顶天台上，桑榆终于鼓起了勇气，轻轻握住了花儿的手。

"现在我才觉得自己算是真正地活着，我从未奢望得到你，每天这样的陪伴我已经很满足了……"

花儿脸上满溢着幸福的表情，她泪光闪闪。

"你还能坚持多久？"

"什么？"

"从你突然出现，到你有天突然离开……"

花儿感动落泪，尽管以往在感情中受的伤使她刻意回避着与爱情相关的一切，她企图用冷漠的态度来让男人敬而远之。但她还是沦陷到了桑榆的真心里，他们依偎在一起，桑榆呢喃着："永远不会离开……"

烟花表演不知不觉已经结束了好一阵，二人又在天台停留了片刻，就牵着手回到了花儿的家中。

浴室里传来淋浴的水声，花儿正洗着澡，这一刻她的心里甜甜的，在遭遇背叛的痛楚之后她下定决心，一定要找到个爱她一生一世的人。有没有钱不重要，有没有学识也不重要，重要的是只要她想，那个他就会默默守候在自己的身边。

花儿相信今晚会成为幸福生活的一个开端，而桑榆也会陪伴自己走完这一生。就在花儿在浴室里为未来的幸福而憧憬的时候，桑榆坐在沙发上突然痛苦地捂住了胸口。

A Fantastic
Journey
奇幻之旅

+++

Chapter

25

伤痕显现

+++

这人脸上的皮肤在迅速地开裂、变黑，本来一张眉清目秀的脸霎时间变得无比狰狞，
全身的皮肤肌肉也正以不可思议的速度干瘪塌陷下去。

　　桑榆坐在沙发上看着浴室门发呆。回来的这一路上二人亲密地搂抱，到了花儿家中她主动去洗澡，这一切都是桑榆曾幻想过的场面，如今真的发生了，他反倒不敢相信是真的了，毕竟他已经仰望着花儿太多年了，仰得脖子都要断了，也从不敢想有那么一天，能真的伸手尝试去触碰。

　　浴室传来的淋水声像是将水直接淋在了桑榆的心头，桑榆突然一个激灵挺直了后背，他回想了今晚的所有细节才发现，自己居然还是没有对花儿进行个正式的表白！面对花儿接受爱情的勇气，桑榆顿觉自己作为一个男人实在太羞愧了，他开始认真捋顺自己的逻辑，打算好好组织语言，等花儿从浴室出来就对她深情告白："你肯定不记得我了，我为了去看你们乐队的排练逃了很多的课，我也陪你看过很多电影，不过不是坐在你身边……"

　　桑榆越说越伤感，他垂下眼帘，抿了抿干涩的嘴唇："如果现在站在你面前的还是那个青涩却执着的桑榆，那个像骑士守护公主一样一直默默守护你的桑榆，你还愿意跟我在一起吗？"

　　桑榆凄然一笑，双手搓了搓脸，负面情绪突然就涌上来了，想压下去却不那么容易。他决定不再多想，起身朝窗边走过去想抽根烟冷静冷静。

　　就在这时，桑榆的身体像是被无形的力量向后猛烈撞击了一下，胸口顿时觉得剧痛无比，疼得他整个后背都弓了起来，远远看去像只被煮熟的大虾一样。

这一下的冲击让桑榆心里生出强烈的不祥预感，脑海里莫名其妙地出现了小超市门前的画面，那个梦境中自己被疤面凶狠地一剑穿膛……桑榆用力甩了甩头，表情痛苦地捂着胸口，冷汗顺着他的鬓角往下流，就像是犯了心梗一般。

这时剧痛再一次袭来，疼得桑榆脚下发软，一下子就跪倒在地。

"嗤……呃……"

桑榆双手撑着跪在地上，痛苦地呻吟着，半晌后预想中的第三次剧痛没有袭来，他深呼吸着缓了缓劲儿，挣扎起身，来到穿衣镜前手忙脚乱地脱掉了上半身的衣服。看着镜中的自己，他惊呆了，原来问题并非来自心脏，而是——他的胸口上赫然出现了一道狰狞可怖的伤痕。

他忍着疼痛将手抚上了伤疤，脑中浮现出那个梦境中，疤面的短剑在超市门前狠狠贯穿自己身体的那一幕，桑榆努力回忆着梦境中短剑插在自己身上的角度，果然胸前出现的这道伤痕和那一剑的角度、力度、大小都相同。

这下桑榆彻底慌了，他将周身衣服脱到只剩内裤，从头到脚在身上仔细寻找着伤口，但除了胸口和后背的这处贯穿伤之外，并没有发现别的伤。就在他为伤痕的事儿绞尽脑汁、惊慌失措的时候，浴室里淋浴的水声突然停了，他慌张地朝浴室看了一眼，急忙将衣服胡乱穿上便夺门而去。

花儿听到外面有动静，匆匆洗好之后就裹上浴巾，推开浴室门探身查看，桑榆没坐在床上，也没在卧室的沙发上。

"桑榆？"花儿走出浴室喊着，却没有得到任何回应。

"桑榆？"

她来到客厅，桑榆也并没有在这里。看着空荡荡的房间，花儿终于意识到桑榆已经离开了，她脑子里顿时"嗡"的一下炸了，不敢相信多年前的一幕又再次上演，花儿急忙跑到床边抓起手机给桑榆打了过去，可当手机那端传来"您所拨打的电话已关机"后，花儿蒙了，她脑子一片空白地呆坐在沙发上想要再次拨打电话，可当她拿起手机后又放弃了。

直到这一刻花儿才发现，当年那个自己，并没有因为进入社会多年被反复打磨性子而有所改变，她还是那个太傻太天真的花儿。

躺在床上的花儿用被子蒙住了自己，又把身体用力蜷缩起来，她像是被卸去了浑身所有的力气一般，疲惫地闭上了眼睛，希望自己可以赶快入睡，她期待着，也许明天一早醒来之后桑榆还会在咖啡店里，一边码字一边默默守护在自己身边。

就在桑榆身上出现危机的时候，位于摩天大楼顶层的豪宅中正在进行着一场热闹的泳池派对，在这浓浓夜色之中显得格外地喧嚣和耀眼。

落地窗外的男男女女正围着泳池喝酒、跳舞，派对上所有人都装扮成复古夸张的造型，颇有老电影《出水芙蓉》中豪华派对的感觉。

泳池的东南角有个正在表演的乐队，三哥戴着猫王同款的假发和墨镜投入地唱了一曲 *Can't Help Falling in Love*（《坠入爱河》），唱完之后三哥在众人欢呼和簇拥之下回到了躺椅处靠坐下来，躺椅边的桌子上摞着几摞钱，三哥一边喝着酒，一边一脸玩味地看着泳池中的情景。

泳池边的众人此刻也关注着水里的一场游戏，透过水面隐约可以看到水下有五个美女的身影，她们蹲在水里尽量接近池底的位置憋着气，一个男侍者站在三哥身边，手里掐着秒表，眼睛死盯着游泳池的水面数着数："38，39……"

一个美女从水中挣扎着站起，努力把头伸出水面，她大口大口喘着气，一脸失落，泳池边有几个人喝着倒彩起哄。紧接着剩下的美女也都憋不住气接连不断地出水了，只有一个还在坚持着，泳池边上的人纷纷惊叹。

侍者手拿秒表还在数着："56，57，58……"

"哗啦……"

坚持到最后的那个美女也出水了，泳池边一个男人见状拍着手欢呼，三哥瞥了那个男人一眼，满不在乎地从桌上拿起两摞钱扔了过去。

"你赢了！"

男人拿到钱非常兴奋，他跳进泳池，跟那个胜出的姑娘击着掌庆祝。

桑榆一脸愁容地坐着电梯上楼，他的手机已经关机，不仅仅是因为不知道如何跟花儿解释，更是急需一段安静的时间来想清楚这个突发的状况。电梯门开，劲爆的音乐声传来，可桑榆根本无心理睬，他径直走回了卧室。三哥看见桑榆垂头丧气地回来，连忙起身离开泳池跟了过去。

卧室里，桑榆正盯着巨大的鱼缸发呆，整个鱼缸里只有一条斗鱼，它优哉游哉地游着，好不惬意。鱼缸里用彩石铺底，装点着微缩的亭台楼阁、假山洞壑还有奇异的水草……这些微缩景观共同营造出一个栩栩如生的世界，而这条斗鱼俨然是微缩世界里真正的主宰。

桑榆倒了杯单一麦芽威士忌，坐进沙发里，他喝了口酒，皱着眉头解开几个扣子，低头琢磨着胸前的伤，脑海里开始冒出一些他在梦里曾被疤面蹂躏的画面，他闭上了眼睛，这些画面混乱而飞速地交替在眼前闪过。

桑榆最先想到了地铁上的场景，当时疤面揪着他的头砸向了地铁的地面；接着他又回忆起在美式快餐店里时，自己的头被疤面抓着磕向桌子，还被他用粗铁链勒紧脖子，自己满脸是血，几近窒息；他还想起在小超市门前被宝石短剑刺入身体时的情景……

桑榆睁开了双眼，低头看着自己胸前的疤，脸白如纸，嘴唇有些颤抖。究竟为什么身上会突然出现伤口？他脑子里开始胡思乱想，上一秒钟觉得有了点儿头绪，可下一秒就又陷入了迷茫。

卧室门被打开，桑榆忙把衣服合上。三哥走了进来，在桑榆旁边坐下，一脸八卦地看着桑榆："这么快就回来了？我以为你今天晚上不会回来呢！"

三哥说完就朝着桑榆挤眉弄眼，想听他透露些跟花儿的进展，可桑榆一脸疲惫，根本看都不看自己，三哥觉得有些不对劲儿。

"怎么了，自己在这儿喝闷酒？外面特好玩，出去咱一块儿啊。"

桑榆抬眼看向三哥，被三哥的装束搞得一愣，三哥摘下假发和墨镜，咧嘴冲桑榆笑，桑榆咬牙忍着疼，不想让三哥发现端倪。

"累了。"

三哥观察着桑榆，觉得桑榆的状态非常差，他眼珠一转："是不是跟花儿吵架了？"

桑榆没说话，三哥坐在那儿自顾自感叹："女人啊，给自己贴完价签就要肉体，要完肉体就要精神，把你折腾神经了，你就觉得是爱了，觉得她特真实，跟所有女孩都不一样，她什么都不图你，还……"

桑榆没有理会三哥，他起身站在大鱼缸前，觉得自己跟这条斗鱼一样，完全被表面的富足给麻痹了，即便有危险接近也浑然不知。

"你说，我们拿这么多东西，会不会遭报应？"

三哥愣了半天，下意识地接口："不是我们，是你啊……"

桑榆被这句话给噎住了，三哥说完就后悔了，接下来的话变成："那个……你拿的又不是别人的，那都是你自己的呀，怕什么报应？"

"你怎么知道我拿的是自己的……而不是别人的？"

三哥被问住了，其实他也只是顺口一说，从未认真去想过这个问题。

"兄弟，你是不是最近太累了，要不早点儿洗洗睡吧……"

桑榆看着三哥一脸焦虑的表情，知道这一次他只能靠自己去解决这个棘手的问题了。他来到床边慢慢躺下，不敢动作太大，不然抻到胸前的伤口会疼。可是现在他毫无睡意，一时半会儿是睡不着了。

他一偏头看见三哥换了管家衣服拎着个箱子走了进来，坐到床边盯着自己，进入了工作状态，桑榆怕晚上再生变故，他在被子里握紧了双手，犹豫半晌后说道："三哥，我今天想一个人睡。"

三哥见桑榆只是单纯地想睡个觉，便连忙答道："行，累了就歇一天，睡一觉就都过去了……"

三哥说完便起身离开，桑榆闭上了眼睛努力想要入睡，可睡意却依旧迟迟不来，他想起了那瓶安眠药，已经许久没吃过了。

生活就是这样矫情，当你特别想好好享受美好时光的时候，你始终都抵不住困倦，将生命的三分之一交给睡眠；而当你颓丧不已，想用睡眠打发时间的时候，你却始终毫无睡意，只能一直醒着面对一切。

许久之后桑榆终于昏昏沉沉地睡了过去，进入到一个他从来不曾进入过的梦境之中。

桑榆首先看到了夜空中的一轮月亮，月亮有些昏黄，不一会儿，一片乌云悄然将月亮遮掩，天空中因为没有了月亮，星星反倒显得分外明亮。在星光的照耀下，一座高耸入云的摩天大楼熠熠生辉。这座摩天大楼就是此前三哥提出过的"桑榆塔"，它独特的Y形楼面设计的确卓尔不群，让人过目难忘。

三哥曾说过，这座塔的设计灵感源自沙漠之花蜘蛛兰，这种设计最大限度地提升了结构的整体性，并能让楼里的人们尽情欣赏这座人造城市之中那片海湾的迷人景观。

在炙热的沙漠中，旅人遇到蜘蛛兰就代表着重生与好运。这也代表桑榆的愿望——希望驻于桑榆塔的人们能够重获新生，终生品尝人生的幸福。

在桑榆塔附近的广场上，一个男孩正牵着自己父亲的手，面露崇拜地仰望着桑榆塔。

"好高啊。"

父亲笑了，他轻轻地抚摸着男孩的头："当然了，桑榆巨塔高达1656 米，楼层总数 268 层，是世界第一高楼。"

"哇哦，那爸爸，桑榆先生到底是干什么的？"

男孩的父亲盯着这个仿佛直入云霄的庞然巨物有些出神，似乎并没有听见儿子的询问，自顾自地说道："桑榆先生是世界著名的慈善家，杰出的艺术品收藏家。"

"哦，那这座塔是干什么用的呢？"

"这就是桑榆先生让人无比敬佩的地方，他花了很多钱建造了这个世界的最高建筑，只有一个用处，那就是收留世界上那些吃不上饭的、无家可归的平凡老百姓，让他们免费享受全方位的医疗、教育、娱乐服务。"

"哇，但桑叔叔这样做会不会很辛苦呀？"

"小轩你一定要记住，这个世界总会有一些人竭尽心血地为他人着想，我们把他们叫作伟人。我猜桑榆先生建造桑榆塔最真实的目的只有一个，那就是消灭贫穷。你知道，当世界上不再有贫穷后，意味着什么吗？"

男孩努力地思考着："爸爸，我想不出来。"

"只要消灭了贫穷，就会消灭战争，而世界上没有了战争，那就只剩下了平静和幸福的生活。"

父亲说完，看了看一脸膜拜的儿子，父子一起继续安静地看着灯火辉煌的巨塔。

桑榆此刻正在上行的电梯里陷入深思，电梯门打开，他走出电梯，看到远处天台边有个人背对着他，正扶着栏杆欣赏风景。桑榆打量一下这人的背影觉得有些眼熟，他朝这人走了过去，距离逐渐拉近，桑榆突然觉得这人很像自己……

桑榆站到这人旁边，探头去看他的脸。

这人果然跟他样貌相同。

桑榆还没来得及做出任何反应，耳边突然传来一阵让人牙根发酸的噼啪爆裂声，紧接着，那人脸上突然喷出一股鲜血，喷得老高，有一大半溅在了桑榆脸上，热乎乎、黏糊糊的。桑榆惊恐万状，慌忙用手擦了去，眼前却出现了更加恐怖的情景，这人脸上的皮肤在迅速地开裂、变黑，本来一张眉清目秀的脸霎时间变得无比狰狞，全身的皮肤肌肉也正以不可思议的速度干瘪塌陷下去。

桑榆被吓得魂飞魄散，动弹不得，这人已经干枯焦黑的嘴里，发出含混不清、断断续续的凄厉哀号，只不过一眨眼工夫，他就变成了一具棕褐色的干尸，接着又化为灰烬，彻底消失在尘世之中。

看着一具与自己样貌完全相同的躯体如此惊悚地湮灭在眼前，桑榆下意识开口想喊"我在做梦"，可他突然失声了，怎么用力都发不出任何声音。桑榆努力地想要喊出来，但怎么都发不出声音，最终他只能放弃，就像认了命一样，看着灰烬在风中飘落在自己的身上。

他笑了，绝望地笑了，知道也许自己的宿命就同刚刚看到的那一幕，眼前的风光转瞬即逝，自己最终会化为飘落世间的一缕尘埃。

这时飘落在桑榆身上的灰烬突然一下子剧烈燃烧起来，燃烧的火焰让他感受到无比疼痛，桑榆试图用手扑灭身上的火焰，可是毫无作用，剧烈的疼痛让桑榆轰然倒地，他一边惨叫着一边躺在地上抽搐……

现实中，桑榆在床上激烈地抽搐着，灼热的疼痛让他猛然从噩梦中醒来，他喘着粗气，浑身都被虚汗浸透，他这才意识到自己刚刚是在做梦，梦中的白色巨塔就是三哥跟自己提过的桑榆塔……

桑榆无精打采地起了床，回想着几天前还在和三哥意气风发地聊着拯救世界，回想着一天前终于来到花儿家中，即将开始的幸福生活却戛然而止。正想着，突然肩膀上传来阵阵的痛楚，桑榆捂着肩膀，起身下床来到了洗手间，他脱了衣服心惊胆战地照镜子，果然，肩膀上又多了一处伤疤。

他用手指触摸着这处伤口，脑海里不禁思考起这处伤疤的由来。他想起自己明白可以从梦境里拿出东西的那一刻，没错，就是那一刻，自己先是在酒店走廊里面抱着瓷瓶准备离开，却被突然出现的疤面用金斧击伤，然后他狼狈地在走廊里逃窜，面对疤面的凶狠一斧，倒地的自己顺手抱起了身边的垃圾桶抵挡，而金斧过于锋利，不但砍穿了垃圾桶，也砍进了自己的肩膀。自己大喊一声"我在做梦"，从梦中带出了金斧。

桑榆被肩膀上伤口的刺痛感拉回到现实中来，他似乎明白了什么，随即疯狂地把自己的上衣撕扯开，看着镜子中满身的伤痕，歇斯底里地笑了起来。

他的目光首先停留在了胸口的两道伤痕上，他知道，这是在小超市外面疤面用短剑给自己的"纪念"，当然自己也把短剑带了出来；接着桑榆对着镜子在头发里翻找着，看着头发里隐藏的伤口，桑榆知道那是地铁的梦里自己的头被疤面砸向了地面；在美式快餐店里，自己的头又被疤面磕向了桌子。

他一拳打在了浴室的镜子上，镜子四分五裂，鲜血从他的手上慢慢滴落，而手掌上的疼痛让桑榆意识到了自己还在现实之中，但此刻的桑榆根本无法接受自己身体突然出现了这么多巨大而致命的伤。

桑榆把受伤的手掌浸在冷水之中，试图用冷水让自己冷静下来，让灼热的伤口使自己理清思路，可惜并没有用。他重新回到了床边，点起了一根雪茄。

雪茄的浓郁香气让桑榆慢慢冷静了下来，他突然想到了什么，朝着藏宝间的入口跑去……

Chapter

26

以命换钱

+++

桑榆来到卧室的藏宝间，他慢慢在摆放宝物的展柜中间走着，
但此时的心情不再有任何欣喜，而是深入骨髓的恐惧。

　　桑榆来到卧室的藏宝间，他慢慢在摆放宝物的展柜中间走着，但此时的心情不再有任何欣喜，而是深入骨髓的恐惧。胸口和肩膀的双重疼痛令他浑身发抖，看着这些宝物桑榆的思路逐渐清晰。

　　他的目光逐一滑过展柜中陈列的宝物，逐一回想起了自己夺宝时受伤的情景：

　　在日式豪宅的梦境里，他的手被卡在了推拉门的门缝里，疤面手起锤落砸断了他的手腕；有次他正在泥泞之中奔跑，双脚被疤面从后方射来的几支箭穿透并钉在地上；在地下室的梦境中，他正捧着一件宝贝，刚转头准备离开，却迎面挨了疤面一棍，那棍子是点燃着的火把，桑榆当时从脸到脖子都被严重烧伤……

　　想起这些之后桑榆突然脚下一软瘫坐在地，他真的害怕了，后背的衣裳都被冷汗浸透。他挣扎着从地上爬了起来，跌跌撞撞地从藏宝间往外走去，其间跌倒了好几次。

　　回到卧室之后桑榆坐在沙发上，越想越慌，想抽根雪茄让脑子清醒一些，结果手一抖，雪茄掉在了地上。

　　桑榆终于知道了自己身上的伤疤突然出现的真正原因。原来自己每一次从梦境中带出宝物时疤面都会与自己肉搏，而这些肉搏时留下的大大小小的伤口虽然在回到现实中时看上去好像什么都没有留下，但实际上它们已经深深隐藏在自己身体的内部。

　　就好比是疤面给自己的身体悄然种下的定时炸弹，爆炸的时间就是他上次在花儿家中的时候，而且还会持续性爆炸。从胸部到肩膀，从小超市到美式快餐店，自己在被疤面虐杀时的每一处伤患，都会慢慢出现在自己的身体上，桑榆意识到如果自己的推测全部正确，那么他已经命不久矣……

与疤面的每次肉搏都是致命的，也许是今晚，也许是明天，也许是一周以后，当所有的致命伤患全部爆发的时候，就是自己告别这个世界的时候。

桑榆想到这里突然站了起来，他再次活动了一下身体，确定自己还可以活动之后，便想趁着现在出去走走。他从卧室中走了出来，泳池派对的人早已散去，三哥差人将屋子里全都恢复了原貌，丝毫看不出昨夜狂欢的痕迹。

出了住宅楼之后桑榆抬头向上看，可惜天空此刻并没有蓝天和白云，有的只是一片阴沉，他穿着帽衫、戴着墨镜在街上走着，与昔日意得志满的桑榆判若两人。

就在桑榆寂寥地走在街道上的同时，花儿在咖啡店里走着神，她根本无心做咖啡，回神之后便拿起手机给桑榆发微信。

"你今天还没想好怎么跟我说吗？"

桑榆看了一眼手机，他重重地叹了一口气，没有回复花儿的消息，也不知道该怎么向她解释这一切。

他就这样漫无目的地在路上走着，任由身体带领着自己，走累时他停下脚步，结果一抬头就发现，自己在不知不觉中竟已经来到这条无比熟悉的小路上。

　　桑榆决定临死前偷偷去看花儿一眼，就看一眼。此刻的他已经对于自己将死的命运深信不疑，他不想花儿再次开始的恋情就这样没头没脑地夭折在摇篮里，花儿是如此美好的一个女人，自己又是如此深爱着她，明知道自己即将辞世还要和她在一起，未免太过自私了，这样的事儿，他做不出来。

　　他奔着远处的煎饼摊走去，在路过花儿的咖啡店时他刻意把帽檐向下拉低，小心翼翼地朝着花儿的咖啡店望去，想要再看一眼花儿的身影，虽然只有一眼，却是临死之前的唯一念想了。

　　桑榆没想到的是，命运再次和他开了一个残酷的玩笑，花儿的咖啡店并没有营业，没有灯光的咖啡店显得如此凄凉、寂寞而冷清。他什么也没有看到，有些不甘心，正想再次偷偷抬头向咖啡店望去，可他却突然感觉口中不适，一张嘴，竟吐出了一颗沾着血的牙。

　　桑榆心里更慌了，他知道留给自己的时间不多了，于是加快了脚步小跑向煎饼摊，就在离煎饼摊越来越近时，突然一辆面包车一个急停拦在了桑榆面前。桑榆并没有在意，他绕过面包车继续朝着煎饼摊走了过去。

　　"唰——"

　　停在他身边的面包车侧门被拉开，从车上下来了三个男人，他们大步流星地逼近桑榆，其中一个人将黑色头套不由分说地一下子套在了桑榆的头上，然后顺势捂住了桑榆的嘴巴，另外两个人跑过来架着他往面包车里塞。

　　桑榆被这突如其来的一切弄蒙了，还没等反应过来就被三人绑架上了车。随后，面包车迅速关门，疾驰而去。

　　就在桑榆被塞进面包车里的那一刻，呆坐在漆黑的咖啡店里的花儿仿佛突然意识到了什么，她起身走出了咖啡店，面包车从花儿身边经过，可花儿并没有留意到面包车有什么异常，于是花儿朝着不远处的煎饼馃子摊望去，她似乎感到了桑榆曾经在那里停留过，可是花儿并没有看见桑榆。

　　花儿意识到自己的行为有些匪夷所思，她自嘲地笑了笑，便转身回了咖啡店。

　　桑榆在面包车里颠簸了许久，在他被晃吐之前面包车终于停了下来。他被两个人从车上拖了下来按到了一把椅子上，虽然没有被用绳子捆起来，但这种情况下桑榆反而不敢乱动。

　　有人将他的头套摘了下去，桑榆感觉到脸上持续传来钻心的痛楚，虽然他没有照镜子，但他知道一定是自己脸上的伤开始显现出来了，他的耳朵肯定是撕裂了，牙齿也不止缺了一颗，嘴角豁开了，鼻子也歪了。

　　桑榆被光晃得睁不开眼，他眯缝着眼睛，努力适应着光线，在眼睛能睁开些许之后他看向四周，心里有些慌乱。桑榆的视线最后落在了斜对面的人身上，他认出了这个人，心底反倒踏实了一些。

　　一个熟悉的身影蹲在桑榆面前，咯了口痰，刚要朝着桑榆的方向吐，却犹豫了一下，吐到了旁边。

没错，这个身影是爱吐痰的光仔，他死死地盯着桑榆的脸看着，桑榆也盯着光仔，二人就这么大眼瞪小眼地互看半天，光仔收回了恶狠狠的目光，转而有些得意地看着桑榆："你最近都干了些什么呀？"

"别闹了兄弟，我这儿还有重要的事儿要办呢。"

"谁是你兄弟？你小子赚钱赚得够快的呀，还他妈出名了，不过骗得了别人可骗不了我。"

桑榆闻言情绪稍微稳定了一些："得，英雄怕见老街坊，你不就是想要点儿钱吗，说吧，多少。"

"行，痛快，五百万。"

"我打个电话。"

这时一个男人的声音传来，很低沉但很强势："谁让你谈价了！"

桑榆听到这个声音，开始意识到事情远没有自己想象的那么简单，他环顾四周，发现这是个废弃仓库，有三个绑匪在一边的炉子边烤着火，一个胳膊上刺满了文身、一个头顶发亮没有头发，还有一个身材最壮长得却有点儿呆的，他们都面目凶狠，看起来绝非善类。

刚才说话的男人坐在角落里，摆出一副慵懒的样子，他手里正把玩着一个冉遗鱼手把件儿。光仔转头看向这个老大，小心翼翼地问着："强哥，咱不说好的吗……"

强哥眼睛都没抬，只叫了一声："老呆！"

身材最壮的那个老呆从炉边走过去一脚就把光仔给踹倒。

"强哥你不能这么对我呀……"

光仔似乎还要说什么，老呆瞪起眼，用手指了一下光仔，光仔悻悻地闭上了嘴。

桑榆的眼光再次停留在了强哥的身上，这强哥的衣着很普通，但从表情和气场来看，只怕是个穷凶极恶之辈，他看了一眼桑榆，接着低头摩挲手中的冉遗鱼，显然对这种事儿早已司空见惯。

"我要一千万。"强哥根本不抬头，像是用商量的口吻在自说自话，"最好是美元啊。"

桑榆打量着强哥，意识到这个人不好对付，强哥却不看桑榆，继续低着头玩着冉遗鱼。

"可以让你打一电话，不过送不来也没关系，那你就帮我一忙，听说人身上一共有二百零六块骨头，也有说是二百零四块的，一会儿我让他们把你的骨头都取下来，查查个数，够数的话再给你一块块地镶回去……"

听到这话，其他几个绑匪都狞笑着看桑榆，强哥总算抬了一下头，补了一句话："放心，尽量给你保持原貌。"

强哥说完，注意力又回到手中的手把件儿上，桑榆听得心惊肉跳，意识到事态比刚才他所认为的严重多了。

"强哥，我打电话。"

强哥示意了一下老呆，老呆把电话递给了桑榆。

"别耍花样，后果你知道的。"

桑榆点了点头。

"要现金，让你的人一个人来，不然的话……"

桑榆急忙点头，说道："我知道……喂，三哥，你给我马上拿一千万，地点在……"

桑榆说完就挂断了电话，将手机递给了阿呆。

"行，算你老实。"

没过多久，三哥便慌慌张张地从银行取出了赎金，开车来到了指定的玉米地。三哥抽着烟站在路边，不安地左右张望着，两侧是大片的玉米地，没有别的人影。这时一辆面包车开了过来，在三哥身旁停下。车上下来两个人，花臂和秃脑壳，他俩打量一下三哥。

"钱呢？"

三哥走到了后备厢前面，打开了后备厢，里面有两个大手提袋，拉开袋子，里面装满了美元。

"人呢？"

两人对视了一眼，花臂的一个挑眉，秃脑壳回身就抓三哥，三哥一下就反应过来他们想干什么，转身便跑，但没跑两步就被揪住摁倒在地。

三哥惊慌地问道："你们抓我干什么啊，我就是一个跑腿送钱的。"

话音刚落，三哥脑袋便挨了花臂一棍子昏死了过去，绑匪把三哥和钱都扔到车上，开着面包车迅速离开了玉米地。面包车开进了废弃工厂，花臂和秃脑壳各拎着一袋美元放到了强哥面前，然后二人又回到车里把三哥抬了下来搋到一把椅子上绑了起来。

三哥就这样被绑着，仰面昏厥在椅子上。老呆、花臂、秃脑壳还是在角落里烤火，光仔则站在墙边，用后背靠着墙，一副唯唯诺诺的样子，桑榆坐在椅子上，身上突然又是一阵剧痛，他的身体抽搐着。

强哥正探身盯着桑榆的脸看着，这时正在烤火的老呆不小心弄出一些响动，强哥反感地转过头朝老呆那边看了一眼，老呆不敢再动，连大气都不敢喘了。

这时桑榆从疼痛中慢慢苏醒，他眼前发花，脑子里混沌一片。

强哥这时候开始发表即兴演讲。

"我们总是迷迷糊糊从自己的肉身上醒来，也不管你对这个壳子满不满意，匹配不匹配……要么你就是闭上眼睛期待下一个肉体的出现，要么就是认了你现在的这个，干点儿惊心动魄的事儿……"

桑榆的手机突然响起一连串的信息提示音，强哥对这种打断表现出病态般的反感，他把手机递给桑榆，桑榆刚要接过，强哥却把手机抽了回去点了下屏幕又递了过来，示意他只是让他解锁，桑榆照做之后强哥靠在椅子上拿着桑榆的手机翻着，像是看到了什么有趣的东西。

桑榆手机有很多条花儿发来的信息。

"到底怎么了？"

"回个电话。"

"有什么不能解决的呢？"

"你在哪儿？"

"我很担心你。"

"你我之间，你是不是后悔做了什么，如果是，你可以直接告诉我。"

…………

"这花儿是谁啊？"

强哥抬头看了一眼桑榆，戏谑着。

"……新泡的妞儿呗？"

桑榆生怕激怒强哥，客气地商量着："帮我把手机关了吧。"

强哥依旧翻看着桑榆的手机，他忽然眼前一亮，似乎找到了更有价值的信息。

"我可真是低估你了，难怪你小子这么嘚瑟呢，这是几个零啊？"

强哥眯着眼睛，把手机拿近了一些。

"三百……三千……三亿，你是隐形富豪啊？光银行余额就这么多。"

强哥看着桑榆，眼中充满贪婪的火焰，桑榆心里一沉。

"三个多亿，朝你要个一千万还真是少了。你干什么的，拍电影的都这么有钱吗？"

桑榆知道这回完了，他语气一转，希望能拖延些时间。

"强哥是吧……你是不是没打算让我活着出去？你看我现在这样，也活不了多久了。钱，你拿走，把我们放了，让我把最后的事儿办了。"

还没等强哥回应，边上的三哥突然醒了，他抬头看到桑榆耳朵已经残了，心头的火一下就蹿起来了。

"他们到底把你怎么了？畜生！小兔崽子，就你们几个，兜得起这么大事儿吗？"

强哥看着三哥，面无表情。三哥还在骂着："知道我是谁吗，给你钱敢要吗，听好了啊，现在还来得及，赶紧放了，别真结下仇……"

花臂抢起一棍子，桑榆本能地一躲，转头看去，三哥又被打晕了。

强哥并不在意这个小插曲，接着刚才的话题聊，强哥用商量的口吻故作轻松地告诉桑榆："别的事儿先放放，先把咱们的事儿办了……"

"钱已经给你了。"

"你知道，我说的不是这个。我现在突然对亿万富豪的家很感兴趣，要不你带我们去参观一下？"

"可以，不过他要留下。"说完，桑榆看了看还在昏迷的三哥。

强哥看了一眼老呆，老呆从身边拿起来一个铁管。

"老规矩呗，强哥？"

"东家都发话了，赶紧的。"

老呆来到了三哥的身边，举起铁管就准备对着三哥当头砸下。

桑榆急了。

"他要死了，你们除了这个一个子儿都别想拿到。"

强哥又看了老呆一眼，老呆随即放下了铁管。

"你是想留他一条命？"

"行吗？"

强哥笑了："当然，不行！"

桑榆绝望了，他看了看还在昏迷的三哥。

"那就带着他，不然管家会发现异常的。"

强哥点了点头，众人直接上了面包车，朝着桑榆的豪宅驶去。

A Fantastic Journey

奇幻之旅

Chapter

27

弱肉强食

+++

他死在了这个他用命换来的地方，一切都将化为乌有……

　　入夜，一辆破旧的白色面包车飞快地在街道上行驶着，桑榆透过车窗瞧着这灯火通明的繁华都市，心里十分苦涩，不管自己是一贫如洗还是富甲一方，对这座城市都不会产生任何影响，就好比是一滴墨汁滴入了一片湖水之中，转瞬之间就会被淹没，没人能从湖水中探寻到那一滴墨，这湖水也好，这座城市也好，就是这样冷漠、无情。

　　白色的面包车在这静谧的黑夜之中飞快地行驶，这车已经接近报废，车门被风鼓动得呼呼作响，令人胆战心惊。面包车驶进了桑榆家所在的那片高层豪宅，最终在其中一栋楼下的缓冲区停了下来。

　　车上的众人全都下了车，强哥推搡了桑榆一把，示意让他走在最前面，花臂、秃脑壳、光仔以及扛着三哥的老呆紧随其后，几人装作若无其事的样子进了楼，在经过管家办公台时，管家起身，朝这边礼貌性招呼道："桑先生回来啦？"

　　桑榆点点头，故作镇定，管家的目光绕过桑榆停在被老呆扛着的三哥身上："哟，三哥这是怎么了？"

　　"喝多了。"

　　桑榆敷衍过管家这关之后一行人匆匆上了电梯，来到了他的豪宅之中。

　　今晚的月亮格外地圆，借着月光，强哥等几个人在桑榆的豪宅里四处乱看。老呆摸到了墙壁上的开关，"咔嗒"一声，屋内灯光亮起，处处极尽奢华的装饰令强哥等人兴奋得两眼放光、啧啧吸气，嘴里嘟囔着："你小子过得可真他妈滋润啊……"

光仔四外瞧着总觉得有些不对，他思索片刻，殷勤地跑到强哥面前。

"强哥，他家一定不止表面上摆的这点儿东西，这里肯定会有放宝贝的隔间。"

强哥觉得光仔说得很有道理，他转头看向桑榆，桑榆没有做无谓的挣扎，他把沙发前方地面上的机关开启，露出卧室里藏宝间通往下一层的楼梯口，然后率先走了下去，其他人跟在后面，三哥也被老呆拖拽着下了楼梯。片刻后一行人经过一个灯光幽暗的走廊，来到了藏宝间的门口，强哥一行人都被面前的景象给惊呆了，一直拖着三哥的老呆惊得张大了嘴巴，他手下一松，把三哥"咣当"扔到了地上。

桑榆斜倚在展柜边，面无表情地看着这帮匪徒对着展柜里的宝物啧啧称奇，对一个濒死之人来说，钱财这些身外之物一点儿都不重要了。一阵灼热的剧痛感突然袭来，桑榆低吼着捂住脸，疼得直不起腰来，他跌跌撞撞地向前走了两步，身体撞到了一个展柜，整个人就倒了下去，剧痛令他捂着脸在地上翻来覆去地打滚儿挣扎着。

强哥听到响动回过头来，他看到桑榆这副样子，以为他要耍花样，便走了过去凶狠地一把揪起了桑榆，桑榆把手从脸上拿开，他的脖子和脸上赫然出现了大片烧伤的痕迹。强哥见状被吓了一跳，他打量着桑榆，狐疑地问道："你这东西都是怎么来的？"

桑榆苦笑着看了强哥一眼，声音有些颤抖地轻声说道："拿命换的。"

强哥闻言冷哼一声："谁的钱不是拿命换的啊，怎么你的命就那么值钱呢？光仔跟我说两个月前你连饭都吃不上了，这才多久啊你就有了这么多钱，恐怕……也不是好道儿来的吧？"

桑榆无奈地笑了笑，他意识到，厄运比噩梦更可怕。

光仔捧起一件宝物仔细端详着，他不禁感叹，自己在这圈里做了这么多年都没见过这么多珍奇的宝物，桑榆这小子也太有本事了些。

花臂和秃脑壳纷纷去搬宝物，强哥在沙发处坐下，示意老呆把桑榆摁在沙发上，他瞥了一眼光仔等人，又转头盯住桑榆，眼中逐渐蒙上了一层杀气。

"放下吧，搬什么？明明有更简单的解决办法……"

花臂和秃脑壳听着强哥平静却又满是杀气的话，顿觉脊背发凉，他二人乖乖把东西放下，各怀心思地低头站到一旁。强哥这是起了杀心了，摆明要把事情闹大，可他们原本说好的就只是谋财，现在竟然还要害命……虽然不情愿自己双手沾血，但他们也不敢吭声反抗，只能闷声站在那里。

桑榆也意识到强哥要杀人灭口，虽然他猜想这个结果的时候情绪很漠然，但是真正要面对死亡的时候，桑榆发现自己无法保持冷静。

"不至于强哥，这些东西都是你的，我认，我也不报警，何必非要闹到杀人的地步呢？"

"报警？还敢报警？你打算怎么跟警察说？说我抢了你抢来的东西？"

桑榆被问住了，的确，自己没办法解释清这些宝物的来源。强哥冷笑着继续说道："桑榆，先不说你这东西是哪儿来的，就说我，我原本干的就是拿人钱财替人消灾的行当，我身上背着的事儿太多了，多到我自己都记不清，所以也就不差你这一件了，呵呵……"

"叮咚——叮咚——"

门铃声响起，所有人停下动作，屋内寂静得能听到缝衣针落地的声音，门铃一直响个不停，对讲机里传来管家的声音："桑先生……桑先生……"

强哥警惕地看着桑榆，桑榆也并不清楚外面是什么情况，强哥示意花臂扛上桑榆，老呆扛上三哥，一行人放轻脚步迅速地来到了客厅，对讲机里管家继续说道："您在家吧？您没事儿吧……"

花臂将桑榆放了下来，把他一把推到对讲机前，桑榆清了清嗓子答道："什么事儿？"

"桑先生，有位女士找你，她说她叫花儿，让她上去吗？您这边……"

管家话还没说完就被桑榆打断："桑先生不在，让她改天再来！"

花儿听出来是桑榆的声音，她连忙走近对讲机说道："桑榆！"

桑榆被花臂拿刀从后边锁着脖子，花儿的语气里满是委屈。

"你想躲到什么时候？"

桑榆心里急得要命，他咬了咬牙，干脆地答道："我就躲你呢，你赶紧走吧！"

花儿闻言一愣，她转身便走，可没走两步就又回来了，眼泪在她眼眶里打着转儿。

"桑榆，你是不是遇着什么事儿了？"

花臂用刀逼着桑榆的喉咙示意他别乱说话，管家看花儿这副楚楚可怜的样子有些于心不忍："桑先生，要不让她上去慢慢聊吧……"

桑榆吼道："没你事儿！"

管家十分尴尬地退后，桑榆又继续说道："还记得你说过的吧……"

话音未落，桑榆的脑袋被刀把狠狠敲了一下，花臂瞪着桑榆，脸上的表情像是在说"别耍花样"，桑榆攥了攥拳头，嗤笑了一声，说道："你别天真了好吗，我就是你口中那种一年甩 N 个女人的渣男，所以干吗还纠结个没完呢？"

花儿用手抹了把眼睛。

"你跟我说实话，你这次回来找我，是为了弥补当年的遗憾，对吗？"

桑榆哽住，一旁看热闹的强哥却笑了，他把手伸向门禁，桑榆一下就猜到了他的意图，他不希望花儿也陷入险境，刚要开口大喊让花儿快跑，可花臂这时却紧紧捂住了桑榆的嘴，桑榆挣扎着只能在喉咙里发出模糊的"呜呜"声，他眼看着强哥开了门禁……

楼下的屏幕上显示了"通行"二字。管家看了一眼花儿："门禁开了，您上去吧。"

花儿有些犹豫，她能感觉出桑榆的异样，却说不出这其中不对劲儿的原因，管家见状叹了口气，道："爱或者不爱，都应该有一个结果。桑先生是个好人，至少我从未见过他如此失态。如果我是您，我会上去。"

花儿看着管家欲言又止，管家拍了拍花儿的肩膀："终究还是要寻求一个结果，不是吗？"

花儿深吸了一口气，想着自己在这一天一夜里都备受着煎熬，她也觉得自己应该当面和桑榆要个说法。

花儿朝着电梯走去。

电梯里的花儿脑海里回想着与桑榆的每一次见面，从他俗套的搭讪，到他摆出现金那一刻的羞涩，从他安静的陪伴，再到烟花表演下他对自己的深情表白。想到这里，花儿的脑海中再次浮现出桑榆那种特殊的内敛与羞涩，那一晚桑榆虽然不告而别，可他选择在事前悄然离开，而不是等天亮后再离开，说明桑榆爱慕自己并非只是为了单纯的鱼水之欢，这其中必定有难言之隐。

电梯到达了桑榆家所在的楼层，花儿从电梯里出来看到大门开着，刚走到门口还没等反应过来，便被老呆的大手抓进去了。花儿抬眼一看，桑榆被人控制在沙发上，三哥还晕在地上，边上有花臂和秃脑壳看守着，一旁的强哥正在专心致志地把玩着冉遗鱼。

桑榆试图起身，却被花臂死死地摁住，动弹不得。强哥缓缓抬头看向花儿，他嗤笑了一下，朝花儿走了过去。老呆从后边抓住花儿的胳膊，他力气很大，花儿挣脱不了。

　　桑榆视线紧随强哥移动，强哥走到花儿面前上下打量着她。

　　"这就是你泡的妞儿啊？好像，还是个老情人？看不出来啊桑榆，有钱就开始找感觉找情怀了呗？"

　　强哥说着就伸手去摸花儿的脸，桑榆激动地嘶吼道："你他妈别动她！"

　　强哥回身就是一拳，正打在桑榆的脸上，桑榆被从沙发打到了地上，他的鼻子流了血，花臂过去将他从地上一把拎起，再次摁回到沙发上。

　　"你以为你是谁啊，现在屋子里的一切，包括你还有她，都是我的，你跟我吃五喝六的有用？自讨苦吃。"

　　强哥走近花儿，花儿毫不畏惧地瞪着他。

　　"你也是第一次来这儿吧？你知道他是干吗的吗？什么著名编剧、少年英才，都是钱闹的……"

　　强哥指了指客厅里的宝贝。

　　"你当这些东西都是他写出来的？"

　　强哥一边说，一边伸出一根手指缠绕着花儿的头发玩了起来，花儿转着脸躲避着，这时光仔凑了过来，试图劝强哥别把事情闹大。

　　"强哥，你这么做不对啊，咱说好了，就只是奔钱来的……"

　　强哥不紧不慢地掏兜，拿出一个手撑子套在手上，光仔还要说些什么，可还没来得及开口，就被强哥照着脑袋开始一拳接一拳地暴打，边打还边骂："你他妈怎么那么多话呢……就你话多……让你话多……"

光仔猫着腰用双臂护着头不敢反抗，强哥不停地打着光仔，大有杀鸡儆猴的意味，直到光仔满头鲜血，强哥才气喘吁吁最后猛砸了一下，停了手。强哥的脸上也溅上了血，他舔了舔嘴唇，又像被沙子眯了眼睛一般眨着眼睛，他把脸凑近花儿，带着变态的笑，像是什么事儿都没发生过一样。

"我相信你也是一聪明姑娘，你自己选，是愿意跟他们一块儿死呢，还是跟我来一个新的开始……"

话音未落，花儿抬腿便朝强哥要害踢去，强哥的反应很快，他伸手一挡，轻松截住了花儿的腿。他抬起头，微笑地看着花儿，忽然一变脸，一个大耳刮子就抽在了花儿的脸上。

"你失去了最后的机会！"

强哥指着花儿冲老呆说："你的了。"

说完他就转身坐回了角落里的椅子上，老呆得到赏赐瞬间兴奋起来，他不顾花儿反抗，急不可待地把花儿推倒压在身下，准备施暴。

桑榆怒吼着想要起身过去阻拦，却被花臂从后边勒住脖子。眼看着花儿的裙子被撩起来，露出了白色的底裤，花儿惊恐又无助地激烈反抗着，可惜丝毫不起作用。其他绑匪都津津有味地观赏着这一幕。

桑榆死命地挣脱了花臂，刚朝花儿的方向迈出了一步，便被身后的花臂一刀扎在了后腰，桑榆"扑通"一下跪倒在地，眼睛却死死盯着花儿的方向。

　　这时三哥渐渐睁开了眼，他的头还有点儿晕，但当他看到周围情景时顿时就清醒了。老呆这边因为好事儿将成而淫笑着，他用一只手按住花儿，另一只手便开始解自己的裤子。

　　"喔——"老呆的脑袋被人从后面猛砸了一下，一下就倒在了地上。这一下是三哥打的，他使出浑身力气举起一个埃及雕像冲老呆砸了下去，老呆趴在地上，头上流了血，犯着晕。

　　三哥手里拎着埃及雕像的碎块面对剩下几个绑匪一时不知该从何下手，双方就这样对峙了半晌之后，秃脑壳突然拿着刀朝三哥扑了过去，三哥用手中的雕像碎块抢向秃脑壳，可惜抢了个空，他便步步后退躲避着秃脑壳手中胡乱挥舞着的刀。

　　桑榆强挺着起身，他跟跄着奔向花儿，光仔也站起身来，他看着眼前失控的一幕，顺手抄起一个座钟警惕地盯着每个人的动作。

　　花臂举着刀朝桑榆刺来，光仔见状迅速冲了过去，他抢起座钟将花臂砸倒，"乓——"一声枪响突然传来，光仔低下头朝自己的肚子看去，他后腰中了枪，子弹从后腰贯穿到了腹部，光仔疼得咬着牙，他颤抖着手捂住伤口，艰难地转身朝后看去，强哥此时正端着黑洞洞的枪口对着自己，他愤怒地瞪着光仔，光仔从牙缝里挤出几个字："你们……都……疯了吗？"

　　强哥吼道："你他妈怎么还这么多话！"

　　说完他又朝光仔开了一枪，光仔一下就跪倒在地上。

　　听到枪响之后所有人都一惊。此时秃脑壳正把三哥摁在地上，他一手掐着三哥的脖子，一手拿着刀逼近三哥的脑袋，三哥用尽全力地支撑着秃脑壳那只拿着刀的手，二人就这样角力着。

边上的老呆躺在地上发着蒙，他缓慢地爬起身，靠着墙站着。

花儿被吓坏了，她蜷缩在桑榆怀里，桑榆面色苍白地搂着花儿，强哥则端着枪掌控着整个局面。光仔跪在地上，一张嘴便咳出了一口血沫儿，他没想到强哥这么狠毒，更加坚定决心倒戈。

三哥已经有些体力不支，他偏过头，冲着桑榆大吼："带花儿走！"

光仔也冲桑榆喊着："快跑啊！"

说完他抓起地上的一把匕首，用尽最后的力气扑向强哥。

桑榆忍着剧痛拉起花儿往外跑去。光仔死死抱着强哥，"乓——乓——"强哥用枪顶着光仔的胸口又开了两枪，光仔的身子软塌塌地瘫倒了下去，强哥的胳膊上被光仔用刀划出了血，他一脚踹开光仔，双眼血红地举着枪瞄准桑榆他们逃跑的方向。

桑榆和花儿往门口跑去，又是"乓乓——"两声枪响，子弹擦过墙边的展柜瞬间打出了一串火花，桑榆和花儿相互搀扶着狼狈地往门口跑，三哥也跟几人边打斗着边跑了出来。

"乓——"又传来一声枪响，桑榆他们赶快扑倒在地，找地方藏了起来，躲在沙发后面的三哥冲着躲在一个展柜后的桑榆比画着，大意是让他俩先走，他断后。还没等桑榆反应过来，他便被突然出现的老呆抓了起来，高高举起，老呆将桑榆扔了出去，砸碎了一面玻璃幕墙，然后继续朝桑榆疾步走过去，三哥奔来想要解围，却被秃脑壳撞倒，撞翻了一个柜子。

桑榆痛苦地撑起身体，看着逼近的老呆，他抄起旁边的一个编钟，使尽全力地向老呆抢去，桑榆感觉自己这一下跟梦境走廊中打疤面的那一招儿动作如出一辙，可惜，他抢起的编钟被老呆轻而易举地用双手搪住，老呆怒吼着挥出一记勾拳将桑榆打翻在地，接着他抓起桑榆，如同一个摔跤手一般，抱着桑榆一起重重地向下朝一个玻璃茶几砸去。

桑榆痛苦地躺在玻璃碎片中抽搐着，他挣扎着想要清醒些，但脑子里仍无法控制地眩晕着，老呆压着桑榆，身上毫发未损。另一边花臂和秃脑壳一起把三哥摁在了地上。桑榆这时摸到了手边的一片碎玻璃，他抓起碎玻璃就刺进了老呆的大腿，老呆再次被激怒，他站起身，将桑榆从地上拎了起来，怒吼着用尽全力抛了出去。

桑榆撞到了一扇屏风上，他摔到地上，奄奄一息。

花儿跑到桑榆身边扶起他，拉着他要往外走，但桑榆已经十分虚弱，起不来身。花儿没有放弃，仍用力拖拽着桑榆，在地上留下了一道血迹。

桑榆奄奄一息地说道："你快走……报警，别管我了……"

花儿不顾这些，她边哭边坚持地拖拽着桑榆，但她逐渐没了力气，桑榆也越来越虚弱。

"本来我也活不成了……不是有意骗你的……"

花儿没接茬儿，她泪流满面，只顾着往门口拖拽桑榆，这时强哥走了过来，他举起枪瞄准他们。

"走，走哪儿去？谁能出去呀？"

花儿没有理会强哥，仍继续往外拖拽着桑榆，而桑榆已经逐渐模糊了意识，连话都说不出来。

强哥朝桑榆开了一枪，桑榆彻底瘫在地上根本拉不动了，花儿疯了一样用着最后的力气拉着桑榆。

"乒乒——"又是两枪，全都打在了桑榆的身上，鲜血飞溅到花儿的脸上，花儿抱着桑榆崩溃地哭喊着，但桑榆毫无反应。

强哥笑了，他看了看老呆："老呆，你应该还有事情没有干完吧？"

老呆猥琐地看向花儿，直接朝着花儿走了过去，强哥转身回到沙发上坐了下来，他盯着桑榆的尸体，一脸惋惜地说道："我都说了这里的一切都是我的，你还不听，这回你信了吧！"

桑榆感觉这个世界的声音全都离自己越来越远，他的气息越来越弱，瞳孔也渐渐放大，大量鲜血从他身下流出，染红了地板。

宝物、爱人，桑榆全都失去了，他死在了这个他用命换来的地方，一切都将化为乌有……

A Fantastic Journey

奇幻之旅

Chapter

28

无主之躯

+++

在这个环境之中待久了他竟连自己的身份都渐渐记不清了，除了一些支离破碎的记忆片段之外，

他就像个失忆症患者一般，脑子里混沌一片。

"你是谁？"

一个模糊的声音又一次没来由地从黑暗中传来，声音的主人已经不止一次地询问桑榆，以至桑榆已经知道他下一句要问："你在哪儿？"

可这第二个问句并没有如期地传来。

桑榆觉得，可能并不是那个声音没有问第二个问句，而是自己耳道里充血越来越多，导致没能听到那句话。因为刚才自己听花儿的声音就模糊了许多，在经过了一阵耳鸣之后，他的耳朵已经完全听不见声音了，嘴里也充满了血的咸腥味儿，不过周身的疼痛感正在逐渐减弱，这让桑榆觉得稍微好受了些。

他感觉自己在原地又躺了半晌后，便开始极速下落，虽然他早已经在梦中习惯了这种下坠感，但这一次不同于以往的是，他没有感觉到身体的重量，就好似整个躯体被留在了原地，自己的意识却正坠向无尽的深渊。

桑榆努力地想要把眼睛睁开，但四周漆黑一片，伸手不见五指，令他根本无法确定眼睛究竟睁没睁开，周围的环境他也没办法观察，在这下落过程中唯一能感知到的，就是从皮肤表面擦过的极其微弱的气流。

桑榆竭力地摆动四肢，但当四肢的肌肉开始紧缩并准备用力的时候，意志却忽然与所有肌肉失去了联系，一切都不听使唤了。

他感觉坠落了好久，内心的不安感也随之变得越来越强烈。那个熟悉的声音直到现在也还没有问出那第二个问句。

桑榆已经不抱什么希望了，死亡是这个世界上最不含糊的事儿，时候到了，想留也留不得的。桑榆苦笑地想着，这一次他应该是死透了，尽管他曾不止一次地想把自己置于这种境地，可是真的到了这个境地，他才发现他真的是不想死，他终于明白，自己这贫瘠而短暂的人生里，还有太多让他留恋的东西难以割舍。

人生就是这样可笑，因为得不到，所以不甘心，因为不甘心，所以留恋，最终还是相当于没有得到任何可以留恋的东西，这便是种最为空虚的寄托，空无一物却紧抓不放，最终导致自己死不瞑目。

"砰！"

桑榆重重地摔到了地上，地上被桑榆这一摔激起了液滴迸溅到桑榆的脸上，他猜这里应该是一片刚下过雨的泥巴地，或者是一片沼泽地。

以往自己在梦里落地时都是仰面落下，后脑勺先着地。可这次他是脸先着地，他想着，如果躯体还跟着自己的话，从这么高摔下来，脸先摔进泥泞的话，自己的鼻腔口腔一定会被湿泥灌满，不过还好，现在没有躯体，也没有疼痛。

"你在哪儿？"这次，这句话是桑榆自己问自己的。

现在这个黑洞洞的环境在以往的梦中从未出现过，桑榆越发迷茫，在这个环境之中待久了他竟连自己的身份都渐渐记不清了，除了一些支离破碎的记忆片段之外，他就像个失忆症患者一般，脑子里混沌一片。他特别希望自己现在是身处在某个梦中，或者干脆决绝地死掉，但是他感觉这两种情况都不太像，难道……这是种新的折磨吗？

就算是新的环境也该有些新的线索，但此刻桑榆就像被一块巨大的黑色遮光布包裹住了一样，一点儿痕迹都找不到。肉体的痛苦虽然感觉不到了，但精神上的痛苦似乎也被无限放大了，许多破碎的记忆再次破裂爆炸，成为更零碎的画面，这些碎片在桑榆的脑海中迅速膨胀并交替出现，那架势仿佛是不把他的脑子撑爆不甘休一样。

这些碎片的爆点埋藏在脑子里边缘系统中的杏仁核里，每次记忆碎片爆炸发生后，海马体中分泌的情绪就会随之被激发，唤醒并集合大脑皮质每一个储存记忆的细胞助燃，使爆炸充满整个脑腔。

桑榆特别希望这颗头颅会因此而炸裂，但他的脑壳太硬，还真硬生生承受住了这些。大脑仿佛是在强迫他去目睹每一条神经被摧残的细节，然后让他在剧痛中感受着爆炸之后的硝烟散尽。

桑榆依旧脸朝下地趴在泥潭里，一动不动。他感觉身体的各个部分逐渐恢复了些许的知觉，便开始尝试感知着这里的环境。他只感受到了周遭环境温度稍低，体表有些凉意，其余的便再也没有体力去感知了。桑榆现在身体像被灌了铅一样沉，身体的各个零部件儿都抗拒着大脑任何有关行动的指令。

一个记忆碎片突然闪到他的脑中，那画面正是自己被强哥开枪射进胸膛的一刻，当那颗子弹穿透心脏的瞬间竟然有一种快感从桑榆心里油然而生，原来终结生命的关键一枪并没有那么痛苦，他这辈子的所有眷恋和痛苦都被这一枪带走，而他贴在花儿身体上的舒服感觉也被放大了很多倍，桑榆不禁想着这个抱着自己的女人终于属于他了，她的香味儿连同她的眼泪，都只属于他桑榆一个人。

拥有了一个女人的全部悲伤也算是一种荣耀，不过桑榆觉得自己这个想法未免自私了些，想到这里他的脑袋里突然一阵剧痛，从这个碎片开始，好多碎片从四面八方塞进自己的脑子里，他本能地抗拒着，脑子里瞬间乱成一团。

"我在做梦！"

桑榆此刻根本没心思带什么宝物出去，他只是想验证一下这里究竟是不是梦境。可他喊了好几次这句咒语之后，他还是他，他还在这儿。看来这里并不是梦境，他依旧趴在泥潭里不敢乱动，只是微微睁开双眼。又过了一会儿，身体上的痛感已所剩无几。

随着视野的扩大，桑榆的位置感也逐渐恢复，他翻了个身，努力地仰着脖子看向眼前这一切——

视野不是很清晰，正前方有一扇虚掩着的门，门后逐渐亮了起来，光线也从门缝透了过来，在这片黑暗中格外刺眼，桑榆被这扇门吸引着，从地上爬了起来，朝这扇门走了过去，可当他的手刚搭上门把手把门拉开时，整个世界便随着门的打开而发生了变化。

整个世界都开始旋转，旋转的速度先是逐渐加快，而后渐渐慢了下来，而周围环境也随着转速的减慢而变得熟悉起来，变成了桑榆最初在老街区出租房里的样子，也许是因为此刻思维混乱，那些画面都很模糊，所有事物的边缘都显得有些粗糙，糙得不真实，桑榆正在努力地思索，突然被一阵再熟悉不过的敲门声打断了思绪——

"当当当……"敲门声越来越大。

"开门！你个小王八羔子！我知道你在里边，再不开门我就撬锁了！"

这个声音桑榆也觉得很熟悉。

"你怎么不要脸呢，好说好商量你都听不进去是吧？你们搞艺术的都这样吗，一群怪胎……你赶紧给老子出来，我这儿还有点儿剩饭，你吃了赶紧走，别他妈饿死在我这儿！"

听到这些桑榆有些高兴，因为他终于想起来，这一幕曾真的发生过，接下来的剧情发展应该是他被房主无情地撵走，然后流落街头……这段回忆曾令他痛苦，可是现在桑榆却很开心，因为这有可能是个跟回忆相关联的梦，他只需像一个观众一样，看着这段经历在此刻他所以为的"梦"中上演，然后迎接醒来的一刻。这样一来他便可以回到豪宅，挽回败局是没戏了，也许还有点儿力气扯住那些亡命之徒，给花儿和三哥争取点儿逃命的时间。

高兴过后，他又有些担心，如果这是一个梦，那么起点在哪儿？醒来的那个点又在哪里？

他决定不想那么多了，尽力集中精神等待梦的结局——按照常理来说，疤面会很快登场，这次他可以不抵抗地躺在床上，好让疤面以最快速度将自己干掉，让他回到现实，不管是回到哪个点去，回去总比在这鬼地方待着强。

房主不停敲门，语气越来越不好。桑榆把视线从房门移到床上，竟然看到了另一个自己。桑榆心中大惊，怎么会是这样？！根据常理，桑榆此刻应该躺在床上才是，这样才会在疤面的虐杀之中醒来，而现在床上躺了一个桑榆，那自己究竟是谁？只是个旁观者吗？

如果只是一个旁观者的话，疤面就不会虐杀自己，那么自己梦醒的机会也就没了……桑榆不敢再顺着这个思路往下想，开始集中精神，尽量不让躺在床上的那个人动怒，就像自己曾有的那些举动那样，跳窗逃跑即可，忍一时风平浪静，毕竟人家来收房租是天经地义的事情，只要不撕破脸皮，他还能赖在这个小房间里度些时日……

桑榆尽力给门外的那个人找理由，希望能抚平床上那个人的愤怒。可是这一次，他失败了。

床上那个人腾地起身，连站在地上的停顿都没有，直接朝着房门冲了过去，紧接着，"轰"的一声，门连同门框一起被撞破，这个人的身躯突然变得高大起来，他冲出门之后一把抓住房主的脖子顶在墙上，桑榆此刻清楚地看到，这个庞大的身躯正是疤面！

疤面泄愤似的一拳接一拳地砸着，直到墙被砸出了个大坑。房主惊恐地挣扎着，疤面继续砸墙，怒火未消。

这究竟是怎么回事儿？不仅此刻自己并没有跟梦中的自己合二为一，而且那个梦中的自己怎么变成了疤面？从门外冲进来的人才应该是疤面才对，桑榆难以置信地嘟囔道："应该是那个张狂的房主变成疤面才对呀！"

桑榆感觉自己的逻辑已经完全失控了，这一次疤面借着桑榆的躯体醒来，这是之前从来没有发生过的事儿，莫非，自己真的跟疤面有着某种不可分割的关联？桑榆虽然不敢再深入去想，但一个念头幽灵般地钻进他心里——

难道，疤面是由桑榆的愤怒幻化而成？

桑榆突然蒙了，那个折磨了自己这么多年的魔鬼，会是自己的一部分？不，一定不是这样，桑榆不敢相信这一切，如果疤面是自己，为什么还要千百次地来折磨他呢？除了这次，这次为什么疤面会附上桑榆的身体帮他摆平不平之事呢？

桑榆觉得自己的这个推断自相矛盾，百思不解，只能像一个观众一样看着这一切。他仍觉得疤面是疤面，自己是自己，但他又很清楚地感觉到，疤面和自己是一个人，桑榆宁愿相信，这如同很多人都有过的梦境经历一样，你既处在梦境中，又抽离在梦境之外。

他不由得回想起当初自己快被赶出出租屋时的情景。当初他也曾愤怒地拿起钢笔，恨不能戳死门外那个可恨的人，但实际上，他的怯懦只能让他带着钢笔连同他自己，一起滚出窗户。

桑榆记得自己顺着窗外排水管麻利地向下逃窜的时候，一度满腹哀怨与心酸，觉得自己就是个废人，但直到现在，他才注意到另一个细节，那就是紧咬着钢笔的牙关里，其实充满了冲天的愤怒。

这个细节又引发了诸多回忆，以前他被人欺负的时候，每每如此，在自怨自艾、自怜自伤的背后，其实隐藏着冲天的怒气，怒气背后，很可能隐藏着一个他想象中的、自己内心所幻化的超级英雄。

疤面，这个迫害自己的敌人，他所做的一切，都跟桑榆意淫的想法如出一辙，好像一个惺惺相惜的好兄弟，不，不是兄弟，而是兄长。

这一记忆碎片的画面结束了，桑榆支撑了一下身体，可他刚抬起头就又摔了下去，他感觉自己摔进了下一块记忆碎片中。

桑榆坐在椅子上一动不动，脑袋正被一双沾着面条的筷子敲打着，环境逐渐变成了小面馆的环境。

三哥的骂声越来越大。

"装什么傻，装什么傻！不交剧本装什么傻！"

三哥抄着筷子继续不停地敲打着桑榆的脑袋。桑榆愣在那里，手里拿着剥了一半的蒜，瞪着三哥。

"瞪我？"

三哥伸长胳膊更重地敲打着桑榆。桑榆突然猛挥一拳打中三哥，三哥很夸张地被打得飞出面馆，砸在了一排自行车上，此时的桑榆也变成了疤面的形象，他收起拳头坐在小凳子上，不屑地看着三哥。跟上一次一样，疤面又为桑榆做了他不敢做的事儿……

桑榆伏卧在泥潭中，类似的记忆碎片一点儿一点儿地闯入，他不得不接受疤面作为超级英雄的"正面"形象，虽然他不愿意承认，但不可否认的是，疤面拳打天下、替他出气的这些行为让他很爽，从来没有过的爽。

不知过了多久，桑榆的双眼似乎渐渐适应了这里的环境，在他的视野中，出现了好多东西，原来，这儿并不是空无一物，同时，他也感觉自己恢复得差不多了，意识甚至已经能够重新掌控自己的四肢和一切行为了，他看到周围似乎是一片森林，地上十分湿滑，可是桑榆没有听到这个室外环境里有别的声音，没有风，没有味道，一片空洞和寂静。

桑榆双手一撑站了起来，没有感觉身体很沉，也没有感觉头重脚轻，他伸手摸摸自己的身体，没有伤，也没有痛感。周遭的环境比刚才又清楚一些了，他正处在一个昏暗怪异的森林中，这里的树木不高，但是很密，盘根错节，光线有些昏暗，少数透着光亮的地方也有些不真实。既不像在现实，又不像在梦中。

桑榆小心地迈出了一步，不像是会有什么危险的样子，现在的情况是即使有危险也别无选择了，只能朝前走。既然自己已经到了这个境地，便也没什么退路可言。刚才他尝试着再睡一会儿，但无论是睡着了，还是醒来了，都没有带来什么变化。梦、阴间和幻觉，这三种可能都在桑榆的猜测之中，却哪个都不是很肯定，他决定继续向前走去，看看还会发生什么。

他一定要弄清，这里究竟是个什么地界。

Chapter

29

梦境仓库

+++

推开了许多个门之后，桑榆发现，这些门后面装着的，都是他曾做过的梦……

桑榆不知走了多久，也不知自己是在朝前走还是在兜圈子，周围环境始终如一，漆黑一片，死气沉沉，过分的寂静显得这里越发阴森。如果一直这样死循环下去，也就意味着永远都不会有转机。桑榆越走越觉得自己是在转圈，随即便决定换一个方向，转身朝自己的左边走去。

走了一会儿之后，桑榆发现这条路上的树林果然比刚才的稀疏了一些，他抬头望去，远处迷雾中，似乎透出了一座建筑的轮廓，但看上去又有点儿像山峦。桑榆已经很疲惫了，但看到了前方的轮廓还是受到了很大的鼓励，他越走越快，甚至跟跟跄跄地跑了起来，那座建筑的轮廓随着距离的拉近也越来越清楚了，他跑到这座建筑前方站定，距离十米左右的地方，呈现在他面前的是一座海螺形状的古怪建筑。

"海螺？"桑榆自顾自地嘟囔了一句，他忽然想起曾在一本书上看到过说白螺是古印度护法神的器物，巨大的海螺号是用来宣告他们在战斗中表现出的骁勇和胜利。想到这儿桑榆下意识地退后几步，他观察着"海螺"的外观，这是个右旋的海螺，可常见的天然螺壳的壳口一般都是左旋的，右旋白螺十分罕见，所以才会被视为仪式中的吉祥之物。

桑榆总感觉哪里不对，他又绕着这座建筑转了两圈之后突然惊觉，这座海螺形状的建筑看起来只有一层楼高，那为何他在远处的时候不仅能看到它，而且还大有冲破云霄的气势呢？难道这个"海螺"不是他一个小时以前看到轮廓的那座建筑？可桑榆转身朝周围望去，并没有看到其他建筑的存在。

他站在"海螺"前面许久，不知不觉中，桑榆发现，自己似乎已经拾回了记忆，他突然蹲了下来抱头痛哭起来，他清楚地记得自己中枪倒地时的情景，尽管他已经远离了那个情景，可他无法确定自己还能不能有机会回到自己的豪宅中。花儿和三哥等着他去救，可眼下自己却陷入一个未知的境地，他觉得不能再耽搁了，当务之急就是要想办法从这里出去，如果能回到那个能挽救花儿和三哥的时间和空间当然就更好了。

桑榆放下了无谓的思索，他走近海螺城堡，正前方有一扇门，与其称之为门，还不如称之为洞口，因为这洞口并没有门板。桑榆站在洞口外朝内探身查看，里面漆黑一片。他犹豫着要不要进去，可是除了这里也没有别的入口了，正在纠结之时，他一抬头看到洞口内的深处似乎隐约有光芒，便一步步走进了洞口。

这建筑是海螺形状的，桑榆以为进了洞口之后，接下来的路便应该是盘旋而上，所以他做好了俯身爬行的准备。可事实并非如此，他走进海螺城堡之后觉得跟走进一栋楼没有什么区别，洞口里是一段笔直的通道，通道的远端透着光亮，随着桑榆走得越来越深，光线也越来越明显，由于桑榆在黑暗之中逗留过久，所以对光线还不太适应，他眯着眼，用手遮挡着光。这个通道的出口在远端的左手边，桑榆估算了一下时间，从进了洞口开始自己已经走了几百米了，这就有些奇怪了，刚刚从海螺城堡的外部来看这个建筑也就是个普通别墅大小，而这条路又是笔直的，按理说不应该走这么久的。

桑榆边走边摸着墙壁，他十分确定自己没有走错方向，也十分确定自己没有离开城堡，终于他来到了出口处。站在这个出口处，看着眼前的景象，他完全惊呆了。相比之下，刚刚那个离奇古怪的通道简直不值一提，眼前的空间才是真正的不可思议！

桑榆面前，呈现出的是一幅与古罗马斗兽场内相似的情景，这里建筑边缘残破、空无一物，差不多有体育场那么大，整个空间内呈环形，四周的层级阶梯式向上递增，每一层都布满了门，这些门有开着有半掩着的，让人看了头晕，根本数不清有多少层，一眼望不到顶。

桑榆此刻第一时间的想法是离开这里，他顺着建筑内部的边缘走着，东摸摸西碰碰，坚硬而冰冷的触感告诉他，这是座真实的建筑，他不时抬头向上望去，猜想着，那些门后究竟是一个房间，还是通往另一个世界的通道。

"有人吗？有没有人在啊？"桑榆大声叫了几声，奇怪的是不仅没有任何人的回应，甚至连回响都没有。桑榆只能认为没有回响是因为这座建筑没有顶。他暗暗称奇，与这里相比，自己建造"桑榆塔"的设计和想法显得逊色了许多。

他推算了一下，如果把这些房门都一一探索完毕，恐怕需要用上余生全部的时间了。他找到了一个楼梯口向上爬了一层，左右望去，都是通向远方的走廊，一侧是房门，另一侧是栏杆扶手，桑榆挨着一个个的房门慢慢走着，这里没有人居住过的痕迹，也没有被恶意毁坏的痕迹，他不着边际地幻想着，如果海螺城堡的主人是个巨人的话，那么这里看起来更像是他的书架或者储物柜，巨人站在中央就可以随意拿去每一个格子里的东西。

桑榆在一个门前站住脚步，决定从这扇门开始探索一下，他把耳朵凑近房门听着，门后也是寂静无声，桑榆将手搭在门把手上慢慢旋开，轻轻拉开一条小缝，门缝没有透出光线。他试探着把门整个拉开，门内是大理石的地面，远处漆黑一片。他探索着进了门，地面突然开始向两侧延展，光线迅速转亮，渐渐呈现出地铁月台的环境，他刚一愣神，一辆地铁列车在他面前呼啸驶过，吓得他本能地退了半步。

等桑榆从惊吓中回过神来，却发现自己已身处地铁车厢的环境，正是曾经在地铁梦境中的情景，疤面正殴打着当时的桑榆，他半个身子都被砸进了地面之下。乘客惊恐四散，朝此时的桑榆跑来。桑榆正想闪躲，却发现人们从自己的身体直接穿了过去，一个又一个，毫无障碍，俨然此刻的桑榆已经变成了一团空气。他又惊又怕，一个闪身退回了门外。

"这是怎么回事儿？"桑榆在门外靠着墙思索着，"是另一个时空吗？不对，这个梦已经是许久之前的梦了……"

这一情况肯定不是时空折叠引起的，因为他从自己的世界来到这个世界，并没有经过类似光速运动的特别过程，即使真的是穿越了，去的地方也应该是未来或者过去某个真实的时空，但门内装载的是他曾经的梦境。

"为什么会是地铁中的情景？"

他清楚地记得坐地铁那天并不是什么特别的日子。桑榆毫无头绪，他在走廊中探索着，又推开一个房门，里面是美式快餐店的场景，当时的桑榆正坐在一角专心地打字，疤面拖着铁链走了过去。桑榆退了出来关上门，接着又推开另一个门……

推开了许多个门之后，桑榆发现，这些门后面装着的，都是他曾做过的梦，他看着剩下的那些数不清的门，有点儿发蒙，即使自己真的做过很多的梦，也不至于有眼前这么多吧，也许这里还会有些他没做过的梦，也就是未来的梦。

看来这里是桑榆的梦境仓库了，这远远超出了桑榆能够理解的范围，但他仍然漫无边际地猜想着。

假设，人一生的梦境是从一出生开始就已经设定完毕了的话，现在又有个地方储存着人的梦境，也就是说……梦境是真实存在的一个空间了。根据这样的逻辑，当他离开梦境回到现实之后，只要不死，梦境的剧情还会继续下去，梦境里的人甚至也会在梦里走完一生。

桑榆继续胡乱猜想着，人在梦境之外有着人生轨迹，而在梦境中，每一个梦也会保留着一条人生轨迹，无数条人生轨迹产生了人生的多种可能性，每一条人生轨迹上的人都在各自为政地活着，桑榆觉得这些人生轨迹都是真的，只是看你存在于哪条轨迹上，如果意识不到自己是在梦中还是醒着，便不会发现其他的人生可能性，只会认为活着就是活着，死了便是终点。

他忽然想起那个讲梦的老教授在课堂上曾经讲过的弗洛伊德的比喻。

梦是一个通道，一个发现你自己不为人知的另一面的通道……

不要把夜送给你的礼物轻易丢掉……

那么，这个通道接下来将把他引向何方，又会有怎样的礼物等待赠予呢？

A Fantastic Journey

奇幻之旅

Chapter

30

现实回归

+++

桑榆用这句咒语将真的和假的分辨开来之后，却迷恋上了假的。

　　眼前的一切似乎表明，现实之中的自己还没有死透，桑榆第一次相信了灵魂不灭的理论，可灵魂不灭又有什么用呢？花儿跟三哥那边也不知情况如何了，自己却被困在这不知名的地界，干着急也帮不上忙。

　　不知过了多久之后，远处突然出现一丝光亮，桑榆马上朝着光源的方向尽可能快地走过去，他脚步踉跄，浑身无力，却咬紧牙关坚持往前走着。也许是因为自己在森林或城堡中折腾累了，这种疲惫远超过人体机能所能承受的极限。现在他除了感到无力，周身还开始隐隐作痛。可他无暇顾及这些变化，只是一心加快脚步前行。

　　光源在一点点地扩大，借着那白色的光芒，桑榆看到四周依旧空无一物，空气里没有血腥的味道也没有潮湿的味道，如果不是这里真的什么都没有，桑榆简直要怀疑是自己的鼻子失去了嗅觉。这时候，桑榆感觉身上更疼了，他摸着自己的脸、胳膊、胸膛，虽然看不太清，但是可以摸出来个大概，他能感觉到伤痕蔓延的速度很快。

　　顾不得满身的疼痛，桑榆终于跌跌撞撞奔到了光芒近处，他看到光源背后所呈现的情景之后更为惊讶，自家豪宅客厅俨然出现在眼前，客厅里的那个桑榆倒在了血泊中，被花儿抱在了怀里。虽然自己在这个空间里已经折腾了很长时间，但客厅那边看上去时间并没有过去多久。

　　三哥被花臂和秃脑壳打倒在地，匪徒们若无其事地说笑着，花儿则痛哭流涕地嘶喊着什么，桑榆听不到那边的声音。他急切地迈开脚步向前冲去，却"嘣"的一声撞到了一面透明的墙壁，他这一撞把自己撞得人仰马翻倒在地上，慌忙爬起身后，他急忙把双手放在这面透明的墙壁上摸索着，这墙壁却像无边无尽似的摸不到边缘。

桑榆根据位置判断，墙壁中这块透明的部分正好跟豪宅客厅中的背景墙大小相吻合，看上去像是一个出口，但又被封得死死的。桑榆如同被困在背景墙后的一个虚幻空间中，跟现实世界相平行，却无法穿越到现实之中。

他还没来得及想太多，客厅那边的老呆已经淫笑着走到花儿面前开始拉扯花儿。

"王八蛋！你别碰她！！！"桑榆叫喊着冲过去敲打着透明墙壁，可这墙壁很是坚固，将两个空间完全隔离开来，他不甘心，便更加猛力地用拳头砸着墙，然而墙体纹丝不动，他身上的枪伤却因为动作过大被牵动，疼得桑榆摔坐到了地上。

客厅那边，老呆把花儿顶在背景墙上，要把刚才没办完的事儿办了。桑榆艰难地爬起身，用拳头和手肘一次次疯狂地撞着墙，撞到骨头错位也于事无补，花儿已经被老呆野蛮地制服，老呆将花儿压在身下，花儿双眼无神，绝望地流着泪，她四肢僵硬着，连声音都发不出来了。

桑榆绝望地哭喊着，身上显现出来的伤疤越来越多，他的身体也越来越虚弱，桑榆抱着最后一丝希望喊着"我在做梦！"，可依旧无法改变这一切。

　　"乓——"一声枪响传来，血飞溅在背景墙上绽开了一朵朵血花，花儿倚着墙往地上倒了下去，老呆则提着裤子满意地走开了。

　　看着这悲惨的一幕，桑榆瘫倒在了墙边，他双手颤抖地摸着墙，看着透明墙另一端死不瞑目的花儿，把脸凑过去贴在墙上，贴在了花儿的脸边。透明墙的光亮范围渐渐缩小，桑榆也已经万念俱灰，他嘴里模糊不清地嘟哝着"我在做梦"，心里充满了无穷无尽的懊悔和伤痛。

　　也不知从哪一刻开始，桑榆的身体表面突然鼓起了很多的包，一下接着一下地鼓了包又缩回去，就像胎儿在孕妇肚子里的胎动一样。半响后，他的身体发生了惊人的变化。他的体形变大了许多，身长足有两米多，一身膨胀的肌肉块已经将衣服撑破，满是伤疤的皮肤带着一丝阴冷的青色，头发没有了，一边的耳朵变得很尖，另一边则只剩下残破的耳根，整个面容看起来就像是地狱中魔鬼的样子，若不是因为嘴被线缝合起来，那么用"青面獠牙"来形容他的脸真是恰如其分——这完全是疤面的样子，或者说，他已经变成了疤面。

　　桑榆慢慢起身，他低头看了看自己的身体，发现自己已经变成了疤面，他右手心里凭空出现了一把大砍刀，仇恨点燃了他的心，他怒吼着用刀劈砍着透明墙，"当！当！当——"劈砍到第三下，刀终于砍进了墙壁。

　　劫匪们正欣喜若狂地清点着桑榆的宝藏，强哥则安静地坐在沙发里把玩着手中的冉遗鱼，享受地看着手下们进行着的暴行，没有人理会倒在血泊中的三哥和衣衫凌乱、面无生气的花儿，直到背景墙随着桑榆在另一边的砍砸而突现一处刀刃形状的凸起时，他们才警觉地放下手中的事儿朝这边看过来。

花臂来到了墙边观察了一圈，发现墙面十分平整，他揉了揉眼睛，以为是自己看花了眼，可他刚一回头，墙壁上突然破出了一个大口子，那缝隙里露出疤面的脸，吓得花臂连连后退。强哥也坐不住了，他举着枪奔到背景墙后面，并没有发现人影。

这时又是"当！当！当！"三声刀刃劈砍墙壁的声音传来，背景墙上的破洞越来越大，几乎露出了疤面的全身。

强哥慌忙举枪对着墙壁的缺口处猛烈射击，而正在愤怒劈砍的疤面丝毫没有受到强哥枪击的影响，刀枪不入的他开始用大手飞快地扒着砖石，身体拼命往外挤着。

手枪的弹夹打空了，强哥慌乱地更换上装满子弹的弹夹继续射击，边射击边后退。秃脑壳已经吓傻了，呆愣愣地站在原地，花臂则贴着墙，朝门口方向慢慢蹭着，企图逃跑。老呆一根筋地用蛮力举起一个最大号的编钟，等待跟这个不速之客的最后对决。

疤面迎着子弹冲出了背景墙，他将手中的大砍刀朝强哥扔了过去，强大的推力不仅让大砍刀毫不费力地穿透强哥的身体，还把强哥向后推向背景墙正对面的墙边，将他钉在了墙上。

强哥张嘴吐了一大口鲜血，瞪大了眼睛死死地看着疤面，还没弄清是什么状况就一命呜呼了。

　　老呆叫喊着举着大编钟朝比他高大许多的疤面砸去，疤面随手一挥就将编钟弹开，他的右手心又凭空变出一把大号的猎枪。花臂、秃脑壳、老呆见状，纷纷跟跄地朝门口逃散，疤面毫无迟疑地开枪朝他们逃窜的方向扫射，三人均被击毙倒地。

　　就在强哥被大砍刀钉在墙上的时候，血泊中刚刚已经没了气息的桑榆突然醒了过来，不过他依旧很虚弱，张嘴咳着血。他扫视着室内的情况，最后将目光定格在花儿身上，接着便努力爬到了花儿的身边，在地上拖出了一道血印。桑榆用尽最后的力气轻轻地牵起了花儿的手，痛哭着把花儿的手放在自己的脸颊上。

　　空气中残留着枪口散发出的硝烟味道，世界终于安静了下来，满屋子的尸体、血迹、残破的一切，活着的只有站在那里的疤面和趴在地上刚刚"活过来"的桑榆。

　　疤面拎着枪看着地上的桑榆，刚刚还是桑榆的他终于搞明白了一个奇异的现实——梦境世界和现实世界已经连接在一起，在这个过程中，桑榆人格中的超我、自我和本我在长期分裂之后在这里相逢——这个不合常理的状况的确真实地发生了。而这个神奇时刻就始于自己被强哥射杀之后的弥留之际，类似魂魄离体的情况。在意识的边界中，自己跟疤面已经合二为一，也就是说，超我已经回归本体并主控了他的意识，那么地上的那个，应该就是迷途中等待拯救的自我。

　　疤面来到桑榆面前，二人对视着。倒在地上的桑榆愣愣地看着疤面的眼神，是的，那是自己的眼神。更重要的是，他能记起死后自己从落入海螺城堡到变成疤面破墙而出的全部过程，他看到超我拯救了自我，他也终于承认疤面就是自己。

经过梦境通道的奇异旅行之后，桑榆以本我的人格进入，最后找到并化作超我，当他回到现实的时候，又遇到了那个将死的自我。此时此刻，本我、自我和超我共处一室……

桑榆终于收到了夜的礼物，而梦也的确是一个神奇的通道，让他发现另一个不愿承认的自己。而疤面凶残的样子都是桑榆自己内心幻化出来的，他知道，有时候，与其对别人狠一点儿，他更希望能够对自己狠一点儿，只是每当这时，身体里的那个本我便奋起抵抗，导致桑榆走上盗宝、挥霍这条不归路，正是本我战胜超我，才使他的人生全面失控了。

令桑榆高兴的是，今天超我终于回来了，拯救了一切，他很庆幸，还好超我一直还没有破灭。

可是，决定命运走向的开关最终还是放在了自我的身上，倒在地上的桑榆看着疤面，缓缓说出了那句"我在做梦"，语气再也不像在喊一句咒语，而是在承认某个事实。

他终于明白了这句"咒语"的深意，其实很简单，就只是在提醒自己，哪些是真的，哪些是假的而已。遗憾的是，桑榆用这句咒语将真的和假的分辨开来之后，却迷恋上了假的。

"我在做梦，我在做梦……"的话语回荡开了，整个世界都开始崩坏，桑榆凭借这句咒语从梦中盗出来的所有宝贝都开始发生异动，直至灰飞烟灭、归于无形。

世界如关灯一般一片片地暗了下去，而站在桑榆对面的疤面最终也消失在黑暗之中。桑榆知道他现在所处的环境都是用"我在做梦"这句咒语缔造出来的，所以一切终将不复存在。

他吃力地将自己的头部轻轻地枕在了花儿的肩膀上，随即释然一笑，结束了，一切彻底结束了。

桑榆闭上了眼睛，感受着自己的身体也开始随着这个世界而慢慢消失，他始终都轻轻呢喃着："我在做梦，我在做梦，我在做梦……"

黑暗中，桑榆觉得自己飘了起来，但很快又沉了下去，他仍重复说着："我在做梦，我在做梦，我在做梦……"

"你做梦了？"

"我在做梦，我在做梦，我在做梦……"

"桑榆，是你吗，醒醒……"

桑榆醒了过来，他眯缝着眼睛，周遭光线跟刚刚不同，环境也变了，他像一个刚落地的婴儿一般，还没准备好接受新的世界。

"是谁在叫我，这个声音如此熟悉，是她吗，真的是她吗……"

桑榆慢慢将眼睛又睁开了一些，果然是她，是花儿，完好无缺的花儿，就在自己面前。

"你做梦了？真的是你呀！"

花儿面带关切地看着桑榆，还扶着他的肩膀轻轻摇晃着。桑榆发现自己回到了最初的那个小超市门外，背靠着落地窗坐在地上，手里还拿着一个面包的包装袋，时间回到了几个月前，他从梦中拿出巨型短剑时的那一晚。

桑榆惊呆了，他顾不上因为自己落魄的样子而羞愧，睁大眼睛环顾四周，最后傻愣愣地看着花儿。花儿俯身蹲了下来，像是要尽力唤醒桑榆的样子。

"你到底怎么了？醒了吗？说话啊！"

花儿脸上带着善意的笑容，这是花儿，真实的花儿，不是疤面幻化而成的花儿。

"跟我走吧，我带你去吃点儿东西……"

桑榆依旧不敢相信回到了现实，他头脑发蒙，身上的伤也全都消失了，可是心里还残存着一阵阵后怕……

Chapter

31

重获新生

+++

也许真正的幸福就是平凡的，它没有豪车的炫动，没有豪宅的奢华，没有宏大的浪漫，
但那一种平平凡凡的生活滋味儿，却比什么都珍贵。

花儿家离那个小超市不远，可这段路桑榆却感觉走了许久。从十多年前桑榆第一次遇见花儿开始，他一直都感觉自己距离花儿好远好远。

这些年桑榆一直努力让自己变得更好，可以说就是为了花儿。眼下是他最为落魄的时候，可偏偏是在这个时候自己再次与花儿重逢，或者说是被花儿捡回家中，桑榆感觉，自己这么多年的努力一下子被否定了，全部付诸东流。

在往花儿家走的这一路上，有好几次桑榆都想就此逃开，从此与花儿再也不见，但他在做决定的时候还是犹豫了，他做不到，他舍不得。

一番纠结过后，桑榆不得不迅速地把思路切换到自己离奇的遭遇上，他用了好长时间才确认自己回到了哪个时间节点。进了花儿家门之后，噩梦并没有发生的迹象，桑榆的心暂且踏实了下来。

经过这一番亦真亦幻、惊心动魄、死去活来的经历，桑榆真真切切地感到，人是那样渺小，根本无法与这个世界里游戏规则的缔造者对话。承认自己的弱小，懂得敬畏，或许是学着跟这个世界沟通的第一步，桑榆觉得，自己现在才悟到这点可能迟了好多，但也许还不算晚。

桑榆坐在花儿家的沙发上，环顾这一切，与自己梦里的如出一辙。花儿家中陈设十分简单，除了一个大大的书柜。书柜里面藏着好多书，那里是花儿的精神世界。

花儿进来之后一直没有搭理桑榆，此刻她正在厨房忙着给桑榆做吃的，也没有跟客厅里的桑榆说话，桑榆胡乱地猜想着，花儿可能是太过专注了，不过也可能是她在斟酌着这么多年不见该跟这个苍老了的"小孩"说些什么。不管怎样，这里的一切都是温暖的，自从桑榆从那个不可思议的空间回来之后，他开始迷恋这个人世间的一切温暖，哪怕是那么一点点，只要可以感知到。

桑榆坐在沙发上，耳中还是回响起当年在门外听到的那个男人的歌声和潦草的吉他和弦，他承认，那次的经历将他刺得鲜血淋漓，他曾发誓要让自己变得更好、变得成熟、变得有趣，这样才有希望俘获花儿的芳心，可现在看来，他的誓言落空了，他一事无成。想到这儿，他突然想起那个梦境里成功的"桑榆"，他给了花儿全世界最绚烂的夜晚，并成功赢得了花儿的爱情，虽然最后他逃开了，但那个略带遗憾的夜晚让桑榆现在想起来还是心跳不已。

时间似乎扭曲重叠地接续上了，就在不久前，桑榆还在这个沙发上面对那个镜子演练着表白的话，而那会儿，花儿不是在厨房，而是在浴室。想着想着，桑榆抽了自己一耳光，本能地想看看自己会不会醒过来，这时花儿端着一碗面走来，放在他面前的桌子上，然后坐在桑榆对面。

"第一次见人饿晕了想要抽自己的。"

说完花儿自己捂嘴笑了起来。桑榆也觉得有些突兀，有些不知所措地看着花儿。

"快吃吧，你肯定饿坏了。"

桑榆看着面前这碗面条，简单却不失精致，面上摆着鸡蛋、肉丸和蔬菜，看起来就让人十分有食欲。桑榆把碗端了起来开始吃，吃着吃着却流下了眼泪，他十分起劲儿地仔细咀嚼着，这一刻只有他自己知道，他吃的并不是面条，而是劫后余生的幸福。

进食的愉悦或许是活着最有力的证据，当美味的食物顺着食道来到胃中的时候，人便开始有了奇妙的变化，会被食物与身体的结合而产生的踏实与快感征服。桑榆现在只相信自己只是做了一场大梦，虽然经历了许多，但从他在小超市门前睡着那一刻开始，之后便都是梦了。这里不再有打算用一百五十万收购花儿咖啡店的桑榆，不再有给花儿赠送法拉利的桑榆，也不再有那个横空出世的"天才"编剧，有的只是想平平淡淡过完一生的那个桑榆。

桑榆嘴里充斥着面条的香气，抬头瞥见了一脸笑意看着自己的花儿，在经历了一场生离死别的梦境之后，桑榆笑了，他终于品尝到了幸福的味道。也许真正的幸福就是平凡的，它没有豪车的炫动，没有豪宅的奢华，没有宏大的浪漫，但那一种平平凡凡的生活滋味儿，却比什么都珍贵。

桑榆知道，自己终于回到了想要的起点，既然花儿没事儿，那么三哥、光仔也一定没事儿，自己一定要好好拥抱这份失而复得的幸福。也许这里没有自己期待的爱情，但至少花儿是鲜活的，有什么比平平安安更重要呢，做人不要太贪心了。

花儿看着桑榆，既有些欣慰，又有点儿不解，她不知道的是，感动桑榆的不只是这一碗面这样简单。

"小屁孩，我在杂志上看过一个叫'桑榆'的写的小说，当时就觉得是你……你坚持写作就对了，你挺有才的，可能就差那么一点点运气吧。我帮不上什么大忙，你愿意的话，就来我咖啡店里……"

桑榆没抬头，边吃边擦着眼泪，默默地点了点头。

那晚，桑榆和花儿并没有聊很多，他甚至回避跟花儿聊起太多过往，那些青春岁月里的隐秘情感，似乎还不到适合回顾的时候，而那些最让桑榆难以忘怀的奇幻之旅，他又不知该如何开口，其实也有些不敢开口，不管花儿信不信，桑榆都为那段经历而感到心慌不已。

花儿明天还要早起去打理咖啡店，桑榆吃饱之后也分外困倦，于是花儿招呼着桑榆在客厅的沙发上安睡下来，自己也回到了卧室。

这一夜令桑榆欣慰的是，花儿没有关房门，其间还出来两次查看桑榆，桑榆十分感动，所以在花儿出来探看他的时候他都双眼紧闭地装作睡着了，其实那晚他辗转反侧，直到天快亮的时候才睡着。

第二天，当阳光直射在桑榆脸上的时候他才猛然醒来，已经接近中午了，这一宿他没有做梦，桑榆顿时心安，看来一切真的是过去了。他躺在那里回想着几个月来的经历，真的就好似一场大梦，他相信，在自己穷困潦倒到了极点的那个夜晚，人生终于开始发生了可喜的转折，不再做噩梦，不再有疤面出现，那些荣华富贵的"人生经历"也只是一场梦，现在这个样子就刚刚好，今天就仿佛重生了一样，是桑榆下半生的新起点。过去的事儿就彻底过去吧，不管是好的还是坏的，都留在那个梦中吧，日子重新来过，一切都会好起来的。

桑榆从沙发上起身，洗漱完毕，本想为花儿做点儿什么，却发现房间里十分整洁，没有再次打扫的必要，这就是花儿，桑榆在心里一边感叹，一边享受着正午阳光的温热，这是桑榆这么多年从睡梦中醒来心情最为愉悦的一次，一醒来就发现所有的烦恼都一笔勾销，世间还有比这更值得高兴的事情吗？

他想起昨夜花儿对他的邀请，便决定从今天开始，踏踏实实地在花儿的店里工作。沙发扶手上挂着几件男人的衣服，衣服上还有一张字条，上面写着："朋友的衣服，不介意就换上吧。"

就这样，桑榆不仅成了花儿咖啡店里的服务员，还不顾花儿的反对成了咖啡店的夜间保安。

这天清晨，咖啡店营业，花儿在点餐台内做了一杯咖啡，放到托盘里，穿着咖啡店工装的桑榆端起托盘，热情地把咖啡送到客人桌上。同往日一样，店里的人并不多，花儿在点餐台后制作着咖啡，桑榆招呼着仅有的两桌客人。

客人离去后桑榆正在擦拭着桌子，花儿走了过来，双手藏在后边。

"什么？"

桑榆微笑地看着花儿，知道有好事儿。花儿把一个笔记本电脑的礼品袋递给桑榆。

"送你的。"

桑榆一愣，脸一下就红了，他不好意思地推辞着："这我不能要……"

花儿则带着微笑，很爽快的样子："当作我投资你的剧本，赚了是你的，赔了是我的。"

桑榆听着熟悉的话，脑海不禁浮现出三哥的身影，一时间有些感慨。桑榆看着花儿充满期待的样子，决定将自己的挫败告诉花儿。

"其实我不打算写作了，别人想要的我都写不了。"

"那就写你自己想写的。"

阳光洒进咖啡店，落在了花儿的发梢，桑榆听到花儿的话语一下就愣住了，他似乎明白了一个很重要的事实。

桑榆回想着之前一直无法写出东西的种种苦楚和郁闷，其实最真实的原因，并不是疤面在梦境中的变态纠缠，而是自己发自内心地抗拒去写，仅此而已。

而现在的自己，既然懂得了自己想要的是什么，又拥有了能够重新再来一次的机会，就像花儿说的一样，只写自己想写的东西！

想到这里，桑榆抬头看着一脸笑意的花儿，也露出了开心的笑容，花儿看着桑榆一脸傻笑的样子便直接拉起了桑榆的手，将礼品袋塞到了桑榆的手中。之后便转身朝着吧台走去，边走边说："小屁孩，相信我，写吧！"

桑榆看着花儿离开的背影，认真地点了点头。

就这样，桑榆重新开始了创作，但每当他敲击键盘的时候，三哥的身影却总是浮现在他的脑海中挥之不去，三哥追赶自己要稿的情景一次次地跳出来，桑榆没有将三哥的剧本写出来，而三哥给自己的一万块定金却被自己看病给花了，这于情于理都说不过去。

终于，桑榆选择拿起手机找到三哥的号码拨了出去。

"喂，三哥，我是桑榆。"

…………

次日上午，桑榆来到了事先约定的小面馆，带着从花儿那里预支的薪水。不一会儿，三哥风风火火地赶来坐到了桑榆的对面。

一看到三哥，桑榆顿时眼泪就下来了。

"三哥……"说着，桑榆上前给了三哥一个狠狠的拥抱，三哥被桑榆突如其来的热情给惊到了，他张着手臂不知该如何安放，尴尬地看着四周。

"干什么？别这样……大伙儿都看着呢。"

桑榆松开三哥，从上到下端详着三哥，确定他确实完好无损。

"三哥，我对不起你……"

桑榆想的是在那个大梦中让三哥跟着耀武扬威的自己遭了不少罪。如果说跟花儿的重逢没有太多的悲伤是因为被巨大的喜悦冲淡，那么跟三哥的重逢对桑榆来说可以说是百感交集、五味俱全。桑榆像看着亲人一样看着三哥，抹着眼泪。三哥终于缓过神来。

"干什么？又耍花招儿，是不是还是一个字没碰？"

　　说着三哥举起手习惯性地要拍打桑榆的后脑勺，桑榆没有躲，而是面带微笑地站在原地看着三哥，这些原本让桑榆惧怕的举动，在此刻，全都充满了十足的温情，洋溢着失而复得的甜美。

　　三哥忽然感觉气氛有些肉麻，挥出去的手又收了回来。

　　"真是懒得碰你了。你就这样吧……我不管你了，再也不管你了……行吗，祖宗？"

　　三哥说着坐下，从一个保温杯里给自己倒了一杯茶水仰头喝下。他看着桑榆："话又说回来了，你小子可真行，拖稿的理由我听多了，有说文件丢了的，有说电脑进水的，还有说脑子进水的，你最奇葩，跟我玩下辈子……"

　　桑榆一脸疑惑，挠了挠头："什么下辈子？"

　　"你说呢！说完下辈子见就关机。你身上欠着债呢，那么容易死吗？"

　　桑榆十分羞愧地低下了头。

　　"对不起啊……"

　　说着，他拿出一个报纸打成的包裹放到三哥面前。

　　"谢谢你三哥……可是这剧本我是真写不明白了，这是一万，我从别人那儿借的，先还你，给你添麻烦了。"

　　三哥一愣，轻声道："你可想好啊……"

　　"其实没太想好，不过，我也不能一直这么欠着你……"

　　三哥没有拿这个钱，他看着桑榆，转而从自己的包里拿出一个银行的大信封，从中掏出几摞钱给桑榆亮了一下，又塞了回去。

"你之前给我的剧本卖了，人家说还行，你以后就写惊悚片吧。"

三哥说着，把桑榆那一万块钱也塞进大信封，放到桑榆面前。

"都拿回去，都拿回去，赶紧写，我还等着赚大的呢。"

桑榆看着大信封："哪个呀？"

三哥一脸无奈："你说哪个？一提这事儿我就气不打一处来，每次让你按我的要求写，保准给我写跑题，你自己说说，有多少次了？"

桑榆一头雾水，三哥见状继续道："算你歪打正着了，就上一次我让你写爱情片，你给我写成惊悚片了，还说你总做噩梦写不出来别的。这次我看你活不成了就问了一圈，正好有个收惊悚片的……"

桑榆想起来了，感激地看着三哥，情不自禁地说道："对不起了三哥，我辜负你太多了。"

"那你就好好想想怎么还我人情！"

桑榆看着三哥心中越发觉得温暖。

"不过说来，你还是有点儿才华的，就差那么一点儿运气……唉，不说了，坚持这两个字好说不好做。"

桑榆点着头，一股热流堵在胸口，不知道该说点儿什么好。

"点什么头呀，请我吃碗面吧！我丑话说前面啊，这回再给我拖稿，看我不抽你！"

桑榆笑了，他回身朝门口的老板娘挥手喊道："老板，来两碗面，大碗的……"

A Fantastic Journey

奇幻之旅

Chapter

32

酣眠之喻

+++

透过身后刚刚穿过的入口，桑榆看到之前的那个世界旋涡一般发生着旋转、扭曲，渐渐虚化，渐渐消失，他再也无法返回。

在桑榆的一生当中，到目前为止有两碗面吃得是最踏实的，一碗是前两天在花儿家吃的，另一碗就是今天跟三哥吃的这碗了。

在回花儿咖啡店的路上，桑榆经过了自己曾经蜗居的那个老旧居民楼，不过他懒得上去了，那个不近人情的房主一定还在，而那间小屋也一定有了新的房客。

他站在原地向远处望去，看着那座城市中央的摩天大楼，那个他曾在梦里购置的极致奢华的高层豪宅，依旧闪亮地矗立在常人不可触及的高度上。不过这些都跟他没有关系了。

梦醒了，生活还在继续，而且在变得越来越好，桑榆踏踏实实地回到了咖啡店，花儿早已将店铺打烊回了家，桑榆给花儿报了平安，便进入了每天例行的写作时间。夜很深了，桑榆却始终在不知疲倦噼里啪啦地敲着字。

晨曦中，天空渐渐蓝了起来，但桑榆没有一丝困倦，仍聚精会神地写着。清晨的阳光照射进来，笔记本电脑前的桑榆停了下来，他看着屏幕，对昨夜成果甚是满意，他合上了电脑，将杯中剩下的咖啡一饮而尽，接着盯着窗外发了一会儿呆，便起身去柜台后取出工装，准备开始一天的工作。

街上行人不多，桑榆在咖啡店门前，认真地清洁着门脸。半晌后他伸了个懒腰，走到了街角活动筋骨，晨曦的光芒并不刺眼，可桑榆却闭上了眼睛，用心灵感受着城市中的各种声音和气息。过了一会儿，桑榆似乎在晨曦中汲取了足够的养分，他睁开了眼睛，无意识地转头朝街对面望去，那个摊煎饼的大爷刚刚出摊，并没有注意到这边的桑榆。

桑榆这才想到自己竟然忘记了一个极为重要的人物——摊煎饼的大爷。

"怎么忘记了呢？"

桑榆自言自语地嘟囔着，觉得有些不可思议。想到这儿他的脑袋突然袭来一阵剧痛，桑榆抱着头蹲在地上，过了好一会儿才站起身来，他感觉到这种疼痛似曾相识，是那种梦中带出来的伤痕给身体留下的痛。

桑榆隐约觉得自己从"大梦"中醒来之后，之所以没有想起这个摊煎饼的大爷，是因为这段记忆被摘除了。随着刚刚的重新想起，似乎一个记忆的碎片冲破了某种阻隔，在经历了海螺城堡的探索之后，桑榆似乎能清晰地感觉到脑海中那些突入幻觉、移动记忆时的感觉。刚刚的疼痛就是来自此，有关煎饼摊大爷的记忆曾经不知在什么时候被摘除，而在刚才又被塞了回来。一种危机感在桑榆心中蔓延。从他在小超市门前"梦醒"以来，他从未怀疑过"醒来"的真实性，但不可否认的是，他的心中始终暗藏着一丝疑虑挥之不去，毕竟这场神奇的"大梦"太过真实也太过漫长，虽然他不敢细想这件事儿背后的真相，但他还是决定去跟大爷聊聊。

可能是因为时间太早，煎饼摊前还没有客人，大爷独自整理着食材。桑榆来到煎饼摊前。

"大爷……"

大爷看到了桑榆，微笑着没说话。桑榆内心紧张，语气却故作欢快："大爷，我来一个煎饼。"

大爷回头，看着桑榆笑了一下，在铁铛上开始摊煎饼，不一会儿，一双手就麻利地将煎饼馃子制作完成。

桑榆接过煎饼馃子刚咬了一口，眼前一黑，海螺城堡内的景象突然出现。整个空间与环境变得阴暗而模糊，黑暗中一座仿佛如古罗马斗兽场的建筑显露出来，周围一圈不规则地向上错落堆砌着层层建筑，数不清层数，每一层都布满了门……

这个情景虽然只是一闪而过之后迅速消失，但桑榆还是惊呆了，就在他回头四处张望的时候，煎饼摊大爷拿着个黑袋子递给了桑榆。

"这个还你。"

桑榆看着这个袋子想了起来，在梦境中自己曾经让三哥给大爷送了一袋子现金，而现在这个袋子居然出现在了现实世界的大爷手中。桑榆看着原封未动的袋子错愕着，他拿着袋子，彻底陷入了恍惚，一时分不清哪些是梦哪些是现实了。

大爷则很是淡然："心意我领了，但你拿命换来的钱我不能要。"

桑榆还发着蒙，大爷冲他笑了，似乎是看出了桑榆的迷惑。

"我也这样换过，但经历一番生死之后，觉得还是现在这样生活得踏实。"

大爷说完便把自己的上衣撩了起来给桑榆看，桑榆惊呆了，大爷的身上也布满了大小不一、密密麻麻的伤痕。

"大爷，您……这到底是怎么回事儿呀？"

大爷拿出了一个小凳子，让桑榆坐在自己旁边，对桑榆讲了起来。

"我们是一样的人，年轻的时候，我也穷困潦倒过，一次偶然的机会，我得到了那句咒语。"

"我在做梦？"

大爷点点头，接着说："那时我也是噩梦缠身，总有一个怪物缠着我。半年前，我看你的状况不太对，就仿佛是看到了我当年的样子。"

大爷说着指了指不远处的那个楼顶天台。

"直到你站在那边要跳下来，我去劝你，你跟我说了你的困扰，我才最终确定你跟我是一路人，我就把这句咒语告诉了你。后来的事情不说你也知道了，梦境里的宝藏很多，人的欲望更大，我原本只是想拿出一件宝贝出来就算了，但是谁会拒绝更多的钱呢？所以我后来越拿越多，很快就暴富了。

"但是报应也随之跟来了，我身上全是伤，这都是梦里和那个怪物缠斗时留下来的。经过一番折磨之后，除了这些伤痕，我就一无所有了，我这些年就靠着这个小摊生活着，没什么大的奔头，却也没有了寻死的想法……"

桑榆听了大爷的这番话问道："我们是同样的人，那我们是什么人呢？"

　　"我也说不太清，可能是我们的体质跟别人不一样吧，世界之大无奇不有，不仅我们俩经历过这些，还有别人。"

　　桑榆又问："那我们是在哪里，这里又究竟是真是假？我……"

　　桑榆还有一连串的问题要问，却被大爷打断了。

　　"我知道你有很多疑惑，比如，什么时候是在梦里，什么时候是在现实，其实这很难分清，事实就是这样，你以为你醒着，其实你有可能是在梦中，你以为你在梦中，但这个梦很有可能就是你的现实。"

　　桑榆忽然产生了如堕梦中的强烈荒谬感，自己面对的根本不可能是一个卖煎饼的大爷，说是一个哲学系教授还差不多。

　　大爷继续滔滔不绝。

　　"你听过哲学上有一个说法吗，所谓相由心生，我粗浅的理解是，我们每个人所感知到的世界，只是我们根据常理去判断的世界，我给你打个比方，正因为有人将一个东西定义成绿色的，所以当我们的大脑搜集到的信息达到绿色的标准时，我们就会把这个颜色叫作绿色。但是，我们的大脑并不是万能的，它也可能出错，也会有局限，所以大脑很多情况下收集到的信息其实是不完整的，这样一来你看到的部分未必就是全部，如同盲人摸象的道理，你今天所感知到的世界，也许只是大象身体的一部分而已。"

　　桑榆问："那么您自己觉得，现在我们是在哪里呢？"

　　大爷摇摇头。

"梦里？现实？或者某个我们所不了解的空间？"

大爷面对桑榆的追问，没有回答，他起身朝街道的一个方向走去。

桑榆起先还坐在那里，以为大爷临时有什么事情要办，但当他看到大爷越走越远的时候，便连忙起身跟了过去，大爷在前面越走越快，以至桑榆在身后跑了起来才跟得上。

就在桑榆快追上大爷的时候，大爷的身影突然消失了，桑榆却因为惯性没有立刻停住。

"嘣！"

桑榆一头撞在一个透明的墙壁上，这种感觉对桑榆来讲再熟悉不过了。透明墙壁的另一侧，依旧是正常的街景，但桑榆却穿不过去，桑榆回头看看，自己身边街道上的人和车都不见了。桑榆摸着面前这个不可逾越的透明墙壁，墙壁的面积很大，似乎将整个街道给拦截住了。他用手指漫无目的地摸索着，慢慢地，他似乎摸到了一个突起，那突起有点儿像墙纸翘起的一角，他抓着这一角，用力撕扯，神奇的事情发生了，这个透明墙壁真的出现了一个洞。他顺着撕开的漏洞朝里面看去，那边是另一个世界的景象，但是看不太清。

桑榆抓着刚刚被撕开的破洞继续用力撕扯着，就像是更多的墙纸被撕开，另一边的世界渐渐呈现在他面前。桑榆疯狂地撕开了一个人身体大小的洞。当能够清楚地看到另一边的景象时，他站在那里愣住了，那是一个他从未见过也难以想象的世界——一座很有未来感的城市，看不出属于哪个时代或者哪个国家，里面的人熙来攘往，形象各异。

正当桑榆看着这个世界啧啧称奇的时候，忽然在一个角落里看到了疤面，疤面正看着自己，桑榆本能地有点儿惊慌，但疤面却并没有进一步的行动，也没有想要躲开桑榆的意思。桑榆愣在原地，正在犹豫要不要进入那一端的时候，大爷不知什么时候出现在桑榆身边。

"你，到底是谁？"

桑榆觉得眼前的大爷就是一把钥匙，只有通过他才能解开这一切谜团。

"超我，你一定懂，我是那个老头的超我……你们都是幸运的人，能找到自己超我的人。"

桑榆已经相信了大爷的说法，除了这样的解释，他再也想不出大爷如此先知先觉的理由了。

"那里是哪里？"

桑榆指着"里面"的世界。

"关于你刚才的问题，我无法给你确定的答案，但相信你的内心还是你的眼睛，就要靠你自己的选择了。我只能告诉你，梦境并不是幻想，而是真实存在的世界，这个世界很特殊，我们可以把它比作一个通道。相信你也懂一些，弗洛伊德不是说过吗，顺着梦境通道可以找到你的内心，一边是你的本我，一边是你的超我，你在现实世界中以自我生活，压抑着本我。但是，最终可以约束你自己的，是超我。”

桑榆听懂了一些。

"我是什么时候来到这个通道的，换句话说，如果我现在正站在通道的出口，那么入口在哪里呢？"

"应该是你从梦里拿出那把短剑的时候吧，你能从梦中取物的本事不就是从那里开始的吗？你后来经历了一场痛苦的斗争，你的超我毁掉了你在梦里以为的现实世界，又把你带到了自己的内心空间，那里储存着你所有的记忆和梦境，当他引导你看到你全部的自己之后，他的使命就完成了。"

"那么我现在该怎么办？"

"找回你自己。那里是这个世界上所有人的超我聚集地，但并不是所有人都有机会来到这个境界，进去之后，你需要让你的自我、本我和超我达成和解，或者说是平衡。"

桑榆感觉心里毛毛的："这对我有什么好处呢？"

"你不会变成超人，但你会拥有一个完整的自己了。"

大爷说着要迈步进入那个世界，桑榆拉住大爷。

"等等，我还是没懂。"

大爷微笑着，穿过透明墙壁上的大洞，站进了那个世界，转身之后，微笑地看着桑榆："进来吧，进来你就明白了。"

桑榆犹豫着，却还是迈开了脚步，就在他踏入超我世界的一瞬间，他感觉到一种从来没有过的平静愉悦自内心油然而生，透过身后刚刚穿过的入口，桑榆看到之前的那个世界旋涡一般发生着旋转、扭曲，渐渐虚化，渐渐消失，他再也无法返回。

这一时刻，桑榆一生的全部经历都在他的眼前飞速掠过，他没有感到眩晕或是半点儿不适，反而觉得自己的思路无比清晰，就像是站在了上帝视角看懂了所有的事儿……

以小超市门口的那个梦为临界点，在此之前桑榆的人生都是真实的，不得志的编剧生涯、难以实现的爱情梦想，以及痛不欲生的噩梦折磨……那天他饥肠辘辘地睡着之后，一直到从梦中拿出巨型短剑、利用"我在做梦"这句咒语暴富，遭遇强哥夺命乃至在海螺城堡探索……这些都是桑榆的一场大梦。

然而桑榆没有想到的是，这场大梦醒了之后，他却并没有回到现实，而是来到了超我世界。

桑榆终于真正理解了大爷刚刚的解释，梦境世界和现实世界一样都是真实存在的，正如那个研究梦的教授所讲，梦只是一个通道，一边连接着现实，一边连接着连自己都看不到的内心深处的潜意识世界，现在，他就在内心深处的潜意识世界。

桑榆此刻觉得很轻松，他并没有急着去寻找回到现实的出口，而是感觉自己很幸运，内心一个突然冒出来的想法也令桑榆颇为兴奋，既然自己有可能永远留在潜意识世界当中，莫不如就不再为如何回到现实世界而发愁，从此时此刻开始大胆去探索，前路之中无意发现回到现实的出口那最好，若没发现，就当是提前适应潜意识世界里的生活好了。

　　全新的奇幻之旅即将拉开序幕，人生就是这样，不管你处于什么空间，不管你处于哪个时间节点，停滞不前永远也解决不了问题，那就勇敢向前吧，说不定所有令人困惑的答案就会因此悄然而至……

图书在版编目（CIP）数据

奇幻之旅 / 张翀著 . —长沙：湖南文艺出版社，
2019.6
ISBN 978-7-5404-8845-1

Ⅰ . ①奇… Ⅱ . ①张… Ⅲ . ①长篇小说—中国—当代
Ⅳ . ① I247.5

中国版本图书馆 CIP 数据核字（2018）第 209146 号

上架建议：畅销·小说

QIHUAN ZHI LÜ
奇幻之旅

作　　者：张　翀
出 版 人：曾赛丰
责任编辑：薛　健　刘诗哲
监　　制：毛闽峰　李　娜
项目支持：喻　鹏　杨　慧
策划编辑：刘　霁　张园园
文案编辑：王苏苏
营销编辑：吴　思　刘　珣　焦亚楠
封面设计：张丽娜
版式设计：李　洁
封面插图：视觉中国
出版发行：湖南文艺出版社
　　　　　（长沙市雨花区东二环一段 508 号　邮编：410014）
网　　址：www.hnwy.net
印　　刷：北京鹏润伟业印刷有限公司
经　　销：新华书店
开　　本：875mm×1270mm　1/32
字　　数：242 千字
印　　张：12
版　　次：2019 年 6 月第 1 版
印　　次：2019 年 6 月第 1 次印刷
书　　号：ISBN 978-7-5404-8845-1
定　　价：45.00 元

若有质量问题，请致电质量监督电话：010-59096394
团购电话：010-59320018